»Was zunächst als Paradebeispiel einer melodramatischen Gruselgeschichte anmutet, entwickelt sich schon bald zu einem Roman, der sich in unergründliche Tiefen vorwagt: erotische Befriedigung durch Grausamkeit, die Unberechenbarkeit einer perversen, alles verschlingenden Gier. ›Im Herzen eines jeden Menschen verbirgt sich ein schwarzer Fleck, von dem man selbst keine Ahnung hat.‹
Endo, der sich hier mit den abseitigen Formen der Sexualität auseinandersetzt, gelingt es, ein neues, schärferes Bewußtsein für die zerstörerische Triebfeder im Menschen zu wecken.« *The New York Times*

Shusaku Endo, 1923 in Tokyo geboren, konvertierte zum Katholizismus. Er studierte französische Literatur in Tokyo und Lyon. Endo gilt als einer der bedeutendsten zeitgenössischen Schriftsteller Japans und wurde mit zahlreichen Preisen ausgezeichnet. Seine 19 Bücher sind in 20 Ländern erschienen.

Von Shusaku Endo

Der Samurai
Eine Klinik in Tokio
Schweigen

Shusaku Endo

Sünde

Roman

Aus dem Japanischen von
Jürgen Berndt

Schneekluth

CIP-Titelaufnahme der Deutschen Bibliothek
Endō, Shūsaku:
Sünde: Roman / Shusaku Endo. Aus d. Japan. von
Jürgen Berndt. – München: Schneekluth, 1990
ISBN 3-7951-1082-3

Die japanische Originalausgabe erschien
unter dem Titel SUKYANDURA

ISBN 3-7951-1082-3

Satz: H. Mühlberger GmbH, Gersthofen
Gesetzt aus der 11 Punkt Garamond-Antiqua
Druck und Bindung: Ebner Ulm
Printed in Germany 1990

1

Der altersschwache Drehstuhl hätte wohl mal geölt werden müssen, denn er quietschte fürchterlich, als der Doktor sich umwandte, nachdem er einen Blick auf die Laborwerte geworfen hatte. Dies schrille Geräusch war Suguro nicht neu, er kannte es, seit er die Klinik hier aufsuchte. Wie immer, so öffnete der Arzt auch heute bedächtig den Mund, kaum daß das Quietschen aufgehört hatte.

»GOT dreiundvierzig. GPT achtundfünfzig. Die Werte liegen ein bißchen höher als sonst. Das ist aber nicht weiter schlimm, Sie dürfen sich nur nicht überanstrengen. Als Sie mal mächtig in Arbeit steckten, da waren wir doch schon über vierhundert.«

»Ja.«

»Hat man erst eine Leberzirrhose, besteht immer die Gefahr, daß Krebs daraus wird. Und darum sage ich Ihnen mit allem Nachdruck: Bitte übernehmen Sie sich nicht.«

Ein Gefühl der Beruhigung stieg wie warmer Dampf in ihm auf, denn er war in Sorge gewesen, weil er seit der Untersuchung im Vormonat seinem Körper allerhand zugemutet hatte. Während er sich bedankte, dachte er bei sich, nun kann ich unbeschwert zur Preisverleihung gehen.

Einen rechten Grund wußte Suguro nicht, aber immer, wenn er die Palastanlage schweigend im Regen versunken dastehen sah, zog Ruhe in sein Herz. Von allen Stellen Tokyos war ihm diese die liebste. Der Mietwagen fuhr am Burggraben entlang zur Festhalle.

Gleich würde Suguro eine Auszeichnung für ein Werk entgegennehmen, in dem drei Jahre Arbeit steckten. Während seiner Laufbahn als Schriftsteller hatte er schon viele Preise bekommen. Jetzt, in einem Alter von über fünfundsechzig, war er nicht mehr sonderlich darauf aus, und trotzdem kitzelte es seine Selbstachtung, daß dieses Werk beifällige Aufnahme gefunden hatte. Aber dieses Kitzeln allein war es nicht, stärker noch bewegte ihn ein Gefühl tiefer Befriedigung, weil er innerlich davon überzeugt war, daß mit diesem Roman sowohl sein persönliches Leben als auch sein Schaffen in gewissem Sinne ihre Vollendung erfahren hatten. Auf die Armlehne gestützt, betrachtete Suguro die über die Scheiben rinnenden Regentropfen.

Der Wagen hielt. Ein Page riß die Tür auf. Seine Uniform roch muffig. Ein junger Mitarbeiter des Verlagshauses, das die heutige Feier ausrichtete, wartete hinter der automatischen Tür bereits auf Suguro.

»Herzlichen Glückwunsch. Das ist eine große Stunde. Auch für mich!«

Kurimoto hieß der junge Lektor, der dieses Buch betreut hatte und Suguro auch sonst behilflich gewesen war. Er hatte ihm Material besorgt und ihm sogar die Reise gewissenhaft vorbereitet, als es einmal etwas vor Ort zu recherchieren gab.

»Zu verdanken ist das alles Ihnen.«

»Davon kann keine Rede sein! Aber eine feine Sache ist es doch. Weil sich nämlich mit diesem Buch der von Ihnen vorgezeichnete Kreis schließt. Gehen wir in den Festsaal. Die Herren von der Jury sind schon da.«

Die Veranstaltung begann pünktlich zu der in der Einladung angegebenen Zeit. Die Plätze für Suguro als dem Preisträger und für die Juroren befanden sich links und rechts von einem mitten auf dem Podium stehenden Mikrophon. Ihnen gegenüber saßen an die hundert Gäste. Die Begrüßungsworte sprach der Verleger. Ihm folgte die Rede Kanos, der zu den Mitgliedern der Jury gehörte.

Suguro und Kano verkehrten seit mehr als dreißig Jahren miteinander. Sie hatten fast zur gleichen Zeit die literarische Bühne betreten und sich in jungen Jahren von ihren Arbeiten gegenseitig herausgefordert gefühlt. Manchmal hatte einer den anderen abgelehnt, manchmal hatten sie ins gleiche Horn getutet, aber nachdem sie in die Vierziger gekommen waren, wußten sie nur allzugut um ihre Verschiedenartigkeit, und jeder war von da an seine eigenen Wege gegangen.

Die rechte Schulter leicht angehoben, sprach Kano zu den geladenen Gästen über seine Eindrücke von Suguros neuestem Buch. Sie hatten beide als junge Männer an Tuberkulose gelitten und sich danach einer orthopädischen Operation unterzogen. Man konnte machen, was man wollte, aber mit zunehmender Ermüdung hob sich die operierte Schulter ganz von selbst. Das Alter Kanos staute sich gleichsam in dem Neigungswinkel. So wie Suguro an einer kranken Leber litt, hatte Kano es schon lange mit dem Herzen und trug deshalb stets ein Nitranginpräparat in der Tasche.

»Suguro ist bei uns hier in Japan zum Christen geworden. Das ist meiner Meinung nach in gewissem Sinne ein Glück für ihn, in gewissem Sinne aber auch ein Unglück.« So begann Kano, der ein guter Redner war, seine Ausführungen, um von vornherein Interesse und Neugier aller auf das Kernproblem im Schaffen des Preisträgers zu lenken. »Das Unglück besteht darin, daß er unter unseren Verhältnissen, wo es für uns als Japaner beim besten Willen keinen Platz gibt für das, was man Gott nennt, so tun muß, als gebe es ihn. Deshalb tanzte zuerst auch niemand nach seiner Pfeife.

Von Anfang an hat Suguro sich damit abgequält, wie er das, was er sagen möchte, nämlich all diese Dinge von Gott, den Japanern nahebringen könnte, obwohl die meisten von ihnen kein Ohr dafür haben. Mehr als dreißig Jahre liegt das nun zurück. Der Krieg war gerade vorbei, als wir uns kennenlernten. Damals lief er ständig mit trübsinniger Miene herum.«

Vor mehr als dreißig Jahren – ganz deutlich erinnerte sich Suguro an die nach alten Strohmatten riechende kleine Bar Fukusuke im Obergeschoß eines Hauses nahe der Station Meguro. Es war an einem Sommerabend, ein sonnenverbranntes Bambusrouleau hing schief vor dem Fenster, und unten auf der Straße blies jemand Trompete. Fünf, sechs junge Männer lehnten, die Knie mit den Armen umschlungen, an der Wand, an der ein Kalender hing, und redeten heftig auf Suguro ein. Auf dem Kalenderblatt posierte stolz ein Mädchen in Badekleidung mit einer Sonnenbrille. Das Tragen von Sonnenbrillen war damals gerade in Mode gekommen. Man hatte es sich den Mädchen der Besatzungssoldaten abgeguckt. Unter denen, die Suguro attackierten, war auch Kano, zu der Zeit ein schmächtiger Bursche mit vorstehenden Backenknochen.

»Mich überzeugt das nicht, was du schreibst, Suguro«, sagte einer aus der Gruppe, er hieß Shiba, während er sich mit dem kleinen Finger im Ohr bohrte. »Suguro, das ist doch nicht dein wahres Ich. Das ist bloß eine fixe Idee. Mir kommt das alles so unecht vor.«

Suguro widersprach ihm nicht.

»In einem bestimmten Teil des Romans gibt es etliche Stellen, die du selber noch nicht richtig verdaut hast. Von Gott reden, bitte schön, wenn's sein muß, aber irgendwie ist mir das nicht ganz geheuer, weil das von den Europäern geborgte Gedanken sind.«

Shiba sah ihn, während er sprach, von unten herauf lauernd an, als wollte er herausfinden, wie sehr seine Worte Suguro verletzten.

»Ein Roman ist was anderes als ein Essay. Hast du dir mal überlegt, wieweit du dein Thema überhaupt in Bilder fassen kannst? Also wirklich, mir kommt das nicht geheuer vor.«
Suguro hätte sich gern verteidigt, und die Worte lagen ihm schon auf der Zunge; aber spräche er sie aus, würden sie die ohnehin schon schwer zu überbrückende Entfernung zu seinen Freunden nur noch vergrößern: Ihr habt ja nicht die geringste Ahnung davon, wie schwer es für einen Christen in Japan ist, Literatur zu schreiben.
Verdrossen spülte er diese Worte mit dem letzten Schluck Bier in seinem Glas hinunter. Gleichzeitig spürte er selber, daß es ihm unmöglich war, Shibas Eindruck, er, Suguro, sei ihm nicht ganz geheuer, zu entkräften, weil es ihm nämlich so vorkam, als verberge sich tief in seinem Herzen irgend etwas.
»In jenen Tagen war Suguro für uns so eine Art Prügelknabe. Ja, und wir verlangten tatsächlich von ihm, sich vom christlichen Glauben loszusagen. Wir jungen Leute kurz nach dem Krieg hielten die Religion wie Freud für eine aus dem Ödipuskomplex geborene Überdimensionierung des Vaterbildes oder, um mit Marx zu sprechen, für Opium oder für irrationalen Aberglauben. Ein Christ war für uns ein unsympathischer Heuchler, weil uns einfach die Einsicht fehlte, warum Suguro so etwas Lästiges wie diesen fremden Gott nicht aufgab. Und da er sich außerdem nicht aus freien Stücken hatte taufen lassen, sondern als Kind nur dem Willen seiner verstorbenen Mutter gefolgt war, dachten wir, sein Glaube sei nichts anderes als Macht der Gewohnheit. Wie Sie wissen, hat Suguro später mehrere Romane geschrieben, die in der Zeit des frühen Christentums in Japan spielen und von armen Gläubigen erzählen, die durch unmenschliche Beamte gezwungen wurden, ihrem Glauben abzuschwören, und es sollte mich gar nicht wundern, wenn er beim Schrei-

ben auch mich vor Augen hatte, gleichsam als Vorbild für einen dieser boshaften Beamten.«

Lachen ertönte. Reden kannst du, mein Freund, das muß man dir lassen, dachte Suguro, während auch er lächelte, obschon etwas gezwungen. Die Blicke der Gäste in dem kleinen, zum Bersten gefüllten Saal hatten sich alle auf Kano gerichtet.

»Er verteidigte sich immer damit, daß keiner mehr von Gott loskäme, sobald er ihm einmal begegnet sei. Natürlich nahmen wir ihm solches Gerede nicht ab. Aber er ist in den mehr als dreißig Jahren seines Schriftstellerlebens unbeirrt dabei geblieben und hat uns den Beweis für die Glaubwürdigkeit seiner Worte erbracht. Auf welche Weise der eigene Glaube mit den spezifisch japanischen Verhältnissen in Einklang zu bringen sei, das hat er zum Thema seiner Literatur gemacht. Von diesem verzweifelten Kampf künden viele seiner bisherigen Werke, und der krönende Sieg, das ist dieses Buch.«

Erst die Zuhörer zum Lachen zu bringen, um sie gleich darauf in Spannung zu versetzen, das war der Rhythmus seiner Rede. Und auf diesen Rhythmus reagierten auch sofort die Gesichter der Frauen unter den dicht an dicht sitzenden Gästen. Kano war sich dessen bewußt. Er beobachtete genau das Mienenspiel der Zuhörerinnen und maß daran die Wirkung seiner Rede.

»Das Gute an Suguro ist, daß er die Literatur seinem Glauben niemals opferte. Er hat die Literatur nicht zur Magd einer zumindest mir doch sehr fernen Religion gemacht. Anders gesagt, Suguro hat als Schriftsteller, obschon es seinem Glauben wohl eher zuwiderlief, ebenfalls die häßlichen, widerwärtigen und schmutzigen Seiten des Menschen aufgezeigt. Deshalb kommt er einem in seinen Büchern auch nicht von oben herab.«

Kano wußte genau, wie das Selbstwertgefühl Suguros zu kitzeln war. Ja, und das war tatsächlich auch das Problem, unter dem Suguro zu einer bestimmten Zeit sehr gelitten hat. Er erinnerte sich, wie damals ein alter ausländischer Priester, dem er sehr zugetan war, zu ihm gesagt hatte: »Warum schreibst du keine Geschichten, die schöner sind und hübscher?«

Suguro hatte diesen alten Priester seit seiner Kindheit gekannt. Vor dem Krieg hatte er sich im Armenviertel von Osaka als Lumpensammler betätigt und sich dabei gleichzeitig um die Kranken und Waisen gekümmert, ein Sonderling, der bei den Japanern nach dem mittelalterlichen wohltätigen buddhistischen Priester Ryôkan stets nur der ›Ryôkan aus der Fremde‹ hieß. Stand man ihm gegenüber, dann schmolz angesichts der weinfarbenen Augen und des babyhaft lächelnden Antlitzes selbst das verstockteste Herz. Jedesmal, wenn Suguro ihn sah, fiel ihm das Bibelwort ein: »Selig sind die Sanftmütigen.«

Dieser bejahrte Priester hatte eines Tages mit tieftrauriger Miene ganz leise zu ihm gesagt: »Über Neujahr habe ich dein Buch gelesen. Es ist voller schwieriger Schriftzeichen, aber ich habe es gelesen. Darf ich dich etwas fragen?«

»Bitte!«

»Warum schreibst du keine Geschichten, die schöner sind und hübscher?«

Diese Worte und die tieftraurige Miene hatten Suguro auch dann noch im Herzen weh getan, als er später in seinem Arbeitszimmer saß und den Bleistift über das Papier gleiten ließ. Trotzdem hatte er aber auch danach nicht eine einzige lichte und erbauliche Geschichte geschrieben. Immer wieder hatte er die schwarzen, düsteren und häßlichen Seiten der Gestalten in seinen Werken nachgezeichnet. Als Schriftsteller konnte er keine der Welten, die zum Menschen gehörten, totschweigen oder übersehen. Und während er die finstere Seele seiner Gestalten beschrieb, war ihm, als geriete er selber in eine ebenso finstere Gemütsverfassung. Um ein häßliches Herz zu beschreiben, brauchte man selber ein

häßliches Herz. Um Eifersucht zu beschreiben, mußte er sich selber besudeln und sein Herz mit Eifersucht durchtränken. Je mehr er darüber schrieb, desto deutlicher wurde ihm, welch ein übler Gestank dem Innern eines Menschen entströmen kann. Und so gab es dann auch eine Zeit, in der er ständig an das Gesicht und die Worte des alten Priesters denken mußte: »Warum schreibst du keine Geschichten, die schöner sind und hübscher?«
Die Jahre gingen dahin, und Suguro glaubte, für sich eine Antwort auf dieses Problem gefunden zu haben. Er sagte sich nämlich, daß wahrer Glaube auch mit den dunklen Melodien, den häßlichen Klängen und schrecklichen Tönen des menschlichen Herzens fertig werden sollte. Diese unbestimmte Ahnung war ihm beim Schreiben seiner Bücher fast zur Gewißheit geworden, und das erlöste ihn schließlich aus seiner Unruhe.
»Das Besondere an Suguros Schaffen ist, daß es in dem, was man in seiner Religion Sünde nennt, einen neuen Sinn und Wert entdeckte. Areligiös, wie ich bin, habe ich leider nicht die geringste Ahnung davon, was Sünde ist...« Hier unterbrach sich Kano und schob ein ironisches Schweigen ein. Verführt von diesem Schweigen, lachten wieder einige der Zuhörer.
»Nach einer Zeit des Herumtastens im dunkeln, in der Suguro mit Vorliebe von der Sünde des Menschen schrieb, ist es ihm gelungen, in seinen Werken zu zeigen, daß sich in der Sünde das Verlangen nach Wiedergeburt verbirgt. Welcher Art die Sünde auch sein mag, stets birgt sie den menschlichen Wunsch, einen Ausweg aus dem erstickenden Leben der Gegenwart, aus dem Dasein überhaupt zu finden, so sagt Suguro. Meiner Meinung nach liegt hierin die Originalität Suguros, und dieser originelle Gedanke findet ausgereift seine Darstellung in Suguros neuestem Buch.«
An dieser Stelle schlug Kano einen sehr zum Herzen gehenden Ton an, als übermannten ihn Erinnerungen an längst vergangene Tage.

»Vor über dreißig Jahren lernten wir uns kennen, und wenn ich es mir recht überlege, dann glaube ich, daß Suguro sich in den letzten zehn Jahren in einer Gemütsverfassung befindet, wie sie unser Dichter Bashô mit den Worten umschrieb: ›Keiner begleitet mich länger auf den Pfaden im herbstlichen Dämmern.‹ Hat von uns Schriftstellern jemand die Fünfzig überschritten, läßt er sich nicht länger von dem beeinflussen, was alte Freunde schreiben, selbst wenn er davor den Hut zieht. Ihm bleibt eigentlich nichts anderes mehr, als bis zu seinem Tode den eigenen Acker Spatenstich für Spatenstich umzugraben. Ich glaube, da geht es Suguro ebenso wie mir.«

Nachdem er alle dazu gebracht hatte, ihm aufmerksam zu lauschen, kam Kano zum Schluß.

Kurimoto, der Lektor, der Suguro vorhin in den Saal geführt hatte, stand hinter den Stuhlreihen für die Gäste. Seine Aufgabe war es, Zuspätgekommene zu einem Platz zu geleiten, aber er wollte auch dabeisein, wenn Suguro der Preis überreicht wurde. Und Suguro seinerseits wollte sich nachher bei dem jungen Mann, der ihm so selbstlos und unauffällig bei der Arbeit geholfen hatte, ausdrücklich bedanken.

Neben Kurimoto stand eine Lektorin eines anderen Verlages. Wie sie hieß, wußte Suguro nicht, aber er erinnerte sich, daß er dieser kleinen Person mit den Lachgrübchen in dem niedlichen Gesicht schon öfter auf den Korridoren jenes Verlages begegnet war. Hinter Kurimoto und der jungen Frau sah er noch ein Gesicht.

Suguro blinzelte. Das war zweifellos sein eigenes. Ein Lächeln glitt darüber hin, ob ein unverbindliches oder ein höhnisches, das war nicht recht auszumachen. Er blinzelte noch ein paarmal. Hinter Kurimoto und der Lektorin aber stand niemand.

Die Party begann.
Hier und dort bildeten sich einzelne kleine Gruppen um bekannte Schriftsteller und Zeichner. Als Suguro die Augen schloß, hörte er aus lautem Gelächter und tausenderlei Geräuschen das Klappern von Schuhen heraus, es klang, als würde etwas in einem Mörser zerstoßen. Auch vor den Ständen mit Reishappen und Buchweizennudeln entlang den Wänden sammelten sich Gäste, unter ihnen fielen die hellgesichtigen Hostessen, die zum Aushelfen gekommen waren, besonders auf.
»Vielen Dank für deine schöne Rede«, sagte Suguro und klopfte Kano, der ein paar Verlagsleute mit seinen Späßen unterhielt, auf die gekrümmte rechte Schulter.
»Meinst du, daß ich den richtigen Ton getroffen habe?« erwiderte Kano, wechselte aber sofort das Thema, um seine Verlegenheit zu überspielen. »Du siehst schmal aus. Ist alles in Ordnung?«
»Ich denk schon. Aber du weißt ja, in unserem Alter darf man sich nicht wundern, wenn es mal hier, mal dort aushakt.«
»Genau davon haben wir eben gesprochen. In letzter Zeit läßt bei mir das Gedächtnis merklich nach. Selbst an ein Buch, das ich gerade gelesen habe, kann ich mich manchmal nicht mehr erinnern. Und jetzt, hier auf der Party, fällt mir mitunter einfach nicht der Name ein, wenn mich jemand anspricht.«
»Das geht mir genauso.«
»Erst die Augen, dann die Zähne und meistens noch was, sagt man ja. Bei mir sind's die Augen, das Gedächtnis und die Zähne. Abgesehen vom Herzen, das schon vorher nicht in Ordnung war.«
»Und was ist mit dem anderen?« fragte einer der jungen Lektoren.
»Mit dem anderen? Da sieht's ganz mies aus. Und bei dir, Suguro?« Auf einmal blitzte der Schelm aus seinen Augen. »Aber du warst ja schon immer ein Christ und

nennst außerdem die beste Frau der Welt dein eigen. Eigentlich hast du nie so richtig einen draufgemacht, bevor du in die Jahre gekommen bist. Oder hast du's uns gegenüber bloß nicht durchblicken lassen?«

»Soll ich vielleicht vor euch Geheimnisse lüften, von denen nicht mal meine Frau weiß!«

Im Unterschied zu früher wußte Suguro jetzt recht gut, wie er zu reagieren hatte, wenn ihn die anderen aufzuziehen versuchten.

Nach einer Weile verließ er die Gruppe, um noch den einen oder anderen zu begrüßen. Segi und Iwashita, die beiden großen alten Männer der literarischen Bühne, plauderten lachend miteinander.

»Suguro, für mich ist dein neues Buch das Beste, was du bisher geschrieben hast«, lobte der Kritiker Iwashita und umarmte ihn, das Weinglas in der Hand, mit gerötetem Gesicht. Iwashita war ihm nicht nur im literarischen Geschäft ein paar Jahre voraus, sondern hatte auch dieselbe Universität besucht und glaubte deshalb immer, Suguro unter seine Fittiche nehmen zu müssen.

»Na, es stimmt doch?« sagte er in einer Weise zu Michio Segi, wie er Kritiker, als wolle er, daß dieser ihm beipflichte.

»Ja, schon! Was nicht heißt, daß ich nicht den einen oder anderen Einwand hätte«, meinte der kleine, rundliche Segi mit einem gezwungenen Lächeln. »Aber da heute gefeiert wird, lassen wir das mal lieber.«

»Mach dir nichts draus! Segi ist immer sehr streng.«

»Was soll man als Kritiker sonst sein?«

Solche Wortgeplänkel sind bei Literaten nun mal üblich. Gleiches und Ähnliches hatte Suguro dreißig Jahre lang auf Partys, in Bars und bei Diskussionen schon unzählige Male gehört. Und während er von dem Whisky mit Soda, den ihm eine Hostess gereicht hatte, nur der Form halber nippte, überlegte er, wenn Segi an seinem jetzigen Buch etwas zu kritisieren habe, was es wohl sein könnte, und glaubte es dann auch zu wissen.

Aber soll er doch! Treffen wird er mich damit nicht – mit diesem Gedanken wappnete er sich, während er ein Lächeln aufsetzte. Ich habe mit diesem Buch mein Leben und mein Schreiben zu einem gewissen Abschluß gebracht. Da kann einer sagen, was er will, ändern wird sich daran nichts.

Er mußte in dem Moment an die Worte Kurimotos denken, der von dem Kreis, der sich geschlossen hatte, sprach, und er fühlte wieder eine leichte Befriedigung. Als jemand kam, um die beiden alten Herren zu begrüßen, nutzte Suguro gleich die Gelegenheit, sich einer anderen Gruppe zuzuwenden.

»Hallo! Großer Meister!« sagte da eine ihm selbst vom Sehen her völlig unbekannte, etwa achtundzwanzigjährige Frau und zog ihn ungeniert am Jackett. Sie lachte ihn an. Ihre Vorderzähne waren mit Lippenstift beschmiert. In der rechten Hand hielt sie eine brennende Zigarette, in der linken ein Glas mit verdünntem Whisky. »Sagen Sie bloß, Sie haben mich vergessen?«

Suguro blinzelte. Kano hatte schon recht, sie waren in einem Alter, wo es einem schon mal passierte, daß man sich weder an den Namen noch an das Gesicht einer Person erinnerte, die man nur ein- oder zweimal gesehen hatte.

»Das find ich aber gar nicht nett von Ihnen«, sagte die Frau nun in einem ungenierten Ton und lachte. »Wir sind uns doch in Shinjuku begegnet. Als wir auf der Straße Porträts malten ...«

»In Shinjuku? Wo da?«

»Na, in der Kirschgasse! Denn so ganz ohne sind Sie ja auch nicht.«

»Sie müssen mich mit jemandem verwechseln. Ich bin nie in einer Kirschgasse gewesen.«

»Na, Sie sind mir vielleicht einer! Haben Sie etwa nicht versprochen, sich unsere Ausstellung anzusehen? Meine Freundin hat Sie doch porträtiert. Und danach ...«

Sie zwinkerte Suguro vielsagend zu, wobei sie ihn immer noch am Jackett festhielt. Ist sie betrunken? fragte er sich.

Mit ihren lippenstiftbeschmierten Zähnen konnte man sie für eine gescheiterte Schauspielerin oder für eine angehende Modeschöpferin halten, wie sie in den Gassen von Shinjuku und Roppongi herumstrichen.

»Sind Sie sicher, daß Sie mich nicht mit jemandem verwechseln?«

»So ist das also! Ich verstehe. Daß Sie sich nachts an solchen Orten mit uns herumtreiben, soll niemand wissen. Weil Sie ein Christ sind! Natürlich, das wahre Gesicht und das, das man sonst zur Schau trägt, muß man schön auseinanderhalten ...«

Suguro zerrte an seinem Jackett, um sich mit Gewalt aus dem festen Griff der Frau zu befreien und zu einer anderen Gruppe zu gehen. Instinktiv verzog er sein verkrampftes Gesicht zu einem gekünstelten Lächeln, als der Fotograf eines Zeitungsverlages seine Kamera auf ihn richtete und das Blitzlicht auslöste.

»Sieh einer an! Das haben Sie aber noch fein hingekriegt«, spottete die Frau von der Seite her. »War das nun ihr wahres Gesicht oder das, das Sie sonst immer zur Schau tragen?«

Die in der Nähe stehenden Gäste wandten sich nach ihnen um und richteten unverhohlen ihre Blicke auf Suguro. Um zu zeigen, daß ihm das überhaupt nichts ausmachte, zuckte er für alle sichtbar mit den Achseln, aber ein Lächeln gelang ihm nur unter großem Zwang. Kurimoto sprang herbei und schob die Frau recht unsanft aus dem Saal. Als er zurückkam, sagte er: »Entschuldigung. Wer die wohl hierhergebracht hat? Ich habe sie soeben in den Fahrstuhl verfrachtet, und nun ist sie weg.«

»Eine schöne Bescherung. Die ließ überhaupt nicht wieder locker ...« Suguro sorgte sich, Kurimoto könn-

te ernstlich Zweifel an ihm hegen. »Sie behauptete doch glatt, wir wären uns nachts in Shinjuku in der Kirschgasse begegnet.«
»Ja, und sie wurde ziemlich laut.«
»Sagen Sie mal, wo ist denn die Kirschgasse überhaupt?«
»Im Kabuki-Viertel...« Kurimoto stockte. »Da reiht sich Peepshow an Peepshow und Pornoladen an Pornoladen.«
»Und die beschuldigt mich, ich hätte mich dort rumgetrieben.«
»Das hat sie draußen noch mal wiederholt. Aber ich habe ihr kräftig die Meinung gesagt und ihr klargemacht, daß man Sie niemals in so einer verrufenen Gegend finden würde.«
Suguro nickte beruhigt. Kurimoto würde das in seiner Redlichkeit entschieden von sich weisen, falls jemand auf der Party das Gespräch eben mit angehört haben sollte. So etwas konnte doch gar nicht stimmen...

Der Regen hatte aufgehört, aber auf der Straße standen noch überall Pfützen. Das Wasser spritzte hoch auf, als ein leeres Taxi nach dem anderen vorbeifuhr. Die Frau, die soeben noch nach einem Taxi gewinkt hatte, schien es sich anders überlegt zu haben, denn sie lenkte ihre Schritte in Richtung Hauptbahnhof. Ein Windstoß fuhr ihr unter das schwarze Regencape. Bei dem Anblick wurde Kobari, der ihr folgte, an eine Fledermaus erinnert, die ihre Schwingen ausbreitet.
Dicht vor dem Eingang zur U-Bahn sprach er sie an: »Das war ja ein tolles Ding vorhin.« Sie blieb stehen und straffte ihren ganzen Körper. »Was ist das für eine Art, jemanden mit Gewalt in den Fahrstuhl zu schieben! Dabei waren Sie doch bestimmt auch eingeladen.«
»Wer sind Sie überhaupt?«
»Verzeihen Sie, ich bin Reporter bei einem Wochenmagazin und will auch gar keinen Hehl daraus machen,

daß die Zeitschrift, für die ich arbeite, nicht ganz so vornehm ist wie das, was der Verlag herausbringt, der den Empfang heute gegeben hat. Aber dafür sprüht sie vor Lebenskraft!« Ohne weitere Überleitung begann er dann seine Fragen in einer Art und Weise zu stellen, wie es dem Wesen seines Berufes entsprach.

»Was Sie da vorhin erzählt haben, war doch glatt gelogen? Ich meine, Ihre Behauptung, daß sich unser Herr Suguro an fragwürdigen Orten in Shinjuku amüsiert. Das nehme ich Ihnen nicht ab.«

»Wenn Sie meinen, daß es nicht stimmt, bitte schön, wie Sie wollen. Bloß, dann brauchten Sie mich ja gar nicht erst zu fragen.«

»Also, wenn die Geschichte wahr ist, dann rücken Sie mal raus damit. Ich würd auch was springenlassen.«

»Damit Sie Bescheid wissen, mit Gemeinheiten, da ist bei mir nichts. Sie wollen doch bloß Ihre Story, oder...«

»Aber nein, wirklich nicht«, beeilte sich Kobari zu versichern. »Ich will nicht darüber schreiben. Mich interessiert nur ganz privat, ob der Herr Suguro tatsächlich an solchen Orten zu finden ist oder nicht.«

»Warum, meinen Sie wohl, sollte ich vorhin gelogen haben? Wo er mich doch selber zu der Party eingeladen hat.«

»Was? Er hat Sie eingeladen? Entschuldigung, wenn ich da noch mal nachhake – wir reden von Herrn Suguro?«

»Ja, na klar.«

»Und wo in der Kirschgasse haben Sie ihn getroffen?«

»Vor dem Lokal ›Süßer Honig‹. Da ist er nämlich rausgekommen.«

»Und Sie sind wirklich Malerin?«

»Ja, ist das vielleicht was Schlechtes?«

»Und Sie stellen auch aus?«
»Weshalb fragen Sie?«
»Weil man Sie unter Umständen in der Zeitschrift, für die ich arbeite, als neues Talent vorstellen könnte.«
Sie nahm zwar die Visitenkarte, die er ihr jetzt rasch gab, sagte dabei aber mit einem Rest von Zorn in der Stimme: »In der Nähe der Straße ›Unter dem Bambus‹ in Harajuku werde ich ausstellen, ab Siebenundzwanzigsten.«
»Na, wunderbar! Und nun erzählen Sie mir mal ein bißchen was!«
Als Kobari diesen plump vertraulichen Ton anschlug und der Frau die Hand auf die Schulter legte, streifte sie ihr Cape ab, wohl um sich von ihm zu befreien, und rannte die Straße hinunter.
»Wenn Sie mir schon weglaufen, dann schicken Sie mir wenigstens eine Einladung zu Ihrer Ausstellung«, rief er ihr nach, aber da war sie schon unten an der Treppe angelangt und augenblicklich verschwunden.
Aha! Also doch! sagte er sich, denn die vagen Vermutungen, die ihm seit langem jedesmal kamen, wenn er ein Foto von Suguro in einer Zeitung oder einer Zeitschrift sah, schienen sich nun zu bestätigen.
Jetzt war er weit weg von der Literatur, aber in seiner Studentenzeit hatte er ernsthaft daran gedacht, selbst einmal Schriftsteller zu werden. Und schon damals waren ihm die Werke eines Suguro mit ihrem Geruch von Religiosität irgendwie unsympathisch gewesen. Er konnte sich des Eindrucks nicht erwehren, daß das alles bloß Schönfärberei war.
Als Student hatte er sich für den Materialismus begeistert und Religion für Opium gehalten, weshalb ihm Leute wie Suguro Unbehagen einflößten, denn für ihn waren sie Volksbetrüger.
Dieses Gefühl hing auch mit Erinnerungen aus seiner Kindheit zusammen: In einer nahe gelegenen protestantischen Kirche gab es einen englischen Konversa-

tionszirkel, daran hatte er öfter teilgenommen. Aber die Lehrerin dort, eine bebrillte, flachbrüstige Missionarin, schien etwas gegen ihn zu haben, denn sie kränkte ihn so manches Mal mit ironischen Bemerkungen, was nur daher kam, daß er ausschließlich zum Englischunterricht erschien und nach Hause ging, sobald der Pastor zu predigen begann. Seither assoziierte Kobari Religion mit jener Frau.

Er stieg die Treppe zur U-Bahn hinunter. Doch die Malerin war nirgends mehr zu sehen, weder vor den Fahrkartenautomaten noch auf dem Bahnsteig der Hibiya-Linie. Aber eigentlich war er auch viel zu sehr damit beschäftigt, die Freude auszukosten, die in ihm aufwallte. Einen Schriftsteller, der sich in seinen Werken so glaubwürdig gab, vom Podest herunterzuholen war für ihn als Klatschkolumnist eine lohnende Sache. Dabei fiel ihm ein, daß es ein älterer Kollege von ihm seinerzeit den Ministerpräsidenten Kakuei Tanaka aus Amt und Würden vertrieben hatte.

»›Süßer Honig‹! ›Süßer Honig‹!«

Wie ein Lied sagte er den Namen des Lokals, den ihm die Frau genannt hatte, einige Male vor sich hin, bis der Zug in den Bahnhof glitt.

Der Wagen war erfüllt vom üblen Geruch der Mühsal des Lebens. Kobari stand, an einen Haltegriff geklammert, vor einem Mädchen, das vor sich hin schlummerte, die Beine liederlich gespreizt, sowie vor einem Mann in mittleren Jahren, der in eine Pferdesportzeitung rote Kreise malte, und ließ in Gedanken die Party noch einmal Revue passieren.

Er hatte sich dort eingeschmuggelt in der Hoffnung, Stoff für eine Geschichte zu finden, und war gerade gekommen, als die Frau Suguro am Ärmel packte. Die Bestürzung Suguros war unverkennbar mehr als nur eine augenblickliche, in der Situation begründete Verlegenheit. Das zeigte, daß die Frau eben doch nicht gelogen hatte. Verfluchter Heuchler …

Er fühlte sich in seinem langgehegten Mißtrauen gegenüber den Büchern Suguros bestätigt. Der Mann, der in Peepshows verstohlen nackte Frauen betrachtete und in anrüchigen Lokalen Mädchen begrapschte, reihte mit derselben Hand auf dem Papier vornehme Wörter aneinander.
Das Jackett, an dem die Frau Suguro gezerrt hatte, war offenbar vom Besten und Teuersten. Und Haß stieg erneut in Kobari auf, als er dabei an seine eigene Kleidung dachte. Er starrte auf die stockfinsteren Fenster der Untergrundbahn. Zu Hause hockte er sich neben die im Schlaf wie hingelümmelt daliegende Frau, mit der er zusammenlebte, und trank den Rest aus der Whiskyflasche.

Zwei, drei Tage später machte Kobari sich nach Shinjuku ins Kabuki-Viertel auf, dort, wo es, wie er aus eigener Anschauung wußte, die meisten Peepshows und türkischen Bäder gab. Den ›Süßen Honig‹ ausfindig zu machen bereitete ihm keine große Mühe. Dieses Lokal befand sich in einem Gebäude, bekannt als Porno-Warenhaus, mit Kinos, Zeitschriftenständen und türkischen Bädern in den einzelnen Etagen. Er betrat den Fahrstuhl früh am Abend, zu einer Zeit also, da sich Kundschaft erst spärlich einstellte, und trotzdem roch es schon ein bißchen ranzig nach Männern.
Kobari zeigte dem Portier vom ›Süßen Honig‹ ein Foto Suguros, das er aus einer Anthologie ausgeschnitten hatte, und fragte: »Kommt dieser Mann oft hierher?«
»Wir haben so viele Gäste, da erinnert man sich nicht an jeden einzelnen«, antwortete der Portier und schüttelte den Kopf.
Es schien selbst bei dieser Art von Leuten zur Berufsehre zu gehören, über ihre Gäste nichts zu verraten, solange nicht gerade jemand von der Polizei kam und Fragen stellte. Und auch als er sich dann noch an ein

paar andere Leute aus dem Hause wandte, bekam er mit dem gleichen, Unwissen vortäuschenden Lächeln immer dasselbe zur Antwort.
Aber nicht nur diese Männer maßen ihn mit geringschätzigen Blicken. Als er einem alten Freund, mit dem er zusammen in seiner Universitätszeit eine kleine Zeitschrift herausgegeben hatte, die Worte der Frau wiederholte, hatte der mit recht verdrossener Miene gesagt: »Und an so was glaubst du wirklich?« Kobari hatte sich in dem Augenblick eigentlich Zuspruch erhofft und deshalb etwas enttäuscht zurückgefragt: »Wie meinst du das?«
Darauf hatte der andere ziemlich verächtlich entgegnet: »Auch du hast dir offenbar eine ganze Portion Schuftigkeit zugelegt. Macht dir das etwa Spaß, mit aller Gewalt einen Skandal vom Zaun zu brechen, ohne etwas Hieb- und Stichfestes in der Hand zu haben, und einen Schriftsteller wie Suguro in den Dreck zu ziehen? Aber das scheint im Journalismus ja heute Mode zu sein.«
Kobari war verärgert, aber als er dann daran dachte, daß er ganz allein über eine Bombe verfügte, um die Leser aufzuschrecken, durchfuhr ihn eine unaussprechliche Freude.

Wenn Kobari mit Leuten aus seiner Branche einen trinken wollte, um mit ihnen Absprachen zu treffen, begab er sich nach Möglichkeit in die Goldene Gasse in Shinjuku. Sein Heimweg führte ihn dann immer durch das Kabuki-Viertel. Doch sooft er seine Schritte auch dorthin lenkte, er begegnete weder Suguro noch dieser Malerin. Und irgendwie hatte er sich mittlerweile schon damit abgefunden, daß aus der ganzen Geschichte nichts wurde. Aber als er sich eines Abends zu bereits ziemlich später Stunde aus dem Automaten im Bahnhof eine Fahrkarte holte und dabei unversehens aufblickte, da stockte ihm der Atem. Denn er sah einen

Mann, dessen Profil dem Suguros sehr ähnelte, mit einer bebrillten Frau zum Taxistand eilen. Er pfiff auf das Wechselgeld aus dem Automaten und rannte den beiden hinterher, aber sie waren schon in ein Auto gestiegen. Schnell nahm auch er sich ein Taxi. »Hinter dem Wagen vor uns hinterher!« drängte er den Fahrer.

Durch das Rückfenster des Wagens vor ihm sah er, wie die Frau mit der Brille ihren Kopf an die rechte Schulter des Mannes lehnte. Das Taxi bog von der Stadtautobahn in Richtung Yoyogi ab, woraufhin der Fahrer mit einiger Verlegenheit in der Stimme fragte: »Die Gäste in dem Wagen davorn scheinen in ein Stundenhotel zu wollen, von denen sich hier in der Gegend eins ans andere reiht. Soll ich noch länger dran bleiben?«

»Ja, natürlich! Und ein Stückchen vor ihnen halten Sie dann!«

Kaum waren sie nach Yoyogi eingebogen, da kam der Wagen vor ihnen auch schon vor dem großen Gartentor eines villenartigen Hauses zum Stehen. Kobaris Taxi fuhr, ohne daß es groß Aufmerksamkeit erregte, daran vorüber und stoppte siebzig, achtzig Meter weiter. Da waren aber die beiden aus dem ersten Auto bereits ausgestiegen und verschwunden. Kobari ging sich das Haus angucken. ›Hotel zum Schwan‹ nannte es sich. Hinter dem Tor standen, in tiefschwarzes Dunkel getaucht, dicht an dicht Himalayazedern bis hinauf zum Hauseingang. Kobari fragte beim Empfang nach, aber er wurde recht unfreundlich behandelt. Nein, hieß es, so ein Gast habe sich bei ihnen nicht einquartiert.

Suguro begab sich täglich von seinem Zuhause in sein Studio, das er sich in der Nähe von Harajuku gemietet hatte. Im Unterschied zu seinen Freunden konnte er nämlich nicht in Hotels oder Pensionen arbeiten. Um sich konzentrieren zu können, brauchte er einen Tisch, an den er gewöhnt war, in einem Zimmer, das vom Geruch seines eigenen Körpers erfüllt war.

Aber nicht nur das. Aus langjähriger Erfahrung wußte er, das Zimmer mußte klein und düster sein und dazu eine bestimmte Luftfeuchtigkeit haben. Sein Studio hatte eine Küche, ein Bad und außerdem drei Zimmer, von denen ihm das größte als Empfangszimmer diente, wo er sich mit Verlags- und Presseleuten zu treffen pflegte. Im mittleren Zimmer schlief er, wenn er bis spät in die Nacht hinein gearbeitet hatte. Der Raum, in dem er schrieb, war von der ausländischen Familie, die vor ihm hier gewohnt hatte, wahrscheinlich als Abstellkammer genutzt worden. Da kaum einmal ein Sonnenstrahl hereinfiel und vor dem Fenster dicke Gardinen hingen, mußte selbst am Tag die Tischlampe brennen. Aber genau diese Atmosphäre entsprach Suguros unbewußt gehegten Wünschen, und deshalb hatte er diesen Raum zu seinem Arbeitszimmer gemacht.

Der Bildreporter M., der im vergangenen Jahr gekommen war, um in seiner Serie zum Thema »Das Atelier eines Schriftstellers« diesen Raum zu fotografieren, hatte nach ein paar Bemerkungen Suguros sogleich gemeint: »Das hier erinnert sehr an den Schoß einer Frau. In Ihnen, lieber Suguro, steckt sicherlich das starke Verlangen nach einer Rückkehr in den Mutterleib.«

M. hatte sich dann näher darüber ausgelassen und ihm erklärt, daß sich hinter solch einem Verlangen der geheime Wunsch verberge, in einen Zustand zurückzukehren, da sich in der Gebärmutter das Leben noch nicht zu regen begonnen habe, in einen Zustand also, da man selber noch im Amnionwasser schlummerte. Anders gesagt, ließ es sich vielleicht auch als ein Verlangen bezeichnen, das mehr auf den ewigen Schlaf und den Tod denn auf das Leben abziele.

Jeden Morgen, wenn Suguro das Appartement aufgeschlossen, dieses kleine Zimmer betreten und sich in den Sessel, der ihm schon viele Jahre diente, gesetzt hatte, richtete er als erstes seinen Blick auf das an der

Wand hängende Foto seiner verstorbenen Mutter. Dann betrachtete er liebevoll die Tischlampe, die gleichmäßig tickende Standuhr und den aus China stammenden Behältnis für Schreibutensilien. Der Gesichtsausdruck der Mutter auf dem Bild kam ihm jeden Tag anders vor. Mal schien sie fröhlich dreinzublicken, mal mürrisch. Aber unabhängig davon spürte Suguro stets, daß die tote Mutter in seinem Leben tiefe Spuren hinterlassen hatte. Auch daß er die Taufe empfangen hatte, verdankte er ihr. Jedenfalls hatte er hier in diesem Raum nun schon über zehn Jahre lang wie eine Ameise, die ihre Nahrung Körnchen für Körnchen zusammenträgt, in tagtäglicher mühevoller Arbeit seine Romane vollendet: ›Die Stimme des Schweigens‹, das zu seinem Hauptwerk wurde, und dann ›In der Wüstenei‹ und ›Der Bote‹.

Anderen Schriftstellern erging es vielleicht genauso; für ihn jedoch war das Schreiben eines Buches gleichzeitig so etwas wie das Vordringen in ein fremdes Land, von dem er nicht einmal eine Karte besaß. Er war ein vorsichtiger Mensch und zog nie aus, ohne eine solche Reise gründlich vorbereitet zu haben, was bedeutet, daß er das Thema genau studierte und sich Zeit fürs Materialsammeln nahm. Trotzdem wußte er dann häufig nicht, wohin ihn die Reise am Ende führen würde. So manches Mal war er während der letzten fünfzehn Jahre hier in diesem Zimmer zu gefahrvollen Unternehmungen aufgebrochen, bei denen er sich vorwärts tasten mußte, weil er im Dämmerlicht lediglich den Ausgangspunkt vor sich sah, und sogar den nur ganz verschwommen, während der Weg selber in völliges Dunkel gehüllt war.

Auch nach der Preisverleihung durchlitt Suguro in seinem Arbeitszimmer wieder die gleichen Qualen wie vorher. Um sich den Plan für eine neue Erzählung zurechtzulegen, saß er bei geschlossenem Vorhang mit gekrümmtem Rücken wie ein Uhrmacher im trüben Schein der Stehlampe vor seinem Tisch und machte sich Notizen, aber er fand nicht wie sonst zur Sache.

Bei aller Mühe, die sie ihm bereitete, liebte er diese stille, handwerklichem Schaffen ähnelnde Arbeit, bei der nur das Rascheln von Papier und das Kratzen des Bleistiftes zu hören war, und normalerweise widmete er sich ihr mehr als den halben Tag lang. Aber diesmal stellte sich keinerlei Freude daran ein.
Er legte den Bleistift beiseite und versuchte, den Unmut und die Besorgnis, die ihn am Arbeiten hinderten, zu vertreiben.
Das Gesicht und die Worte der betrunkenen Frau, mit der er auf der Party aneinandergeraten war, waren ihm so gegenwärtig, als wären sie Tintenflecke auf seinem Finger: »Wir sind uns doch in Shinjuku begegnet... Na, Sie sind mir vielleicht einer! Ich verstehe! Niemand soll wissen, daß Sie sich ganze Nächte mit uns an solchen Orten herumtreiben!«
Jedes einzelne Wort, das zwischen ihren mit Lippenstift beschmierten Vorderzähnen hervorkam, hatte nach Alkohol gestunken und so geklungen, als wären sie beide sehr intim miteinander. Er konnte sich nur über sich selber wundern, daß ihm das Gerede einer völlig betrunkenen Frau derart zusetzte.
Er schüttelte fünf-, sechsmal heftig den Kopf und überlas noch einmal den letzten Absatz in seinem Manuskript. Zuerst schrieb er immer in winziger Schrift seine Sätze auf die Rückseite karierten Manuskriptpapiers, dann korrigierte er sie mit Rotstift, und war eine Arbeit fertig, ließ er sie gegen Honorar von einer Studentin in Reinschrift bringen.
»Es mochte am Alter liegen, daß in letzter Zeit sein Schlaf immer flacher geworden war. Im Verlaufe einer Nacht hatte er mehrere Träume, von denen jedoch jeder allein blieb. Er träumt etwas und wacht danach sofort auf. Dann starrt er eine Weile in das Dunkel und sinnt über den eigenen Tod nach, der nicht mehr fern sein dürfte. Er war in diesem Jahr fünfundsechzig geworden.«

Suguro nahm einen roten Kugelschreiber aus dem Ständer mit den Schreibutensilien und verbesserte die Stelle ›von denen jedoch jeder allein blieb‹ in ›von denen sich jedoch keiner an den anderen fügte‹. Beim Korrigieren dachte er daran, daß er zum Thema dieser kurzen Erzählung vielleicht das hohe Alter machen könnte.

Da klingelte das Telefon. Mit einigem Unmut nahm er den Hörer ab, und eine ihm sehr vertraute, todernste Stimme sagte: »Hier ist Kurimoto. Wie geht es mit der Erzählung voran?«

»Ich glaub, die Hälfte hab ich geschafft.«

»Und der Titel?«

»Ich dachte an ›Sein Lebensabend‹.«

Nach kurzem Schweigen nahm Kurimoto wieder das Wort. »Die Sache neulich tut mir leid. Ich meine die Geschichte mit der betrunkenen Frau. Beim Einlaß herrschte ziemlicher Andrang, und deshalb habe ich noch immer nicht herausgekriegt, wer sie eigentlich mitgebracht hat.«

»Das dachte ich mir, denn ich kann mich wirklich nicht erinnern, die Frau jemals zuvor gesehen zu haben«, sagte Suguro ganz bewußt mit Nachdruck und wartete gespannt auf die Reaktion Kurimotos, doch der erwiderte lediglich: »Hier bei uns im Verlag ist eine Postkarte für Sie eingegangen, und zwar von jener Frau, wie's scheint. Als Absender ist der Name Hina Ishiguro angegeben. Und das mit der Straßenmalerin ist offenbar nicht erlogen. Die Karte ist nämlich eine Einladung zu einer Ausstellung.«

»Und woraus schließen Sie, daß es sich um jene Frau handelt?«

»Auf der Rückseite...«, Kurimoto stockte, »steht: ›Sie sind ein Lügner, verehrter Meister!‹ – Was soll mit der Karte geschehen?«

Ich brauche sie nicht, wollte Suguro schon sagen, doch dann zögerte er. Er hatte nicht das geringste Verlangen, die Karte zu sehen, zugleich aber beunruhigte es ihn, daß sich so etwas in Kurimotos Händen befand.

»Ich weiß nicht recht. Ach, am besten Sie schicken mir die Karte«, sagte er und lachte leichthin, damit ihm der junge Mann nichts von seiner Erregung anmerkte.

Nach dem Telefonat war er in noch gereizterer Stimmung als vorher.

Sowas Penetrantes!

Suguro mußte wieder an die Aufdringlichkeit dieser Frau denken, wie sie ihn bei dem Empfang am Ärmel festgehalten hatte, und er spürte vage die Gefahr, daß sich hier etwas zusammenbrauen könnte, wenn er den Dingen ihren Lauf ließ. Um seine innere Unruhe zu vertreiben, blinzelte er ein paarmal, was zu seinen Angewohnheiten gehörte.

Zwei Tage später fand er unter der Post in seinem Appartement die von Kurimoto weitergeleitete Karte. Der Name Hina Ishiguro, der in Pinselschrift auf der Einladung stand, hörte sich in der Tat wie ein Künstlername an. Zu seiner Verwunderung befand sich die Galerie, in der die Ausstellung stattfinden sollte, in der Straße ›Unter dem Bambus‹, ganz in der Nähe seines Appartements. Auf der Rückseite war, wie Kurimoto gesagt hatte, mit Kugelschreiber hingekritzelt: »Sie sind ein Lügner, verehrter Meister!« Suguro wandte den Blick ab, als hätte er etwas gesehen, das Unglück verhieß, zerriß die Einladung und warf sie in den Papierkorb.

»Neulich hatte ich im Traum eine Begegnung mit Ryûnosuke Akutagawa. Mit gesenktem Blick, die Arme verschränkt, saß er in einem abgetragenen Sommerkimono da. Er sprach kein einziges Wort, stand aber plötzlich auf, teilte den Bambusvorhang, der sich hinter ihm befand, und ging in das Nachbarzimmer. Ich wußte, daß dieses Nachbarzimmer die Welt war, in der die Toten wohnten, doch kurz darauf teilte sich der Vorhang ein zweites Mal, und Akutagawa kam zurück.«

Mit gekrümmtem Rücken saß Suguro da und schrieb, dann las er sich den Abschnitt mit leiser Stimme vor, um zu hören, wie die Sätze klangen. Diesen Teil hatte er sich nicht ausgedacht, sondern vor etwa zwei Monaten tatsächlich erlebt, und er erinnerte sich noch sehr gut, wie er mitten in der Nacht von dem Traum erwacht war und seine Frau neben ihm in friedlichem Schlaf geatmet hatte.

Natürlich hatte er seiner Frau nichts von diesem Traum erzählt. Seit ihr einziger Sohn, der in einer Handelsfirma arbeitete, mit seiner jungen Frau nach Amerika gegangen war, pflegte er über Dinge, von denen er meinte, daß sie seine Frau auch nur im leisesten beunruhigen könnten, kein Wort zu verlieren. Im Unterschied zu anderen Schriftstellern war er eigentlich immer ein guter Ehemann und Vater gewesen, aber nicht etwa deshalb, weil er sich zum Christentum bekannte, sondern weil er wußte, daß das Image eines Dichters, der sich mit dem Flair der Verworfenheit umgab, nicht zu ihm paßte. Unabhängig von dem, was er in seinen Werken schrieb, wollte er in seinem Leben wie in seiner äußeren Erscheinung ein ganz normaler Bürger sein. Deshalb vermied er auch alles, was das Zusammenleben mit seiner Frau hätte aus dem Lot bringen können, und bemühte sich, nichts über seine Lippen kommen zu lassen, was dazu angetan wäre, sie in Unruhe zu versetzen.

Zweimal in der Woche kam sie, um sein Studio sauberzumachen. Und war sie da, dann setzte er anders als zu der Zeit, in der er verbissen an seinen Werken schrieb, die Miene eines Familienvaters auf. Aber das war für ihn nichts Aufgesetztes oder Erzwungenes, das war kein Theater und keine Heuchelei.

Seine Frau hatte Rheuma und litt besonders zur Regenzeit im Frühjahr und Herbst unter starkem Schmerz in den Knien und in den Handgelenken. Geholt hatte sie sich das alles durch die Mühsal der Pflege, als er vor

dreißig Jahren lange krank gewesen war und drei Lungenoperationen hatte über sich ergehen lassen müssen. Und so plagte ihn denn ein unsägliches Schuldgefühl, wenn er sie an kalten Tagen das Appartement saubermachen sah. Oft genug hatte er ihr vorgeschlagen, eine Putzfrau kommen zu lassen, doch sie hatte immer nur lachend den Kopf geschüttelt.
In den Jahreszeiten, da ihr die Gelenke nicht schmerzten, gingen sie nach dem Mittagessen mitunter gemeinsam spazieren, und zwar immer dieselbe Strecke. Ihr Weg führte sie die Straße vor seinem Studio hinunter durch den Yoyogi-Park und über die Omote-sando-Allee zurück an seine Arbeitsstätte.
Im Park setzten sie sich auf eine Bank und sahen den jungen Leuten zu, die sich im Federballspiel übten. Wenn Suguro dann mit seiner Frau Schulter an Schulter auf der Bank saß, spürte er, auch wenn nichts gesagt wurde, ganz deutlich die tiefe Ruhe, die der Harmonie entsprang, der sich in den mehr als dreißig Jahren ihres Zusammenlebens eingestellt hatte. Als Schriftsteller blickte er in sein Inneres und legte es auf dem Manuskriptpapier bloß, als Ehemann aber gab er über die notwendigen Grenzen hinaus kaum etwas von sich preis, weil er das seiner Frau, die in einer christlichen Familie aufgewachsen war und eine Klosterschule besucht hatte, schuldig zu sein glaubte.
Am Ende der Woche, in der er die Einladung zu der Ausstellung zerrissen und weggeworfen hatte, war es seiner Frau wegen eines Unglücksfalls in ihrer Verwandtschaft nicht möglich gewesen, zu ihm in das Appartement zu kommen; er aber verbrachte dort sowohl den Sonnabend als auch den Sonntag, um seine Erzählung zu überarbeiten. Selbst in sein Arbeitszimmer mit den geschlossenen Vorhängen drang nachmittags wie aus weiter Ferne etwas von dem fröhlichen Lärmen einer großen Menschenmenge.
Sowie die Sonne nicht mehr ganz so hoch stand, verließ

er seine Werkstatt, stieg die schmale Gasse hinunter und machte wie immer seinen Spaziergang durch den Yoyogi-Park. Die Straße am Park wurde seit kurzem von den in ganz Tokyo berühmt gewordenen Gruppen von Jugendlichen beiderlei Geschlechts, die sich als ›Stamm der Bambusschößlinge‹ bezeichneten, und von den durch sie angelockten Schaulustigen bevölkert. Die Halbwüchsigen, die überall Kreise bildeten und zum Klang von Kassettenmusik bizarre Tänze vollführten, waren in lange weiße und rosa Gewänder, wie sie die Koreaner tragen, gehüllt, und selbst die Jungen hatten sich geschminkt. Jeder Kreis war eine Gruppe für sich und tanzte nach den Bewegungen eines eigenen Anführers. Eingekeilt in eine Menschenmauer, stand Suguro neben einem Ausländer, der mit einer Superacht-Kamera filmte, und sah sich die Tänze an. Als er so alt war wie diese Jungen und Mädchen, hatte Japan bereits jenen Krieg gegen China, mit dem sich der große Weltenbrand ankündigte, angezettelt. Und daran mußte er denken, ob er wollte oder nicht, denn die Erinnerung daran war für seine Generation eine Art Reflex geworden.

Als er sich aus der Menschenmauer lösen wollte, trat er aus Versehen einem Mädchen auf den Fuß.

»Oh, Verzeihung!« beeilte er sich zu sagen, woraufhin ihn das Mädchen mit zusammengekniffenen Augen gutmütig und zugleich verschmitzt anlächelte. Aber weil er ihr offenbar doch sehr weh getan hatte, verzog sie gleich darauf das Gesicht und hob den rechten Fuß. Besorgt fragte Suguro: »Hab ich dich verletzt?« und sagte, sie sollte ihren Schuh mal ausziehen.

»Ist schon gut«, antwortete sie und zwang sich wieder zu einem Lächeln.

»Komm, setz dich auf die Bank da und guck dir deine Zehen an.«

Folgsam setzte sich das Mädchen, zog die Turnschu-

he, die vorn ziemlich dreckig waren, und die Socken aus und blickte dann etwas verlegen.
»Es ist weiter nichts.«
»Ein bißchen rot sieht es doch aus. Soll ich nicht lieber was aus der Apotheke holen?«
»Ist nicht nötig.«
»Na gut, dann laß mich da drüben wenigstens irgendwas zu trinken für dich kaufen«, sagte er und zeigte mit dem Finger auf die Imbißbuden, die dicht an dicht an den Parkwegen standen. »Was möchtest du?«
»Ich hab doch gesagt, es ist weiter nichts...«
»Du brauchst nicht so schüchtern zu sein.«
»Gut, dann nehm ich eine Cola.«
Als er mit einer Büchse Cola und einem Pappbecher zurückkam, wippte sie mit den Füßen und fragte ihn:
»Sagen Sie mal, Onkel, gefällt Ihnen das hier?«
»Doch, doch. Die jungen Leute sprühen vor Lebenskraft.«
»Es kommen viele wie Sie. Die interessieren sich für uns Mädchen.«
»Wirklich? Na, so viele werden es wohl nicht sein.«
»Wenn Sie wüßten! Auf der Omote-sando sprechen sie uns an. Männer in mittleren Jahren und auch so alte wie Sie...«
»Die sprechen euch an, und dann?«
Das Mädchen griente wieder. Vielleicht wußte sie nicht recht, wie sie auf die Frage Suguros antworten sollte.
»Gibt's denn Mädchen, die darauf eingehen?«
»Die gibt's. Aber Mittelschülerinnen gehen meistens bloß bis B und verlangen dann dafür ein kleines Taschengeld.«
»Bis B? Was heißt das?«
»Sagen Sie bloß, Sie wissen nicht, was A, B und C heißt?«
Mit der gleichen Unschuld, als würde sie ihm den Namen eines neuen Popstars nennen, erklärte sie ihm,

daß A Küssen, B Befummeln und C die letzte Stufe bedeute.
Das Mädchen hatte ein volles Gesicht. Er spürte so etwas wie Neid in sich aufsteigen, weil sie im Unterschied zu ihm das Leben noch vor sich hatte.
»Wie alt sind Sie eigentlich?«
»Ich habe schon eine ganze Menge Jahre auf dem Bukkel.«
»Wie ein alter Opa sehen Sie aber noch nicht aus.«
»Gehst du auch bis B?«
»Ich? Nee, das gibt's bei mir nicht.«
»Aber hinter dem Taschengeld, da seid ihr alle her?«
»Ja, das stimmt.« Sie kniff die Augen zusammen und setzte wieder ihr gutmütiges Lächeln auf. »Wir sind zu Hause schlecht dran. Mit Taschengeld ist nichts.«
»Und dein Vater, hat der keine Arbeit?«
»Der ist vor vier Jahren von einem Motorrad angefahren worden. Deshalb muß meine Mutter jetzt von Haus zu Haus laufen, um Kunden für eine Versicherungsgesellschaft zu werben. Sie tut mir leid, und da mag ich sie nicht um Geld angehen.«
»Brauchst du's denn so nötig?«
»Man hat ja schließlich seinen Bekanntenkreis. Und außerdem möchte ich ab und zu meinen kleinen Geschwistern was kaufen.«
Suguro lächelte gezwungen, als er sie wie eine Erwachsene von ›Bekanntenkreis‹ reden hörte.
»Du gehst in die Oberschule?«
»Nein, in die Mittelschule.«
Bei *dem* Körper, und obwohl noch Mittelschülerin, dachte Suguro verwundert, während er erneut seinen Blick auf ihre gewölbte Brust und die in verwaschenen Jeans steckenden Schenkel richtete. Anders als bei den Mittelschülerinnen zu seiner Zeit waren dies schon Schenkel einer Frau, ganz abgesehen von den Brüsten.
»Wo wohnst du denn?«
»Warum wollen Sie das wissen?«

»Ich dachte nur, wenn du so dringend Taschengeld brauchst, vielleicht läßt sich eine Arbeit finden …«
»Was für 'ne Arbeit?« Sie setzte wieder eine freundliche Miene auf. »Mittelschülerinnen dürfen nicht jobben. Ich hab mal mit ein paar Freundinnen in einem McDonald-Laden gearbeitet. Wir hatten denen was vorgelogen und uns als Oberschülerinnen ausgegeben. Aber sie sind uns schnell auf die Schliche gekommen und haben uns wieder rausgeschmissen.«
»Jedenfalls solltest du dich nicht wie ein verdorbenes Mädchen mit Männern einlassen.« Als Suguro diesen ermahnenden Ton anschlug, senkte das Mädchen den Blick, bohrte die Schuhspitzen in den Boden und sagte gelangweilt: »Na, dann werd ich mal gehen.«
Suguro hatte sich von der Bank erhoben, und erst jetzt fiel ihm auf, daß ihre Schuhe schon sehr abgetragen waren.
»Warte!« Er holte seine Brieftasche hervor, und das Mädchen starrte wie gebannt darauf. Als er aber der Brieftasche einen Fünftausend-Yen-Schein entnahm, wich das Mädchen erschrocken zurück.
»Wenn du mir versprichst, keine Dummheiten zu machen, kriegst du das Geld. Kauf dir dafür von mir aus ein Paar neue Turnschuhe. Und überleg dir das mit der Arbeit. Wenn du dazu bereit bist, ruf hier an!«
Nachdem er ihr seine Telefonnummer auf einen Zettel geschrieben hatte, ging er davon, ohne sich noch einmal umzusehen, denn er war böse auf sich selber, weil er sich in einem Anflug von Gefühlsduselei dazu hatte hinreißen lassen, dem Mädchen Geld zu geben.
Als er am Abend nach Hause kam, erzählte er seiner über einer Handarbeit sitzenden Frau von dem Mädchen.
»Kann man einer Mittelschülerin zumuten, mein Atelier sauberzumachen?«
»Das kann man. Aber wieso? Denkst du ernsthaft daran, das Mädchen dazu anzustellen?«

»Ja, ich habe ihr versprochen, eine Arbeit für sie zu finden. Es wäre doch auch eine Hilfe für dich.«
Er sah es nicht gern, wenn seine Frau im Winter mit dem Staubsauger hantierte und sich dabei die schmerzenden Gelenke rieb.
»Mir macht das überhaupt nichts aus.«
»Das weiß ich ja.«
Er sprach sonst nie mit ihr über die Hausarbeit, aber diesmal ließ er sich nicht von seinem Willen abbringen. Denn da konnte man doch gleich zwei Fliegen mit einer Klappe schlagen: Seine Frau brauchte sich in der Regenzeit und in den kalten Monaten nicht mehr mit dem schweren Staubsauger abzurackern, und das Mädchen würde von den Männern nicht in Versuchung geführt...

»Das ist wirklich ein nettes Mädchen«, sagte seine Frau, die doch anfangs von der ganzen Sache nichts hatte wissen wollen, offenbar sehr zufrieden, nachdem Mitsu – das Mädchen hieß Mitsu Morita – zwei-, dreimal zum Saubermachen in sein Atelier gekommen war. »Nach dem, was du von ihr erzählt hast, war ich erst recht skeptisch, aber sie ist ja die Unschuld in Person.«
Suguro nickte erleichtert. »Irgendwie hat sie was Gutmütiges, findest du nicht? Allerdings wenn man sie lachen sieht, kommt sie einem etwas unbedarft vor.«
»Sie hat zwei Brüder und eine kleine Schwester. Als ich ihr Kuchen anbot, hat sie ihn nicht selber gegessen, sondern wollte ihn lieber ihren Geschwistern mitnehmen. Das war richtig rührend. Die Operation, die ihr Vater nach einem Unfall hatte, ist schiefgegangen, und irgendwelche inneren Organe scheinen auch in Mitleidenschaft gezogen.«
Seine Frau hatte sich also bei Mitsu schon eingehend nach der Familie erkundigt.
Wie seine Frau sagte, war Mitsu viel weniger gerissen als befürchtet. Sie hatten ausgemacht, daß sie sonn-

abends nach der Schule in sein Atelier kam. Unter Anleitung seiner Frau saugte sie den Fußboden und scheuerte die Toilette. Bei der Arbeit kam ihr sehr zustatten, daß sie für ihr Alter groß und kräftig war. So fiel es ihr nicht schwer, den Pappkarton voller ausgelesener Zeitschriften zum Hausmeister hinunterzuschaffen und die Einkäufe zu erledigen. Nach zwei Wochen säuberte Mitsu, auch ohne daß seine Frau zugegen war, bereits von sich aus das Empfangszimmer und die Toilette, wobei sie einen Schlager nach dem anderen vor sich hin trällerte.

Suguro setzte sich, nachdem er beim Schreiben einen Absatz zu Ende gebracht hatte, aufs Sofa und sah der Mittelschülerin beim Staubsaugen zu.

»Was ist denn das für ein Lied?«

Er kannte keinen der jungen Sänger beim Namen, und erst durch Mitsu erfuhr er von der Existenz einer Gruppe namens Kyon-Kyon und Shibugaki.

»Ich dachte, Sie wissen alles, und dabei wissen Sie gar nichts«, sagte Mitsu, legte den Staubsauger aus der Hand und machte sich mit sichtlichem Vergnügen über Suguro lustig, der selbst solche Schlagerstars wie Toshi-chan und Matchi nicht auseinanderhalten konnte, obwohl er sie im Fernsehen gesehen hatte.

»Ich kenn mich in eurer Welt überhaupt nicht aus.«

»Soll ich Ihnen mal ein paar Ausdrücke von uns Mittelschülern erklären? Wissen Sie, was einen ›Schlich machen‹ heißt?«

»Woher soll ich das wissen.«

»Wenn man nach der Schule heimlich in ein Café geht. Und was ist ›happieren‹?«

»Keine Ahnung.«

»Das sagt man, wenn man happy ist und sich freut. Wenn einer dafür sagen würde, er ist glücklich, wird er ausgelacht.«

›Heulboje‹ ist die Mutter, ›aufheben‹ in einem Laden mausen. NHK ist nicht die Abkürzung für die Nationale

Rundfunk- und Fernsehgesellschaft, sondern für nichtsnutzige, hochnäsige Kanaillen. ›Sich vernebeln‹ bedeutet den Unterricht schwänzen und ›fischig tun‹ sich den Anschein geben, als wisse man von der Liebe nichts.

Alle diese Ausdrücke, die ihr über die Lippen sprudelten, fand Suguro ganz lustig, weshalb er sie sich sogleich notierte.

Mitsu arbeitete so angestrengt, daß ihr manchmal das Blut zu Kopf stieg und der Schweiß auf Wangen, Kinn und Nacken perlte. Wenn Suguro diesen matt schimmernden kindlichen Schweiß sah, überfiel ihn bisweilen sogar ein leichter Schwindel, als sei er in die Nähe einer stark duftenden Blume geraten. Zugleich spürte er beim Anblick des schweißigen Gesichts und Nackens etwas von dem, was ihm selber verlorengegangen war.

»Mitsu macht sich so gut, daß man sie kaum wiedererkennt.«

Suguro nickte zu den Worten seiner Frau. »Nun bist du also doch froh, daß ich sie zum Arbeiten geholt habe.«

»Ob ich sie mal mit in die Kirche nehme?«

»Damit würdest du sie nur langweilen. Ich glaube, du läßt es lieber. Aber sobald sie sich noch ein bißchen mehr eingewöhnt hat, wie wär's, wenn wir dann endlich unsere Reise nach Nagasaki machten, von der mal die Rede war?«

Suguro hatte sich schon lange vorgenommen, mit seiner Frau nach Nagasaki zu fahren, sobald es ein bißchen wärmer sein würde. In Nagasaki und Umgebung spielten einige seiner Werke, aber seine Frau war noch nie dort gewesen, und sie freute sich auf diese Reise...

In der Nacht nach diesem Gespräch mit seiner Frau hatte Suguro einen Traum.

Er träumte, er betrachte im Badezimmer seines Ateliers sein Gesicht im Spiegel. Er erschrak, als er sah, wie sehr er gealtert war. Falten und Tränensäcke hatten

sich um seine Augen gebildet, und auf dem Kinn zeichneten sich viele kleine weiße Punkte ab, wie Spitzen von Zahnstochern. Beim genauen Betrachten entpuppte sich dieses weiße Etwas als Bartstoppeln. Sein Alter gemahnte ihn daran, daß der Tod nahe war, und von der Unruhe, die dieser Gedanke in ihm auslöste, erwachte er.
Wie immer atmete im Bett neben ihm seine Frau im Schlaf leise und regelmäßig. Ihr Atem erinnerte ihn stets an das Ticken der Standuhr in seinem Atelier, wobei das Ticken der Uhr unsäglich beruhigend auf ihn wirkte, wenn er mit gekrümmtem Rücken über seiner Arbeit saß. Zugleich vermittelte ihm das Atmen seiner schlafenden Frau etwas von der friedvollen Ruhe, die sie sich in ihrer Ehe hatten bewahren können, und es wehte ihn daraus auch jene Welt an, in der sie seit ihrer Mädchenzeit lebte. Es war das Atmen einer Frau, die, liebevoll umhegt von ihren Eltern und Brüdern, aufgewachsen war und nach ihrer Heirat niemals auch nur den leisesten Zweifel an ihrem Mann und seiner Arbeit genährt hatte. Manchmal empfand er deshalb Neid, manchmal sogar leichten Haß, den er sich aber niemals hatte anmerken lassen. In solchen Augenblicken sagte er sich, ihre Welt, das ist eine Welt, die nach Waschpulver duftet.
Er war bald wieder eingeschlafen und hatte dann noch einen Traum. Im Spiegel des Badezimmers – seltsam, wieso erscheinen ihm in letzter Zeit immer wieder Spiegel im Traum? – sieht er Mitsu im verwaschenen geblümten Schlüpfer. Sie merkt nicht, daß er sie heimlich beobachtet, und lacht ungeniert in den Spiegel. Zwischen den leicht geöffneten Lippen schauen Zähne hervor und hängen Fäden von Speichel – für ein Mädchen ihres Alters reichlich sündhaft. Jetzt wird sie gewahr, daß er sich hinter der Tür verbirgt. Sie lacht ihm zu und sagt, ohne sich umzudrehen: »Da wird Ihre Frau aber ganz schön böse werden!«

Er erwachte. Das grinsende Gesicht hatte er weiter vor Augen. Seine Frau schlief friedlich.
Suguro starrte ins Dunkel. Er schämte sich seines scheußlichen Traums, sagte sich aber zugleich, daß er für den Traum nichts konnte. Es war wahrhaftig nicht nötig, nun sogar noch über einen Traum Demut und Scham zu empfinden. Aber bei dem Gedanken, daß er sich an diesen Traum bestimmt erinnern würde, wenn Mitsu das nächstemal saubermachen kam, wurde ihm etwas unbehaglich zumute.
»Häßlichen Traum gehabt«, vermerkte er in seinem Tagebuch. Er beließ es bei dieser vagen Eintragung und schrieb nichts weiter hinzu. Tief im Herzen fürchtete er, daß nach seinem Tode irgendein Verlag dieses Tagebuch drucken könnte...

2

Suguro hatte wegen seiner nächsten Arbeit einiges mit Kurimoto, der stets wie ein Bankbeamter mit ordentlich gebundener Krawatte herumlief, zu besprechen. Doch auch wenn es nichts Besonderes gab, versäumte es der junge Mann, der weder trank noch rauchte, nie, ihn zweimal im Monat aufzusuchen. Offenbar hielt er das für seine Pflicht als Lektor. Aber sobald Suguro dem treuherzig dreinblickenden Kurimoto ins Gesicht schaute, sagte er sich immer wieder, der hätte besser Oberschullehrer werden sollen und nicht Verlagsmitarbeiter.

Plötzlich begann im Nebenzimmer der Staubsauger zu brummen.

»Ach, Ihre Frau ist wohl hier?«

Kurimoto hatte angenommen, daß sie beide allein in Suguros Atelier seien, und schien sich deshalb sehr zu wundern.

»Nein, meine Frau nicht, aber eine Mittelschülerin, die sich ein bißchen Geld verdient.«

»Eine Mittelschülerin?«

Obwohl wegen des Lärms, den der Staubsauger machte, im Nebenzimmer bestimmt nichts zu verstehen war, sprach Suguro mit sehr verhaltener Stimme, als er Kurimoto davon erzählte, wie es dazu gekommen war, daß Mitsu Morita bei ihm arbeitete.

»Auch wenn sie äußerlich nicht den Eindruck macht, ist sie von ihrem Wesen her ein ganz nettes Mädchen. Nach dem, was sie erzählt, scheint es hier in Harajuku Männer zu geben, die sich selbst an Mittelschülerinnen heranmachen.«

Kurimoto erwiderte darauf nichts und schwieg eine Weile. Plötzlich aber fragte er: »Was haben Sie eigentlich mit der Postkarte gemacht?«

»Was für eine Postkarte?«

»Die ich Ihnen neulich zugeschickt habe.«

»Ach, die meinen Sie. Ich hab sie zerrissen und weggeworfen. Was dachten Sie denn?«

Da Suguro glaubte, Kurimoto hätte die leidige Geschichte und das ganze Drumherum längst vergessen, war er regelrecht erschrocken, als ihn der junge Mann mit todernstem Gesicht nach der Postkarte fragte.

»Sie haben doch wohl nicht angenommen, daß ich zu der Ausstellung gehe, die diese Frau veranstaltet?«

»Aber ich war da«, sagte Kurimoto und blickte Suguro fest in die Augen. »Ich wollte nämlich herausbekommen, wer sie eigentlich ist, damit sie Ihnen nicht noch einmal Scherereien macht.«

»Und was haben Sie herausgefunden?«

»Daß sie wirklich Bilder ausgestellt hat, und zwar ganz in der Nähe der Straße ›Unter dem Bambus‹.«

Kurimoto hatte die Galerie anscheinend in der Absicht aufgesucht, den ehrlichen Namen des Schriftstellers, den er als Lektor betreute, zu verteidigen, aber Suguro fand diesen guten Dienst, den ihm Kurimoto erweisen wollte, eher lästig. Er hatte den Vorfall auf jener Party so schnell wie möglich vergessen wollen und nicht im entferntesten daran gedacht, ihn wieder aufzuwärmen.

»War die Frau da?«

»Nein, sie war nicht da. Als Aufsicht in der Galerie saß da eine Frau mit Brille. Sie behauptete von sich, auch Malerin zu sein.«

»Und die Bilder?«

»Sind hohl und roh. Zum Beispiel ein Fötus im Mutterleib. Lauter solch groteskes und unheimliches Zeug. Unverdaut und ohne Sinn und Verstand ...«

»Dachte ich mir.« Suguro nickte beifällig, als hätte er schon eine genaue Vorstellung von den Bildern. »Etwas anderes kann man von so einer gar nicht erwarten.«

»Es hängt dort aber auch ein Porträt von Ihnen.«

»Von mir ...?«

»Sie hat doch auf der Party davon gesprochen, daß Sie sich von ihr und ihren Freundinnen in Shinjuku haben porträtieren lassen.«

»So ein Blödsinn! Das ist doch nicht zu fassen!«

»Ich wiederhole ja nur, was sie gesagt hat. Aus den Porträtskizzen ist dann offenbar dieses Ölgemälde entstanden.«

Suguro schwieg und blinzelte vor sich hin. Der Staubsauger im Nebenzimmer war verstummt. Wahrscheinlich hatte Mitsu ihre Arbeit beendet.

»Hat es Ähnlichkeit mit mir?« fragte Suguro mit leiser Stimme.

»Äußerlich ja, aber – entschuldigen Sie, wenn ich das sage – es sieht gemein aus.«

»Gemein?«

»Eine Ähnlichkeit mit Ihnen ist zweifellos da, und trotzdem sind Sie es nicht. Natürlich nicht ...«

»Das heißt also, es gibt sich ein anderer für mich aus?«

»Ich glaub schon. Das Bild trägt allerdings den Titel ›Porträt des Herrn S.‹.«

»Dann hat sie also auch noch den Anfangsbuchstaben meines Namens genommen.«

»Am besten, Sie machen sich weiter nichts draus«, versuchte Kurimoto zu trösten. »Das glaubt sowieso keiner. Eigentlich wollte ich energisch protestieren, aber weil die Frau nicht da war, bin ich wieder gegangen, ohne etwas zu sagen.«

Nachdem Kurimoto sich verabschiedet hatte, hockte

Suguro tief versunken auf dem Sofa und starrte durchs Fenster. Der bleigraue Nachmittagshimmel brach auf, und die Sonne begann spärlich zu scheinen.

»Fehlt Ihnen was?« fragte Mitsu, die aus dem Bad gekommen war und nun besorgt zu ihm hinüberblickte. Seine Frau hatte ihn schon darauf angesprochen: Das Mädchen besaß ein feines Gespür für den Kummer eines anderen. Und in diese Sensibilität mischte sich Güte, aber auch Einfältigkeit.

»Nein, nein, mir fehlt nichts.«

Er setzte wieder die andere, für den Hausgebrauch bestimmte Miene auf und lächelte sie an. Das war das Gesicht, das seine Frau so fest an ihn glauben ließ, und das heißt, es war auch das Gesicht, für das ihm seine Leser Vertrauen entgegenbrachten.

»Ich geh mal eine Weile weg«, sagte er und erhob sich. »Meine Frau wird gleich kommen, würdest du bitte so lange hierbleiben.«

»Ja, warum nicht.«

Er ging zum erstenmal durch die Straße ›Unter dem Bambus‹, von der Kurimoto erzählt hatte. Daß sich selbst für die Verhältnisse in Harajuku hier besonders viele junge Leute beiderlei Geschlechts tummelten, davon hatte er oft gehört, und tatsächlich sah er nun überall Mittelschülerinnen mit knöchellangen Röcken, Mädchen mit Taschen, die mehr an Bettelbeutel erinnerten, über den Schultern und junge Burschen mit cremefarben gefärbten Haaren herumschlendern.

Wie es ihm Kurimoto beschrieben hatte, hing dort, wo ein schmaler Steig endete, der sich Brahmsgasse nannte, an einem Gebäude ein Schild mit der Aufschrift ›Galerie für moderne Kunst‹. Im Erdgeschoß befand sich eine Boutique für billige Schmucksachen und Putzwaren, im Stockwerk darüber die Galerie.

Suguro stieg die nach Zement riechende Treppe hinauf. Vorn am Empfang saß eine Frau mit übereinandergeschlagenen Beinen und las in einer Zeitschrift. Kaum hatte sie aufgeschaut, stieß sie einen leisen Schrei der Verwunderung aus, weil sie ihn offenbar erkannt hatte. Ohne die Zeitschrift aus der Hand zu legen, verfolgte sie ihn mit gespannten Blicken, während er den menschenleeren Raum betrat.

Wie ein breites Band hingen mehr als zwanzig Bilder in einer Reihe ringsum an den vier Wänden. Bei einigen von ihnen genügte ein einziger Blick, um zu erkennen, daß sie von Laien stammten, die ihr mangelndes technisches Können durch ausgefallene Motive kaschierten. Sowohl die realistischen als auch die abstrakten Bilder waren zweifellos Nachahmungen europäischer und amerikanischer Avantgarde-Künstler. Zwei Frauen, die sich umschlungen hielten. Schlangen und Moskitos mit bösartig gespreizten Flügeln. Das Bildnis eines Jungen mit einem zum Hammer deformierten Kopf. Ein Kind im Mutterleib, das furchtsam zum Beschauer aufblickte, die weit aufgerissenen Augen von Angst und Schrecken erfüllt. Über diese Werke, die bloß durch ihre Prahlerei und Frivolität auffielen, ließ Suguro lediglich einen flüchtigen Blick schweifen, weil er nur nach einem einzigen Bild Ausschau hielt.

Nach Kurimotos Aussage hing das Gemälde mit dem Titel ›Porträt des Herrn S.‹ nahe einer Ecke. Suguro, der in seinem Rücken sehr wohl die auf ihn gerichteten Blicke der Frau vom Empfang spürte, ging darauf zu, wobei er sich den Anschein völliger Unbekümmertheit gab.

Da sah er sich gemalt. Aus einer düsterfarbenen Welt heraus blickte er mit einem dünnen Lächeln den Betrachter an. Das war zwar sein Gesicht, aber der Ausdruck darin, der war nicht gemein, wie Kurimoto gesagt hatte, der war widerlich und lüstern.

Als er vor Empörung und Scham unwillkürlich den Blick abwandte, erinnerte er sich, dieses Gesicht schon einmal gesehen zu haben. Ja, genau! Das war das Gesicht, das während der Preisverleihung hinter dem Rücken Kurimotos und einer Lektorin hervorgeschaut und ihn angestarrt hatte. Suguro war verwirrt und stand wie versteinert vor dem Porträt. Da gab es noch ein Gesicht, das diesem ähnelte! Suguro hatte es bei der Besichtigung der mittelalterlichen Kathedrale in der kleinen französischen Stadt Bourges gesehen. Mit dem Priester, der ihn durch das Gotteshaus führte, war er eine Wendeltreppe hinaufgestiegen und oben auf dem Turm, den ein heftiger Wind umwehte, auf einen Balkon hinausgetreten. Von dem Balkon blickten allerlei aus Stein gehauene Tiere und Menschengesichter auf die sich weithin ziehenden Felder herab. Und eines dieser Gesichter, das einer Wahnsinnigen zu gehören schien, hatte genauso gelacht. »Was bedeutet das?« hatte er gefragt, aber der französische Priester hatte nur mit den Achseln gezuckt.

Obwohl er merkte, daß die Frau am Eingang ihn noch immer aufmerksam beobachtete, trat er auf sie zu. »Sagen Sie bitte, treffe ich hier Frau Ishiguro?« fragte er, jede Gefühlsregung möglichst unterdrückend, woraufhin die Angesprochene sich beeilte, ihre Zigarette auszudrücken.

»Sie müßte eigentlich gleich kommen.«

»Hat sie das Bild dort gemalt?«

»Nein, das ist von Itoi.«

»Das kann doch wohl nicht angehen, daß jemand mir nichts, dir nichts das Porträt eines Menschen malt.«

Bei seinem Protest verzog die Frau das Gesicht, als hätte sie eine Ohrfeige bekommen.

»... Ohne Wissen des Betreffenden.«

»Sie sagte, die Zustimmung liege vor.«

»Wer ist ›sie‹?«

»Fräulein Itoi, die das Bild gemalt hat. Haben Sie denn ihr und Fräulein Ishiguro nicht erlaubt, Skizzen von Ihnen zu machen? In Shinjuku!«

Sie wandte sich ab. Gerade wollte Suguro widersprechen, da bemerkte er, daß sich ein Schatten hinter ihm bewegte.
Mit einemmal glänzten die Augen der Frau.
»Ich habe schon auf Sie gewartet, Madame Naruse«, sagte sie
Suguro wandte sich um und sah eine schon etwas ältere Frau in einem eleganten Mantel mit breitem Kragen und einem darumgeschlungenen Schal unter leichten Verbeugungen eintreten.
Suguro verließ die Galerie. Hinter sich hörte er die jüngere der beiden Frauen offenbar in einer ganz bestimmten Absicht laut lachen. Draußen schien die Sonne noch schwächer als vorher. Das trübe Wetter machte ihm in seinem Alter manchmal zu schaffen, und er fühlte sich wie zerschlagen. Kurzentschlossen stieß er die Tür zu dem Café gleich nebenan auf. Er suchte sich einen Platz am Fenster, und kaum hatte er sich gesetzt, wurde das Porträt in ihm wieder lebendig. Er sah es jetzt noch viel deutlicher als vorhin, da er davorgestanden hatte. Es war das Gesicht eines Mannes, in dem die Häßlichkeit nicht etwa von den Augen und der Nase ausging, sondern von der Seele.
Er wußte mit seinen Gedanken weder aus noch ein. Angst und Schrecken packten ihn, wenn auch nur für einen Augenblick, und er fuhr sich mit der Hand über die schweißnasse Stirn.
Nachdem er sich wieder einigermaßen gefangen hatte, versuchte er seine eigenen Schlüsse zu ziehen. Möglicherweise war es gar nicht so sehr ein niederträchtiges Grinsen, was er da gesehen hatte, als vielmehr ein flüchtiges, liebenswürdiges Lächeln. Wenn er dieses naive Lächeln für ein widerwärtiges, lüsternes Grinsen gehalten hatte, dann lag das vielleicht daran, daß das Gesicht, das er bei der Preisverleihung gesehen zu haben glaubte, sich tief in seinem Unterbewußtsein eingeprägt hatte. Und darum hatte er das, was Kurimoto,

ohne groß zu überlegen, als gemeines Lächeln bezeichnete, wohl anders gedeutet.
Dieser Gedanke gab ihm ein wenig von seiner inneren Ruhe zurück. So gelang es ihm, dieses dumme Porträt tatsächlich als Unfug abzutun. Das vermeintliche Grinsen versetzte sein Herz nun auch nicht länger in Aufruhr. Es war genauso wie neulich nach dem Traum, in dem ihm Mitsu erschienen war. Damit die Ordnung seines äußeren und inneren Lebens nicht durcheinandergeriet, hatte er sich von dem, was ihm im Schlaf widerfahren war, am nächsten Morgen mit der Eintragung in sein Tagebuch: ›Häßlichen Traum gehabt‹, befreit.
Als er das Gesicht hob und gedankenverloren aus dem Fenster blickte, sah er die ältere Dame von vorhin aus der Galerie kommen und auf das Café zugehen. Vielleicht wollte sie sich ebenso wie er ein wenig ausruhen. Sie hielt erst Ausschau nach einem freien Platz, legte dann ihre Handtasche und ein Buch auf den Stuhl neben Suguro und zog sich ihren Mantel aus. Sie hatte eine breite Stirn und für eine Japanerin ungewöhnlich große Augen, die auf einen starken Willen schließen ließen.
Sie bestellte sich einen Espresso, und nachdem sie einen Schluck davon getrunken hatte, senkte sie den Blick. Sie schien über etwas nachzudenken. Dann hob sie den Kopf und erkannte in dem Mann, der ihr fast genau gegenüber saß, Suguro. Offenbar doch sehr überrascht darüber, nickte sie ihm zu.
Ihren Gruß verband sie mit der Bemerkung: »Wir sind uns vorhin schon mal begegnet.«
Nicht so sehr aus Hilflosigkeit, sondern um der Verlegenheit ein Ende zu machen, fragte er sie rundheraus: »Haben Sie das Bild gesehen, das sich ›Porträt des Herrn S.‹ nennt?«
»Ja.«
»Und finden Sie, daß es mir ähnlich ist?«

Die Frau neigte den Kopf leicht zur Seite und lächelte etwas verschämt. In ihr Haar mischten sich ein paar Silberfäden, aber sie schien ein wenig jünger zu sein als seine eigene Frau.

»Sagen Sie, was sind das eigentlich für Maler, die da ausstellen?«

»Eine Gruppe junger Frauen. Sie wollen das Schöne im Häßlichen entdecken und sprechen dabei von einer Ästhetik des Häßlichen.«

»Deshalb sind sie dann wohl auf mein Gesicht verfallen. Mein Gesicht mag ja häßlich sein, aber daß es so gemalt wurde, verschlägt mir glatt die Sprache«, sagte Suguro absichtlich in einem etwas scherzhaften Ton.

»So sonderlich abstoßend finde ich das Porträt gar nicht. Im Gegenteil, für mich hat das Gesicht etwas sehr Menschliches.«

In der gleichen Art und im gleichen Ton sprach auch seine Frau, um ihn zu besänftigen, wenn er erbost war. Das gehörte vielleicht zum Wesen der Frauen dieses Alters.

»Woher kennen Sie denn diese Malerinnen?«

»Eine aus dieser Gruppe hat mal für kurze Zeit in dem Krankenhaus gelegen, in dem ich arbeite ... Jedenfalls kam es dadurch zu der Bekanntschaft.«

»Ich kann mich mit Bildern dieser Art überhaupt nicht befreunden, und es wundert mich einigermaßen, daß eine Dame wie Sie mit solchen Mädchen verkehrt, ich meine, die so etwas malen.«

»Wieso?« Die Frau lächelte. »Vielleicht bin ich auch so eine wie die, die Sie ›solche Mädchen‹ nennen.«

Suguro wurde ein wenig neugierig auf diese Dame, die seiner Frau irgendwie ähnelte.

»Sie sagten, Sie arbeiten in einem Krankenhaus. Sind Sie Ärztin?«

»Nein, ich bin dort sozusagen als freiwillige Sozialhelferin tätig. Verzeihen Sie, ich habe mich Ihnen noch nicht vorgestellt. Mein Name ist Naruse.«

»Und meiner ist Suguro.«

»Wirklich? Ihr Name ist mir sehr geläufig und natürlich kenne ich auch Ihre Werke.«

An dieser Stelle endete vorerst das Gespräch, und beide tranken schweigend ihren Kaffee. Suguros Blicke blieben auf dem Titel des Buches haften, das die Dame zusammen mit ihrer Handtasche auf den Stuhl neben ihm gelegt hatte.

»Sogar so etwas lesen Sie?«

»Ja, weil ich gern lese.« Und wie um sich zu verteidigen, fügte sie hinzu: »Auch wenn ich wenig davon verstehe, ich greife immer gleich nach jedem neuen Buch...«

»Der Kritiker in dem Buch da geht ziemlich hart mit mir ins Gericht. Ich fürchte mich vor dem Sex, meint er...«, sagte Suguro und setzte geflissentlich ein gequältes Lächeln auf. Aus dem Gesichtsausdruck der Frau, die verlegen schwieg, schloß er, daß sie die Abhandlung kannte.

»Sie haben es gelesen?« fragte er nun ziemlich ernst.

»Ja.«

»Jeder Schriftsteller hat seinen eigenen Acker. Meine Themen liegen außerhalb des Sex... Das heißt nicht, daß ich immer einen Bogen darum mache. Ein bißchen was habe ich schon dazu geschrieben.«

Er merkte, daß er sich allzusehr in sich selber verbiß, und hielt deshalb inne.

»Ja, ich weiß. Irgendwann einmal haben Sie gesagt, daß die Psychologie des Sex Ähnlichkeiten mit der Seelenstruktur hat, in der es den Menschen nach Gott verlangt«, sagte sie freimütig mit einem Nicken. »Ich kann mich allerdings nicht mehr erinnern, in welchem Ihrer Bücher ich das gelesen habe.«

»Bestimmt in der Essaysammlung, die vor etwa fünf Jahren erschienen ist.«

Es schmeichelte seiner Selbstachtung, daß diese Frau sogar seine Essays kannte. Sie schien überhaupt über allerlei Bescheid zu wissen, was allein schon ihre Ausdrucksweise verriet. Möglicherweise ging sie einer geistigen Arbeit nach.

»Wenn Sie meine Bücher gelesen haben, teilen Sie dann auch die Auffassung dieses Kritikers?«

»Von solch schwierigen Dingen verstehe ich nichts. Nur irgendwie habe ich das Gefühl, daß Sie vielleicht deshalb, weil Sie ein Christ sind, Sex immer mit Sünde verbinden...«

Er sei kein siebzehn- oder achtzehnjähriges Mädchen, widersprach er, aber da er nun einmal seit seiner Jugend unter dem Einfluß der christlichen Lehre stehe, spüre er irgendwo tief in seinem Innersten, daß man zwischen gesunder und ungesunder Sexualität zu unterscheiden habe. Gesunder Sex... Er sah das Gesicht seiner Frau vor sich und mußte sich eingestehen, daß dem ehelichen Beisammensein mit ihr stets ein Geruch von Pflicht angehaftet hatte. Aber er war damit recht zufrieden gewesen, und auch seine Frau hatte sich niemals beklagt. Daß sie darüber Unzufriedenheit äußern würde, konnte er sich nicht einmal vorstellen.

»Na schön!« schloß er. »Ich hoffe, Sie nehmen es mir nicht übel, aber wie denken Sie denn über den Sex?«

Dies eine Frau zu fragen, die er zum erstenmal sah und die überdies etwa im gleichen Alter war wie seine eigene Frau, war wirklich sehr ungehörig, aber er tat es, weil er boshafte Rachegefühle verspürte.

»Es macht mir Angst, ganz offen darüber zu reden«, erwiderte sie und lachte.

»Wieso? Wenn ich wie ein Christ rede, dann reden Sie wie eine Jungfrau.«

»Nein, das meine ich nicht... Ich glaube, im Sex offenbaren sich tief in unserem Herzen schlummernde Geheimnisse, deren wir uns nicht einmal selber bewußt sind.«

»Das größte Geheimnis, dessen wir uns selbst gar nicht bewußt sind?«

»Ja.«
Als ihm diese Worte ans Ohr drangen, tauchten aus seiner Erinnerung plötzlich wieder die Traumbilder jener Nacht auf, da er vom Badezimmer aus die halbnackte Mitsu heimlich betrachtet hatte...
Bestürzt wandte er den Blick ab. Eine sonderbare Erfahrung, die ich soeben gemacht habe, dachte er. Nicht im entferntesten wäre er darauf gekommen, daß er mit einer Frau, die ihm vor wenigen Augenblicken noch völlig unbekannt gewesen war, eine derart kühne Unterhaltung haben würde. Ein Gespräch, das er mit seiner Frau nie und nimmer geführt hätte.
»Schreiben Sie selber?«
»Nein! Wo denken Sie hin! Vor vielen Jahren habe ich mich allerdings mal in klassischen Versen versucht.«
Als Suguro den Blick von der Frau abwandte, bemerkte er einen jungen Mann in einer blauen Windjacke mit weißen Ärmeln, der draußen vor dem Fenster stand und zu ihm herüberstarrte. Vielleicht, sagte er sich, hat dieser junge Mann, als er an dem Café vorüberging, den am Fenster sitzenden Schriftsteller Suguro erkannt und ist aus Neugier stehengeblieben.

Er hatte in einem Laden in der Straße ›Unter dem Bambus‹ nach der Galerie gefragt, von der die betrunkene Frau gesprochen hatte, und dort war ihm erklärt worden, daß sie sich in dem Gebäude rechts am Ende dieser kurzen Straße befinde. Die ganze Gegend war dicht mit eifarbenen Geschäftshäusern bebaut; als Straßenbeleuchtung dienten nachgemachte alte Gaslaternen. Selbst Kobari wußte, daß man der Straße hier das Aussehen einer Gasse am Montmartre von Paris hatte geben wollen.
Aus einem der Gebäude trat ein Mann und blieb stehen. Kobari hielt den Atem an. Denn der Mann war

Suguro, dem er gerade nachstellte. Der Schriftsteller wandte sich um, und es hatte den Anschein, als warte er auf jemanden. Dann ging er in das Café nebenan. Kobari verbarg sich hinter einem Laternenpfahl und spähte in das Café. Zum Glück setzte sich Suguro, ohne etwas bemerkt zu haben, an einen Tisch gleich neben dem Fenster. Nachdem er seine Bestellung beim Kellner aufgegeben hatte, lehnte er sich müde zurück und versank in Nachdenken. Kobari erinnerte sich, daß er Suguro in genau derselben Haltung schon einmal im Fernsehen zu Gesicht bekommen hatte. In der Art, wie er dasaß, machte er ganz den Eindruck, als sei er des Lebens überdrüssig. Doch lange hatte er Suguro seinerzeit auf dem Bildschirm nicht beobachten können, weil die Frau, mit der er zusammenlebte, gleich darauf die Hand ausgestreckt und auf ein anderes Programm umgeschaltet hatte.

Kurze Zeit nach Suguro kam eine ältere Frau, einen Schal um den Hals und in einen modischen beigefarbenen Mantel gekleidet, aus demselben Gebäude und ging wie auf Verabredung ebenfalls in das Café. Die beiden schienen sich zu kennen, denn sie setzte sich an ein Tischchen neben Suguro und begann sich sogleich mit ihm zu unterhalten.

Dieses weibliche Wesen war ganz offensichtlich nicht seine eigene Frau. Denn die sah anders aus, wenn das Foto von ihr in der Gesamtausgabe der Werke ihres Mannes nicht täuschte. Während der Unterhaltung blickte Suguro nur ein einziges Mal durch das Fenster hinaus auf die Straße, aber es hatte nicht den Anschein, als hätte er irgendeinen Verdacht geschöpft; er streckte nur die Beine aus, die er vorher übereinandergeschlagen hatte.

Es dauerte nicht allzulange, bis sie beide gemeinsam aufbrachen. Damit sie ihn nicht bemerkten, versteckte sich Kobari wieder hinter einem Laternenpfahl und folgte ihnen, als sie nebeneinander die Straße ›Unter dem Bambus‹ hinuntergingen, aber zur Überraschung Kobaris trennten sie sich gleich darauf mit einem leichten Kopfnicken. Am Bahnhof vorbei lenkte Suguro seine Schritte in Richtung Breite Allee, an der das Palais France lag, während die Frau die entgegengesetzte Richtung einschlug.

Nachdem sich Kobari für einen Moment unschlüssig gewesen war, wem er folgen sollte, entschied er sich für die Frau. Inmitten all der jungen Burschen und Mädchen, die lässig Schulter an Schulter mit einem Blick auf die Auslagen in den Geschäften durch die Straße schlenderten, schritt sie als einzige mit tadellos gestrafftem Körper dahin. Wenn man sie so sah, machte sie ganz den Eindruck einer willensstarken Frau. An einem Fußgängerüberweg überquerte sie die Breite Straße und bog in eine Nebengasse der Vorderen Hauptallee ein.

Ihr in dieser fast menschenleeren Gasse auf den Fersen zu bleiben konnte leicht Verdacht erregen; trotzdem folgte er ihr in einem Abstand von etwa dreißig Metern, weil er von seinem Entschluß nicht ablassen wollte. Aber während er hinter ihr herging, wurde er sich bewußt, daß er etwas Unsinniges tat. Es wäre etwas anderes gewesen, hätte er sich an Suguros Fersen geheftet, doch einer Frau, nur weil sie mit Suguro in einem Café geplaudert hatte, ausgerechnet bis hierher nachzuspüren erschien ihm jetzt völlig nutzlos.

Warum eigentlich wollte er diesem Schriftsteller unbedingt die Maske herunterreißen? Das Empfinden, daß sein Tun die reinste Niedertracht war, lebte in ihm in holder Eintracht mit der hämischen Freude darauf, den anderen zu entlarven. Das Gesicht Suguros mit dem überlegenen Lächeln, als er auf dem Platz des Preisträgers saß; die Wogen des Beifalls bei der Übergabe der Urkunde und den Glückwunschreden – an alles erinnerte sich Kobari noch sehr lebhaft. Ein Schriftsteller, der sich eine eigene Welt geschaffen hatte und in ihr seine Geborgenheit fand. Dieses Gesicht voller Zufriedenheit,

mit der er in seiner festgefügten, sicheren Welt sitzt und noble Wörter ausstreut. Und ebendieses Gesicht wollte Kobari erschüttern. Als Student hatte er sich an Demonstrationen beteiligt, um die etablierte Gesellschaft niederzureißen, und damals in der Studentenbewegung hatte sich bei ihm der Wunsch, alle aufzurütteln, die sich in Sicherheit wiegen, mit einem starken Gerechtigkeitsempfinden gepaart.
Vorbei an Wohnblocks ging es in eine Nebenstraße mit eleganten Modegeschäften und Antiquitätenläden. Ein Geschäft führte nichts anderes als Bootszubehör. Die Frau schien sich in dieser Gegend gut auszukennen, denn sie bog ohne jedes Zögern von einer Straße in die andere ein, bis sie in einem sechsgeschossigen Krankenhaus verschwand.
Enttäuscht wollte Kobari gerade den Rückzug antreten, aber da sah er, wie sich die Frau in der Eingangshalle mit einer Krankenschwester mittleren Alters, die eine mit zwei schwarzen Bändern befestigte Haube trug, unterhielt. Die Krankenschwester entblößte ihre vorstehenden Zähne und lachte übers ganze Gesicht in einer Art, die von unendlicher Güte zeugte. Gleich darauf verließ die Frau das Krankenhaus und ging in Richtung Vordere Hauptallee.
Vielleicht will sie zur U-Bahn, dachte er, doch da blieb sie vor einer Hundehandlung direkt gegenüber einem U-Bahneingang stehen und betrachtete unverwandt die Hundehütten und die vielen verschiedenen vor sich hin schlummernden oder mit dem Schwanz wedelnden Welpen im Schaufenster. Kobari verharrte in gehörigem Abstand vor einem Modegeschäft und tat so, als sähe er sich das Schaufenster an, aber seine Neugier und sein Wille, ihr weiter auf den Fersen zu bleiben, waren erloschen. Denn diese Frau mit ihrer Vorliebe für kleine Hunde schien nicht zu den Schlüsselfiguren zu gehören, mit deren Hilfe man hinter das wahre Gesicht Suguros kommen könnte.

Doch nachdem fünf Minuten und schließlich gar zehn vergangen waren, stand sie noch immer vor der Hundehandlung, und da wurde ihm endlich klar, daß sie die Welpen nicht betrachtete, weil sie eine Hundeliebhaberin war, sondern weil sie sich vor dem Geschäft ganz offensichtlich mit jemandem verabredet hatte.

Zum Glück schien die Frau nicht im geringsten zu ahnen, daß er sie beobachtete. Hin und wieder blickte sie zum U-Bahneingang hinüber und wartete anscheinend darauf, daß dort jemand auftauchte.

Eine Frau, die mit ihrem vollen Gesicht und der runden Brille jenen alten Jungfern glich, denen man überall in den Büros begegnet, kam die Treppe herauf. Entmutigt und mit enttäuschtem Blick sah Kobari, wie die beiden Frauen am Eingang zur Hundehandlung Halsbänder und Leinen prüfend zur Hand nahmen und dabei miteinander plauderten.

Nachdem die ältere Frau ein grünes Halsband gekauft hatte, stieg sie zusammen mit der Brillenträgerin in ein Auto. Kobari verspürte nun nicht mehr die geringste Lust, die Frau noch länger zu verfolgen, weil er davon überzeugt war, daß das nichts einbringen würde.

Eilig kehrte er zur Galerie zurück.

»Lassen Sie uns zehn Minuten Pause machen, bevor wir noch einmal über die beiden Erzählungen diskutieren, die in die engere Wahl gezogen werden.«

Als der Cheflektor, der von der Mitte des Raumes aus die Sitzung leitete, die kurze Pause verkündet hatte, erhoben sich ziemlich geräuschvoll die Kellnerinnen, die still in den Ecken gehockt hatten.

Der A-Preis war zwar nur eine Auszeichnung für Debütanten, aber er galt in der Öffentlichkeit doch einiges, so daß selbst in den Fernsehnachrichten von der Verleihung berichtet wurde, und die Jury, die zweimal im Jahr über die Vergabe dieses Preises zu entscheiden hatte, trat gemeinsam mit der, die den B-Preis für Un-

terhaltungsliteratur verlieh, im selben Restaurant in Tsukiji zusammen. Suguro, der vor drei Jahren ebenso wie Kano in die Jury berufen worden war, galt in ihr noch als einer der Neulinge.
»Nozawa wird wohl dafür plädieren, diesmal keinen Preis zu vergeben«, flüsterte Kano dem links neben ihm sitzenden Suguro zu.
»Ich wäre auch dafür. Beide Erzählungen erscheinen mir, was die Fabel betrifft, doch sehr gekünstelt.«
»Das Gekünstelte würde ich nicht unbedingt für einen Mangel halten...«
Suguro war damit nicht einverstanden, und zwar auch deshalb nicht, weil er die Worte, mit denen Kano vorhin die Werke kritisiert hatte, doch ein bißchen zu hart fand. Als er die von Kano gnadenlos ausgeteilten verbalen Peitschenhiebe vernommen hatte, mußte er an die Gesichter seiner Freunde denken, die vor langer Zeit in einer kleinen Bar in Meguro seine Erzählung heftig kritisiert und als ›verdächtig‹ abgestempelt hatten. Im Jahr danach hatte Kano den A-Preis bekommen und damit seinen Einzug auf der literarischen Bühne gehalten. Und wieder ein Jahr später war dann auch Suguro der A-Preis verliehen worden. Fast fünfunddreißig Jahre waren seither vergangen, und von den anderen schrieb kaum noch einer.
Den Widerspruch Suguros quittierte Kano mit saurer Miene. Er leerte sein Bierglas, aber die Unzufriedenheit in seinem Gesicht blieb.
»Ich finde, das Niveau der mit dem Preis bedachten Werke ist in den letzten drei, vier Jahren mächtig gesunken.«
»Da hast du recht.« Suguro nickte diesmal zustimmend. »Ich habe denselben Eindruck.«
»Ich fürchte, wenn wir nicht bald strengere Maßstäbe anlegen, wird der Preis seine Bedeutung verlieren. Die Art, wie in den zur Preisverleihung vorgeschlagenen Werken über das Geschlechtliche geschrieben wird,

halte ich schlicht für Pornographie. Mit wirklicher Erotik hat das nichts mehr zu tun. Sag mal, Yoshikawa, findest du das nicht auch?« Er wandte sich an den ihm gegenübersitzenden älteren Kollegen, der sich gerade irgendeine Medizin in die Augen tröpfelte. Yoshi-Kawa war ein Schriftsteller, der von allen als Meister der Kurzgeschichte geschätzt wurde.
»Langsam! Langsam! Reg dich doch nicht gleich so auf«, erwiderte Yoshikawa mit einem Lächeln, als wolle er Kano, der leicht dazu neigte, laut zu werden, besänftigen. »Aber es stimmt, was du sagst, das Wesen des Geschlechtlichen ist darin nicht erfaßt.«
Wie ein fernes Echo riefen diese Worte in Suguro eine ähnliche Äußerung wieder ins Gedächtnis: »Sie vermeiden es, über die tiefsten Tiefen der geschlechtlichen Beziehungen zu schreiben.« Zusammen mit der Erinnerung an diesen Satz tauchte vor ihm auch das Gesicht von Frau Naruse auf, wie sie ihn mit kühnem Blick aus ihren großen Augen ansah.
»Suguro, wirst du dafür stimmen?« fragte Kano. »Vorhin hast du doch gute Noten verteilt.«
»Nein, ich bin für ›Landschaft mit dem Regenbogen‹.«
»Findest du die nicht reichlich schwach?« Als wäre ihm plötzlich etwas eingefallen, sah er Suguro durchdringend an. »Auf dem Heimweg habe ich noch etwas mit dir zu bereden.«
»Und warum nicht jetzt?«
»Dazu muß ich mit dir allein sein«, sagte er und wandte den Blick ab.
Die Jury trat wieder zusammen. Wie beim ersten Wahlgang hatte auch diesmal jedes Mitglied wieder die Noten ›gut‹, ›mittelmäßig‹ oder ›schlecht‹ zu vergeben und dafür eine Begründung abzugeben. Danach wurden die Stimmen ausgezählt. Anders als bei der ersten Runde sprach sich diesmal die Mehrheit für die von Suguro empfohlene Erzählung ›Landschaft mit

dem Regenbogen‹ aus. Yoshikawa beschwichtigte den murrenden Kano.

»Schon gut. Ich werd mich in Geduld fassen«, gab Kano scharf zurück. »Aber ein bitterer Nachgeschmack bleibt trotzdem.«

Yoshikawa verließ zusammen mit dem Cheflektor den Raum, um den wartenden Zeitungsreportern das Ergebnis mitzuteilen.

»Nach dem Essen laß uns zusammen ein Auto nehmen«, flüsterte Kano Suguro zu.

»Ich weiß nicht, aber du tust ja mächtig geheimnisvoll«, sagte Suguro lachend.

»Das ist eine Sache, von der ich nicht will, daß sie ein anderer mit anhört«, entgegnete Kano und versank in mißmutiges Schweigen, das sich Suguro nicht erklären konnte.

Als das Auto, in das beide gestiegen waren, anfuhr, sagte Kano nach kurzem Überlegen zum Chauffeur: »Zum Haupteingang vom Hotel Imperial, bitte!«

Leicht irritiert darüber, daß Kano ihm noch immer nicht gesagt hatte, worüber er mit ihm eigentlich reden wollte, fragte Suguro, sobald sie sich in der Hotellobby niedergelassen hatten, in einem etwas bissigen Ton: »Um was geht's denn nun?«

»Wenn du's genau wissen willst... Man sagt dir schlimme Sachen nach«, antwortete Kano mit der gleichen verärgerten Miene wie vorher, nachdem er in die Runde geblickt hatte, um sich zu versichern, daß niemand lauschte.

»Was meinst du damit?«

»Es heißt, du seist in der Gegend vom Kabuki-cho Stammkunde in Peepshows und ähnlichen Lokalitäten.«

Suguro richtete seinen Blick starr auf den Mann, mit dem er nun schon lange Jahre befreundet war.

»Und du glaubst dieses Gerede?«

»Ich? Was ich glaube, steht nicht zur Debatte. Um dich

geht es«, entgegnete Kano verächtlich. »Ich wollte dir nur sagen, daß solche Gerüchte über dich kursieren, zumal du immer so besorgt bist...«

»Statt von Besorgtheit solltest du lieber von Kleinmütigkeit sprechen.«

»Jedenfalls, das laß dir gesagt sein, wenn deinen Lesern dieses Gerede zu Ohren kommt, dann werden sie sich von dir betrogen fühlen. Oder meinst du nicht? Beträfe es mich, wäre es völlig gleichgültig, aber du, du bist Christ. Deine Kirche und die Priester werden auch nicht gerade erfreut sein, wenn sie davon erfahren. Und außerdem weiß ich nicht, wie deine...«

»Wie meine Frau darauf reagiert, wolltest du doch sagen?«

»Ja.«

»Was immer die Leute auch reden mögen, meine Frau glaubt das, was ich sage«, entgegnete Suguro selbstsicher. »Aber woher weißt du davon?«

In der Lobby war fast niemand. Ein Hotelboy begab sich vor die Tür, um Gäste zu empfangen, die mit einem Bus vom Flugplatz gekommen waren.

»Von einem Schreiberling. Kobari oder so ähnlich heißt er. Vor ungefähr zwei Wochen rief er mich an und sagte, er möchte ganz im Vertrauen mit mir über dich sprechen. Er sei einer Malerin begegnet, und die habe ihm einiges erzählt.«

»Aha!« Suguro lachte gezwungen. Er hatte nun endlich begriffen. »Darum geht's also! Neulich bei der Preisverleihung kreuzte eine betrunkene Frau auf und hat lauthals Dinge von sich gegeben, die weder Hand noch Fuß hatten. Wenn's das ist, dann weiß ich Bescheid und Kurimoto vom K-Verlag übrigens auch.« Suguro bemühte sich gar nicht erst, ein Gähnen zu unterdrükken. »Es tut mir leid, daß du dir deswegen Sorgen um mich gemacht hast. Aber du kannst ganz beruhigt sein, das alles ist völliger Blödsinn.«

Suguro hatte geglaubt, den Freund mit dieser Bemer-

kung überzeugt zu haben, doch Kano schwieg weiterhin mißmutig.
»Wollen wir nicht langsam gehen«, drängte Suguro. »Ich fühle mich wie zerschlagen nach dieser Sitzung. In letzter Zeit hab ich nachts manchmal Schmerzen in der Brust.«
»Du solltest ein bißchen mehr auf dich achten, denn du weißt doch, daß du's mit dem Herzen hast.«
»Suguro – vorgestern abend, wo warst du da?«
»Vorgestern abend?« Suguro neigte den Kopf zur Seite. »Zu Hause. Ich habe mir die zur Preisverleihung eingereichten Erzählungen durchgelesen. Wieso fragst du?«
»Du bist nicht in Shinjuku gewesen?«
»Nein!«
Kano wandte den Blick ab und flüsterte: »Ich hab dich vorgestern abend gesehen. In Shinjuku auf dem Bahnsteig.«
»Auf dem Bahnsteig? Soll das ein Scherz sein? Ich war an dem Abend zu Hause. Glaub mir! Meine Frau kann dir das bestätigen.«
Kano schwieg und sah Suguro von unten herauf an. Dann sagte er in einem Ton, als spräche er mit sich selber: »Gegen elf stand ich mit M. vom K-Verlag in der Bahn, die Hand am Haltegriff. Ich hatte mich mit ihm in einer Bar in der Goldenen Gasse verabredet, um ihm ein Manuskript zu übergeben. Danach haben wir dann einen getrunken. Da wir denselben Heimweg hatten, sind wir zusammen in die gedrängt volle Bahn gestiegen. Während wir uns unterhielten, habe ich zufällig mal für einen Moment durchs Fenster auf den Bahnsteig für die stadteinwärts fahrenden Züge geschaut, und da sah ich dich – mit einem Mädchen, das eine Brille trug, auf einer Bank sitzen.«
»Mich?«
»Ja, dich!«
»War das nicht vielleicht nur jemand, der mir sehr ähnelt?«

»Nein. Ich bin mir ganz sicher, das warst du«, sagte Kano mit Nachdruck. »Das warst du. Auch M. war mächtig erstaunt...«
»Ich war zu Hause. Wie oft soll ich es dir denn noch sagen, bis du mir glaubst?«
»Ich glaub dir ja. Nur, ich hab dich mit Sicherheit auf dem Bahnsteig gesehen. Aber in dem Moment lief eine Bahn ein, und da war mir die Sicht genommen.«
»Das ist doch völlig absurd. Oder willst du etwa behaupten, daß es mich zweimal gibt?« Suguro lachte wieder gezwungen. »Das muß jemand sein, der mir wie aus dem Gesicht geschnitten ist. Der gibt vor, ich zu sein, benutzt meinen Namen und streunt in Shinjuku umher. Anders kann ich's mir nicht erklären. Ruf meine Frau an und frag sie, wo ich vorgestern abend gewesen bin.
»Das ist nicht nötig. Wahrscheinlich warst du wirklich zu Hause. Aber ich versichere dir, ich hab dich gesehen.«
»Und das Mädchen?«
»Sie hatte sich einen langen bräunlichen Schal mehrfach um den Hals geschlungen und trug Stiefel, wie sie heute bei jungen Frauen offenbar Mode sind. Außerdem trug sie eine Brille.«
»An so ein Mädchen kann ich mich beim besten Willen nicht erinnern.«
»Jedenfalls wirst du in Schwierigkeiten kommen, wenn das Gerede die Runde macht. Und du solltest nicht erst lange warten, bevor du zum Gegenschlag ausholst.«
Suguro sagte sich, daß jeder weitere Versuch, Kano umzustimmen, sinnlos war. Er wußte von früher, daß Kano, wenn er einmal seine Meinung geäußert hatte, sich durch nichts mehr davon abbringen ließ. Er glaube ihm, hatte er zwar gesagt, aber daß er Zweifel hegte, war ihm nur allzu deutlich anzusehen.
Wenn das schon bei einem so alten Freund wie Kano der Fall war, wie würden sich dann erst andere verhal-

ten. Und nach Kanos Aussagen hatte mittlerweile ja bereits einer dieser Unterhaltungsreporter, die wie Hyänen einen Kadaver schon von weitem wittern, begonnen, ihm nachzuspüren.
»Ich hab verstanden.« Suguro nickte und tat sein Bestes, seine Gefühle, eine Mischung aus Unruhe, Verwirrung und Zorn, im Zaum zu halten.

Suguro wartete an der Straßenecke auf Kurimoto. An dieser Ecke, an der Motorrad an Motorrad stand, befand sich ein Pornoladen, aus dessen offenstehender Tür ein junger Mann trat. Durch die Tür sah Suguro in einem Regal zwischen fleischfarbenen Puppen eine Statue der Glück und langes Leben verheißenden Gottheit Fukurokuju, auf deren halslosem Gesicht ein lüsternes Lächeln spielte. Kunden sah er nicht. Man war dieser Art von Gegenständen und der in Klarsichtfolie eingeschweißten Bücher, auf deren Umschlägen Fotos von nackten Mädchen in Hockstellung mit einem aufgerichteten Knie prangten, mittlerweile wohl überdrüssig geworden.
Auf der gegenüberliegenden Seite reihte sich hinter einem weiten Platz ein Kino an das andere. Vor einem dieser Kinos hing das riesige Bild eines nackt in ein Leopardenfell gehüllten jungen Mädchens.
Wenn ihn seine Erinnerung nicht trog, dann war dies hier früher einmal eine Gegend, in der man selbst am Tage nicht laut zu atmen wagte. Es hatte hier auch Absteigen gegeben, deren Eingänge hinter halbvertrockneten Bambusbüschen verborgen lagen. Überall standen Mülltonnen herum, und es konnte schon passieren, daß einem aus solch einer Tonne plötzlich eine verwilderte Katze entgegensprang. Jedenfalls war es ein unheimlicher, bedrückender Ort gewesen. Aber weil das schon so viele Jahre zurücklag, war er sich seiner Erinnerung nicht ganz sicher.

Jetzt herrschte hier eine ganz andere Atmosphäre. Auch auf den Straßen, durch die sie vorhin gegangen waren, wimmelte es von Menschen, obwohl nicht einmal Sonntag war. Es waren Angestellte, die ihre Arbeit in den Büros beendet hatten, und junge Burschen und Mädchen, offensichtlich Schüler und Studenten. Und ringsum hallte es wider von dem Gerassel der Stahlkugeln in den Spielautomaten, von den Stimmen der Ausrufer und von dem gedämpften Gebimmel der Klingeln aus den Kinos am Beginn einer Vorstellung. Das Bemühen, unter allen Umständen eine Art imaginärer Freude zu schaffen, teilte sich einem aus dem Lärm mit, der aus den Spielhallen drang, und verstimmte dabei eher. Man sah den Passanten an, wie überdrüssig sie all dieser Reize waren und wie wenig sie die Töne und Farben interessierten.

Plötzlich kamen ihm wieder die Worte der älteren Dame in den Sinn, der er neulich in dem Café gegenüber der Galerie begegnet war: »Ich glaube, im Sex offenbaren sich tief in unserem Herzen schlummernde Geheimnisse, deren wir uns nicht einmal selber bewußt sind.«

Sex entblößt, was in jedem einzelnen verborgen liegt – hier jedoch in diesem Viertel war Sex doch offensichtlich leicht und billig zu haben. Als hafte auf den Gehsteigen, an den Wänden und Laternenpfählen, noch das Erbrochene der Betrunkenen der letzten Nacht, war hier alles von etwas durchdrungen, was Ernüchterung und Verstimmung hervorrief. Sex sagte hier gar nichts, und der Sex, der hier verkauft wurde, war nicht der, von dem Frau Naruse gesprochen hatte.

Mit mißmutigem Gesicht kam Kurimoto von der gegenüberliegenden Seite auf ihn zu.

»Nichts als anrüchige Häuser. – Ich habe die Kirschgasse gefunden.«

Der junge Mann, der Religionswissenschaft studiert hatte und zu seinem eigenen Vergnügen die klassische

Handtrommel spielte, war offenbar zum erstenmal durch diese Straßen gegangen, und es stand ihm der Schweiß auf der Stirn.
»Dann können wir ja losziehn«, gab Suguro zur Antwort. »Vielleicht treffen wir dort den Betrüger, der sich für mich ausgibt.«
Er betonte das Wort Betrüger, aber Kurimoto schwieg...
In der Gasse, die den Yasukuni-Weg mit dem Blumengartensteig verband, ging es noch geräuschvoller zu als dort, wo sie vorhin gewesen waren, obwohl noch hellichter Tag war. Plakatträger und Schlepper standen vor den Etablissements herum und drückten den Passanten Werbezettel in die Hand oder sprachen sie an. Aber man brauchte die Handzettel gar nicht zu lesen, denn auf der rechten Straßenseite hing ein Schild neben dem anderen mit großen, ins Auge springenden Aufschriften wie »Peep Show« und »Individuelle Massage«. Manche Häuser priesen sich auch als »Modischer Massagesalon« und »Privatatelier« an und verhießen auf ihren sonderbaren Plakaten ein besonderes Vergnügen beim »Spezialboxen« oder »Spezialringen«.
»Was geht denn in solchen Häusern eigentlich vor sich?« murmelte Suguro.
»Da kann man zugucken, wie Frauen nackt miteinander ringen«, antwortete Kurimoto mit mißvergnügtem Gesicht. Ob sich dieser Ausdruck des Mißvergnügens gegen die Etablissements, in denen Derartiges geboten wurde, oder gegen Suguro richtete, war schwer zu sagen.
Suguro konnte sich des Eindrucks nicht erwehren, daß Kurimoto sich ihm gegenüber irgendwie abweisend verhielt. Ernsthaft, wie Kurimoto war, glaubte er immer gleich, was ihm andere zutrugen. Und weil dieser mit M., der an jenem späten Abend zusammen mit Kano in Shinjuku in die U-Bahn gestiegen war,

im selben Verlag arbeitete, war Kurimoto die Geschichte ganz bestimmt zu Ohren gekommen.
Einmal ist keinmal, aber wenn ihm die Szene, die selbst Kano erschreckt hatte, tatsächlich beschrieben worden ist, dann mußten ja Zweifel in ihm aufsteigen. Daß er seither während seiner Besuche bei Suguro diesem Thema tunlichst aus dem Weg ging, war der beste Beweis dafür.
Als sie genau die Hälfte der Kirschgasse hinter sich hatten, kam ein als Charlie Chaplin verkleideter Plakatträger höchst erfreut auf Suguro zu und lachte ihn ungeniert an, wobei er sein lückenhaftes Gebiß entblößte. »Wir haben uns ja lange nicht gesehen, Verehrtester!«
Auf dem Plakat, das er auf Brust und Rücken trug, stand: »Porno-Palast – Palast der Freuden«.
Der kleine Mann mit dem eingefallenen Gesicht machte einen ebenso erbärmlichen Eindruck wie der Frack, den er trug. »Waren Sie mal wieder in dem netten Laden?«
Verzagt schwieg Suguro einen Moment. Dann gab er Kurimoto ein Zeichen, indem er ihn leicht am Ärmel zog, und sagte mit belegter Stimme: »Mit dem ›netten Laden‹, was meinen Sie damit?«
»Na, nu hört sich doch alles auf! Den von Namiko natürlich.«
»Ach so, den.«
Der Plakatmann lachte immer noch gutmütig. »Wenn Sie Namiko suchen, die sitzt im Nudelrestaurant.«
»In welchem Nudelrestaurant?«
»Na, hören Sie mal! Sie wissen doch, in dem da drüben«, antwortete er und wies mit dem Kinn auf das Restaurant schräg gegenüber.
»Aha!«
Suguro entnahm seiner Brieftasche einen Tausend-Yen-Schein und reichte ihn dem wandelnden Plakat.
»Haben Sie ergebensten Dank. Wenn Sie nicht öfter kommen, wird die liebe Namiko noch weinen.«

Fluchtartig machte sich Suguro davon; der Lektor folgte ihm verstört.
»Der Betrüger scheint mir wirklich sehr zu ähneln, wenn uns nicht einmal der Mann da auseinanderhalten kann«, verteidigte er sich vor Kurimoto, aber der junge Mann schwieg.
Obwohl es noch gar nicht so spät am Tage war, brannten schon die Neonlampen in dem Restaurant. Unter den vier, fünf Gästen, die laut schlürfend ihr Nudelgericht verspeisten, fiel die Frau Ende Zwanzig mit der schlecht durchbluteten, spröden Haut sofort auf. Als sie von dem Wochenmagazin, in dem sie gelesen hatte, aufblickte, starrte sie Suguro an und sagte erstaunt in einem schmollenden Tonfall, wobei sie die Wortenden in die Länge zog: »So früh schon? Wie kommt denn das?«
»Sind Sie Namiko?« fragte Suguro so leise, daß ihn niemand sonst hören konnte.
»Soll das ein Scherz sein? Namiko ist schon wieder gegangen. Weiß der Herr etwa nicht mehr, daß ich Hanae bin?« Leicht zweifelnd sah sie ihn an. »Moment mal! Sie sind doch der Herr Suguro ...«
»Ja, und ...«
»Wieso verwechseln Sie mich und Namiko?«
»Wollen wir nicht in ein Sushi-Restaurant gehn?«
»In ein Sushi-Restaurant? Aber ich hab hier schon bestellt.«
»Ich bezahl es.«
Sie griff nach ihrer Handtasche, die neben ihr lag, offenbar die Nachahmung eines Modells aus einem berühmten italienischen Modehaus.
Zu dritt gingen sie in ein Sushi-Restaurant gleich in der Nähe und setzten sich. Die Frau, die sich Hanae nannte, schwieg beharrlich und musterte Suguro und Kurimoto.
»Ist irgendwas?«
»Nein, eigentlich nicht.«
»Sind Sie wirklich der Herr Suguro?«

Er gab darauf keine Antwort.
»Oder etwa nicht? Sie lügen. Sie sehn ihm nur sehr ähnlich. Stimmt's?«
»Ich bin wirklich Suguro. Und der, mit dem Sie immer zusammenkommen, ist ein anderer.«
»Ihr Zwilling?«
»Nein, kein Bruder von mir. Und ich hab ihn auch noch nie gesehn.«
»Mir wird ganz unheimlich.« Hanae starrte Suguro furchtsam an. »Ich möchte keine Sushi. Besser, ich geh gleich.«
»Warten Sie einen Moment. Wir werden Ihnen bestimmt keine Scherereien machen«, sagte Kurimoto und hinderte sie daran aufzustehen.
Suguro fügte hinzu: »Wir möchten nur, daß Sie uns ein bißchen was von dem Mann erzählen.«
»Sind Sie von einer Zeitschrift?«
»Nein. Aber es stimmt, daß ich der Schriftsteller Suguro bin. Der andere ist ein Betrüger, der sich für mich ausgibt.«
»Was wollen Sie wissen?«
»Ich hoffe, Sie verstehen, daß es mich in Schwierigkeiten bringt, wenn jemand, der mir offenbar wie aus dem Gesicht geschnitten ist, hierherkommt, sich für mich ausgibt und allerlei Unsinn daherredet.«
Hanae schien sich wieder einigermaßen beruhigt zu haben, und Kurimoto war klug genug, sofort etwas zu trinken zu bestellen.
»Ja, dann war alles, was er erzählt hat, dummes Zeug. Aber er sieht Ihnen sehr ähnlich. Nein, er sieht ganz genauso aus wie Sie.« Erneut musterte sie Suguro, als sei er ihr nicht ganz geheuer.
»Haben Sie ihn öfter gesehen?«
»Er ist Kunde in dem Salon.«
»In was für einem Salon?«
»Na, in unserem! Wo wir Baby spielen.«
»Baby spielen?«

»Sagen Sie bloß, Sie wissen nichts davon? Dabei hat man uns doch in Wochenblättern und sogar im Fernsehen vorgestellt.« Darauf, daß man über sie im Fernsehen berichtet hatte, schien Hanae besonders stolz zu sein. »Unsere Kunden tun so, als seien sie Babys ... Ist Ihnen davon wirklich noch niemals was untergekommen? Nicht einmal Fotos, auf denen Männer mit Windeln und einem Nuckel im Mund zu sehen sind?«

»Sie meinen Kinder?«

»Nein! Richtige Erwachsene! Sie spielen mit Klappern und anderen Sachen.«

»Und warum?«

»Warum? Das weiß ich nicht. Es gibt viele Männer, die wieder Babys sein möchten. Das hat jedenfalls einer unserer Kunden gesagt. Und deshalb kommen sie eben in unseren Salon.«

»Und was sind das für Leute?«

»Meistens hochgestellte Persönlichkeiten. Zum Beispiel Ärzte und Parlamentsabgeordnete.«

Als sie »Parlamentsabgeordnete« sagte, zog sie verächtlich die Nase kraus und kicherte. Vielleicht mußte sie plötzlich an einen dieser Abgeordneten aus ihrem eigenen Kundenkreis mit Windeln zwischen den Beinen und einem Schnuller im Mund denken. Sie steckte sich eine Zigarette zwischen die Lippen und kicherte dann wieder vor sich hin.

Kurimoto wandte angewidert den Blick ab. Wahrscheinlich hatte er sich in Gedanken das Bild eines alten Mannes, der genauso aussah wie Suguro, in dieser grotesken Aufmachung ausgemalt und sich seiner Abscheu nicht länger erwehren können. Allein schon dadurch, daß sich Suguro dieses Gefühl Kurimotos irgendwie mitteilte, kam er sich erniedrigt und erbärmlich vor.

»Dann hat also ...«, setzte Suguro nach einem längeren Schweigen an. »Dann hat also auch der Betrüger, der sich für mich ausgibt, hier bei Ihnen solche Dinge angestellt?«

»Sie meinen den Herrn Suguro?«

»Merken Sie sich das endlich«, entgegnete Suguro barsch. »Es handelt sich hier nicht um mich, sondern um einen anderen.«
»Ja, er kommt öfter. Namiko ist dann seine Partnerin. Einmal hat sie zu mir gesagt, daß er ihr manchmal mächtig auf die Nerven geht.«
Mit einer geschickten Handbewegung zündete sie ihr Wegwerffeuerzeug.
»Wieso geht er ihr auf die Nerven?«
»Weil er andauernd rummeckert. Mal sagt er, als er Baby war, da hat es solche Papierwindeln nicht gegeben, und ein anderesmal paßt ihm das Spielzeug nicht, weil es nicht von früher ist.«
»Das heißt, der Mann wird richtig zum Baby?«
»Ja, das ist bei den meisten unserer Kunden so – dann geraten sie richtig in Verzückung.«
Hanae machte die Augen zu und führte ihnen vor, wie diese Verzückung aussah. Es war das friedliche Gesicht eines Babys, das glückselig in den Armen seiner Mutter schlummert.
Suguro mußte an seinen Arbeitsplatz denken, an das muffige, selbst am Tage düstere Zimmer, dieses Zimmer, das ihm ein Gefühl der Sicherheit vermittelte, als hätte sich sein eigener Wunsch, in den Mutterleib zurückzukehren, erfüllt. Worin bestand denn eigentlich der Unterschied zwischen diesem Gefühl der Sicherheit und dem Verlangen der Männer, wieder Babys zu werden? Tief in den Herzen der Menschen herrscht eine Finsternis, von der sie selber nichts ahnen.
»Solche Leute sind doch nicht mehr normal«, warf Kurimoto von der Seite her ein.
»Die Männer sind alle gleich. Selbst berühmte Persönlichkeiten verwandeln sich bei uns in Babys.«
»Und was bezahlen Ihre Kunden dafür?«
»Für zwei Stunden dreißigtausend Yen.«
»Dreißigtausend?«

»Das ist noch billig. In Roppongi sollen es fünfzigtausend sein.«
»Wissen Sie noch was über den Mann?«
»Ich kenn ihn nicht besonders gut. Einmal war ich allerdings mit ihm in einem Hotel. Aber – sonst geht immer Namiko mit ihm.«
»Und was weiter?« drängte Suguro sie, weil er Kurimoto unbedingt beweisen wollte, daß er mit diesem Mann nicht identisch war.
Plötzlich fragte Hanae erneut: »Sie sind wirklich nicht der, der bei uns Kunde ist?«
»Nein, ich bin es nicht.«
»Wenn das so ist, kann ich's Ihnen ja erzählen. Der Mann – also der, der Ihnen so sehr ähnelt, der ist ganz schön pervers.«
»Pervers?«
Hanae lächelte jetzt hintergründig. »Zuerst haben wir eine Disko besucht... Er riecht gern den Schweiß am Hals von mir und Namiko, wenn wir getanzt haben, hat er gesagt. Danach sind wir in ein Hotel gegangen, und als ich aus dem Bad kam, hat er mir Nacken und Brust gestreichelt, und mir dann wie ein Verrückter Hals und Schulter geleckt. Was denken Sie, wie ekelhaft das war. Die Spucke von dem Alten auf meiner Haut, wo ich doch gerade so schön gebadet hatte – die Spucke von so einem alten Mann ist wirklich was Scheußliches.«
Sie stutzte, als sie den schweigend dasitzenden Suguro ansah. »Da hab ich nun doch wohl was Häßliches gesagt.«
»Das macht nichts.« Und er fügte, ganz offensichtlich in der Absicht, daß Kurimoto ihm beipflichten sollte, hinzu: »Schließlich betrifft es nicht mich, sondern einen anderen.«
»Aber Sie sehen sich so ähnlich, daß einem wirklich Angst wird. Als Sie sagten, Sie sind ein anderer, lief es mir kalt über den Rücken. Übrigens, vor dem Spiegel

in der Toilette war er drauf und dran, mir die Kehle zuzudrücken.«

»Die Kehle zuzudrücken?« fragte Kurimoto erschrokken. »Wollte er Sie umbringen?«

»Das wollte er nicht, hat er hinterher gesagt – aber wenn Sie wüßten, wie schauderhaft er mit seinen blutunterlaufenen Augen aussah! Namiko hat mir erzählt, daß er dasselbe auch mit ihr angestellt hat.«

»Das ist doch nicht zu fassen.« Kurimoto schüttelte verständnislos den Kopf. »Vielleicht ist der tatsächlich nicht mehr bei Sinnen.«

»Ist das nicht scheußlich, sich mit solch widerlichen Kunden abzugeben?«

»Na und wie! Deshalb hab ich mit ihm ja auch Schluß gemacht. Aber Namiko hat gelacht und gesagt, das sind doch bloß Verrücktheiten. Und wenn man sie ihm gestattet, läßt er viel Geld springen. Was für'n Unfug ein Schriftsteller so treibt, ist kaum zu glauben!« Hanae setzte ein undurchdringliches Lächeln auf und fügte hinzu: »Ich frag mich, was der für Bücher schreibt. Gelesen hab ich von ihm ja noch nichts.«

»Das reicht mir«, sagte Suguro, der bis dahin geschwiegen hatte, und entnahm seiner Brieftasche zwei Scheine, denn offenbar hatte er es jetzt eilig, von hier wegzukommen.

»Es ist nicht viel.«

»Danke! Ich bin so frei«, sagte sie, als sie das Geld nahm, mit plötzlich völlig veränderter Stimme. »Sie wollen schon gehn?«

»Ja.«

»Ohne bei uns reinzuschauen? Namiko ist auch da. Die wird sich für Sie bestimmt was ganz Besonderes einfallen lassen. Und außerdem, glauben Sie nicht, daß es besser ist, Namiko selber nach dem Mann zu fragen? Machen Sie das doch.«

»Nein, für heute reicht's.«

Mit finsterer Miene und den Blick starr nach vorn ge-

richtet, ging Suguro, während der Lektor Mühe hatte, ihm zu folgen, durch die Gasse, in der die Neonröhren der Leuchtreklame abwechselnd aufflammten und wieder erloschen und die Schlepper lauernd standen. Doch kaum waren sie in einer breiten Straße, sagte er, als wäre dies das Zeichen für ihn gewesen, zu Kurimoto: »Nun dürfte wohl auch Ihnen klargeworden sein, daß sich ein anderer für mich ausgibt.«
»Ja«, antwortete Kurimoto, offenbar eingeschüchtert durch die Schärfe in Suguros Stimme, und nickte.
»Wenn Ihnen das klargeworden ist, kann ich ja zufrieden sein.«
»Ja.«
»Darf ich nun damit rechnen, daß Sie M. und auch die anderen aus Ihrem Verlag, die über mich herziehen, aufklären?«
»Das ist doch selbstverständlich, und deshalb verstehe ich nicht, warum Sie sich dessen so nachdrücklich vergewissern müssen.«
»Weil ich annehme, daß selbst Sie an mir zu zweifeln begonnen hatten.«
Kurimoto holte erst einmal tief Luft und sagte dann: »Sie müssen den Mann unbedingt stellen!«
Ein Mädchen, das ihnen entgegenkam, blickte Suguro ins Gesicht, zog den jungen Mann an ihrer Seite am Ärmel und flüsterte ihm zu: »Das ist der Schriftsteller Suguro.«
Obwohl die Worte wirklich nur sehr leise gesprochen waren, drangen sie Suguro ans Ohr, und er warf dem Mädchen ein Lächeln zu, das er sich sonst für seine Leser vorbehielt.
Kurimoto, dem das nicht entgangen war, sagte noch einmal mit verhaltener Stimme: »Sie müssen den Mann stellen, auch um Ihrer Leser willen.«

3

Ebenso wie Suguro durchstreifte auch Kobari die Kirschgasse. Seine Nase als Reporter hatte so eine Ahnung, daß sie bald etwas schnuppern würde. Er würde Anhaltspunkte finden, um Suguro auf die Schliche zu kommen. Dessen war er sich sicher.

Selbst an Tagen, an denen ihn die Arbeit mächtig drängte, inspizierte er, wenn er in der Nähe von Shinjuku war, nach Möglichkeit erst noch die Kirschgasse, bevor er nach Hause fuhr. Es brauchte keine zehn Minuten, diese schmale kurze Gasse hinauf- und wieder herunterzugehen. Vielleicht will es heute der Zufall, sagte er sich jedesmal. Doch der Zufall wollte und wollte es nicht. Wenn er sich dann müde und hundeelend fühlte, mußte er immer an das selbstzufriedene Gesicht Suguros denken, das er bei der Preisverleihung zur Schau gestellt hatte.

Schließlich aber wollte es doch der Zufall.

An diesem Tag hatte gegen Abend ein winterlicher Regen eingesetzt. Kobari war schon drauf und dran, nach Hause zu fahren, ohne in der Kirschgasse vorbeigeschaut zu haben, aber dann hatte er es sich doch noch überlegt und war von der Station Shinjuku aus die kurze Gasse hinuntergegangen.

Plötzlich entdeckte er unter den vielen Menschen, die ihm mit aufgespanntem Regenschirm entgegenkamen, ein bekanntes Gesicht. Nur wußte er im ersten Augenblick nicht, wo er es unterbringen sollte, aber als sie aneinander vorbeigingen, da erinnerte er sich plötzlich: Jawohl, das ist sie!

Das war die Frau, die sich mit der älteren Dame, der er neulich auf den Fersen war, vor der Hundehandlung getroffen hatte. Sie war klein, trug eine runde Brille und machte an sich nichts her. Aber daß es die Frau war, die er zusammen mit der anderen in Harajuku gesehen hatte, daran zweifelte er nicht.

Rasch machte er kehrt. Den Regenschirm leicht geneigt, trottete die Frau die Gasse hinauf. Aus dem Rock, der ihren fülligen Körper umhüllte, schauten dickliche Beine hervor.

Mit schnellen Schritten überholte er sie. Nachdem er dann eine Weile mit gleichgültiger Miene geradeaus gelaufen war, kam er wieder zurück, und als sie nichtsahnend langsam an ihm vorüberging, sprach er sie lachend an: »Hallo! Sagen Sie, sind Sie nicht eine Bekannte von Herrn Suguro?«

Wieso ihm ausgerechnet diese Worte aus dem Mund geschlüpft waren, wußte er selber nicht. Wenn sie seine Frage verneinte, dann mußte er eben zusehen, wie er da wieder herauskam.

»Sie sind doch eine Bekannte von ihm, nicht wahr?«

»Bekannte, das wäre zuviel gesagt...«, antwortete die Frau unerwartet leutselig. »Aber etwas getrunken haben wir schon mal zusammen.«

Hat es der Zufall nun endlich doch gewollt, dachte er. Anders als die Malerin an dem Abend nach jener Party schien diese Frau keinerlei Argwohn zu hegen. In ihren Augen hinter den runden Brillengläsern schimmerte sogar ein Lächeln.

»Wirklich? Dann sind Sie's also doch, von der er mir erzählt hat.«

Jetzt begannen die Zahnräder wie bei einer funkelnagelneuen Maschine ganz glatt zu laufen.

»Sie sind ein Freund von ihm? Woher wissen Sie, daß ich ihn kenne?«
»Weil er Sie mir beschrieben hat. Daß Sie eine Brille tragen und ein rundes Gesicht haben«, schwindelte Kobari, aber sie schien keinen Verdacht zu schöpfen. »Sie sind Malerin, stimmt's? Gehen wir einen Tee trinken?«
»Tee?« Die Frau lachte hell auf. »Sagen Sie bloß, Sie trinken Tee?«
»Von mir aus können wir auch was Alkoholisches nehmen. Wenn Ihnen danach ist.«
»Schon gut. Ich werd mich mit schwarzem Tee begnügen.«
Hier in dieser Straße war es üblich, daß sich die Männer mit solchen Redensarten an die Frauen heranmachten und die Frauen den Einladungen folgten. Kobari und die Frau gingen in eine Cafébar, und noch bevor er etwas bestellte, fragte er sie:
»Sagen Sie – sind Sie es, der er erlaubt hat, ihn zu malen?«
»Ja, ganz recht.« Die Frau lachte rückhaltlos hinter ihrer runden Brille.
»War da nicht noch eine andere Frau dabei?«
»Meinen Sie Hina Ishiguro? Ja, die war dabei.«
»Das hat er mir erzählt und auch, daß er zu der Zeit mächtig betrunken war.«
»Wirklich? Hat er das gesagt? Mir kam er gar nicht so betrunken vor.«
»Na, jedenfalls hat er Ihnen gestattet, daß Sie ihn porträtieren.«
»Aber eigens Modell gesessen, das hat er nicht. Während wir uns im Hotel miteinander unterhielten, hab ich ihn skizziert. An dem Abend waren Hina und ich in der Kirschgasse unterwegs, um uns mit Schnellporträts ein bißchen Geld zu verdienen, deshalb hatte ich meinen Skizzenblock bei mir.«
Das Wort ›Hotel‹ war Kobari nicht entgangen. Aha,

dann war Suguro zusammen mit diesen Frauen also in einem Hotel!

»Was hat er denn auf dem Zimmer gemacht?«

»Zuerst hat er uns allerlei erzählt. Schließlich ist er ja Schriftsteller. Und einen Scharfsinn hat er, das kann ich Ihnen sagen.«

»Wieso?«

»Gleich auf den ersten Blick hat er erkannt, daß ich eine Masochistin bin. Lassen Sie mir einen Tee bringen?«

Daß sie Masochistin sei, kam ihr so unbekümmert über die Lippen, als spräche sie davon, Spitzen zu häkeln. Kobari indessen verschlug es die Sprache, und er starrte sie entgeistert an. Das Gesicht mit der runden Brille schien die Güte selbst zu sein. Von Krankhaftigkeit war darin keine Spur.

»Ich hab Sie noch nicht mal gefragt, wie Sie heißen. Mein Name ist übrigens Kobari.«

»Ich heiße Motoko Itoi. Freut mich, Sie kennenzulernen«, erwiderte sie keck wie ein angehender Fernsehstar. »Ich bin als Malerin im Kommen. Das nötige Kleingeld verdiene ich mir vorläufig noch als Straßenporträtistin.«

»Und, daß Sie... Masochistin sind, hat er wirklich gleich gemerkt?«

»Ja, das hat er. Deshalb ist er ja auch mit uns ins Hotel gegangen. Er möcht mal sehen, wie ich es mit Hina mache, hat er gesagt.«

»Und...«, Kobari schluckte. »Sie haben es dann getan?«

»Ja, was ist denn dabei? Geschmäcker sind nun mal verschieden. Außerdem hat er ordentlich dafür bezahlt.«

»Und er hat nur zugesehn?«

»Aber, nein. Beim zweitenmal hat er mitgemacht.«

»Nackt...?«

»Ja, wie denn sonst? Oder glauben Sie, daß einer seine

Sachen dabei anbehält? Sagen Sie bloß, Sie gehen angezogen mit einer Frau ins Bett? Dann müssen Sie unter einem Komplex leiden.«

»Suguro war also nackt... Aber ist denn der Körper von so einem alten Mann nicht furchtbar häßlich?«

»Das schon! Ein junger Mann ist natürlich was anderes. Überall sind solche Flecken. Die Haut ist schrumplig und der Bauch steht vor... und ein bißchen stinken tut er auch.«

»Stinken?«

»Na ja, richtiger Gestank ist das nicht, aber eben der Geruch von alten Leuten. So ein Geruch von Krematorium. Oder auch von Weihrauch. Aber gerade dieser häßliche Körper, der hat mich so richtig angestachelt.«

Ihre schmalen Augen hinter der Brille verengten sich fast zu einem Strich, und sie redete ungeniert und fröhlich, mit einem Lächeln um den Mund, über Dinge, die einen erschauern ließen.

»Wieso denn das?« fragte Kobari verblüfft.

»Ja, wieso eigentlich? Also wissen Sie, ich war noch ein Schulmädchen, da träumte ich, wie mich ein häßlicher Mann mit Gewalt genommen hat. Als ich aufwachte, spürte ich überhaupt keinen Ekel. Im Gegenteil, es prickelte in mir vor Lust. Auch als der Herr Suguro mich nahm, mich vollsabberte und mir zum Schluß die Kehle zudrückte, ich kann Ihnen sagen, das war ein Gefühl – sterben hätt ich mögen. Und das alles bloß, weil sein Körper so häßlich war.«

»Wie man daran was finden kann, begreif ich nicht.«

»Dann tun Sie mir leid. Liegen Sie einer Frau bloß auf dem Bauch, wenn Sie mit ihr schlafen? Sex, das ist was ganz Tolles, sag ich Ihnen. Aus den tiefsten Tiefen des Körpers kommt es über einen, wie verrückte Musik.«

Diese Frau ist ja völlig pervers, dachte er, während er sie so reden hörte. Und Perversität war eine Sache von Leuten, vor deren verborgenen, widerlich düsteren Seiten man sich wie vor Geistesgestörten und Verbrechern besser in acht nahm. Trotzdem hatte sich jener christliche Schriftsteller dieser Welt zugesellt und widernatürliche Dinge mit diesen Frauen getrieben.

»Als wir uns danach zu dritt unterhielten, hab ich ihm das auch erzählt und ihn gefragt, ob er mir erklären kann, warum Häßlichkeit mich derart stimuliert. Es gibt, hat er da gesagt, in der Seele des Menschen verborgene Rätsel, die sich mit dem Verstand nicht erklären lassen. Hält man sich an die herkömmliche Logik, heißt es immer, daß der Mensch Freude am Schönen empfindet. In Wirklichkeit aber kann der Mensch auch im Häßlichen Schönheit entdecken und sich daran berauschen. Glauben Sie nicht, daß er recht hat?«

»Das dürften bloß ein paar sein, die so empfinden«, widersprach Kobari.

»Nein, nein, dieser Trieb steckt in jedem, hat er gesagt. Bestimmt auch in Ihnen. Es gibt im Menschen eben auch ein Entzücken an der Verderbtheit, meint er. Da die menschliche Seele unergründlich ist. Hina und ich stimmten ihm zu und haben ihm gesagt, wie gut wir dieses Gefühl gerade jetzt verstehen, wo wir doch beide malen. Die berühmten Maler, die glauben immer nur an die alten Klischees von Schönheit, aber Hina und ich haben von Anfang an versucht, das Schöne im Scheußlichen und dem, was alle für häßlich halten, zu entdecken. Deshalb sind wir auch ganz und gar seiner Meinung. Hätten Sie unsere Ausstellung gesehn, würden Sie das verstehn. Aber vor ein paar Tagen ist sie zu Ende gegangen.«

»Ich war da. Vor allem wegen dem Porträt.«

»Wirklich? Mir lag daran, ihn so zu zeigen, wie ich ihn an dem Abend im Hotel gesehn hab.«

Motoko rückte mit ihrem schwitzenden Körper so dicht an Kobari heran, als würden sie sich schon seit ewigen Zeiten kennen. Die hagere Hina hätte er sich noch als Masochistin vorstellen können, nicht aber diese dickliche, gutmütig dreinschauende Frau. Mit ihrem etwas stumpfsinnigen runden Gesicht und der Brille auf der Nase würde er sie nach seinen bisherigen Erfahrungen eher zu jenen gerechnet haben, die eine glühende, glitschige Haut kriegten, aber sonst recht unbeteiligt blieben, wenn man mit ihnen schlief...

Der altersschwache Stuhl hätte längst mal geölt werden müssen, denn er quietschte fürchterlich, als sich der Arzt nach einem Blick auf die Laborwerte zu ihm umwandte. Suguros Ohren waren mittlerweile an dieses Quietschen gewöhnt.

»GOT 82 und GPT 106. Die Werte liegen viel höher als beim letzten Mal. Sie arbeiten wohl wieder bis zur Erschöpfung? Auch seelische Anspannung wirkt sich negativ aus... Ich habe Ihnen schon oft gesagt, wenn das so weitergeht, wird daraus noch eine Leberzirrhose.«

»Ich versteh.«

Wenn er vom Arzt nach Hause kam, nannte er seiner Frau immer Werte, die niedriger lagen als die tatsächlichen. Obwohl sie beide in einem Alter waren, da der Tod bereits vor der Tür stand, brachte er es nicht übers Herz, seine Frau in Angst und Schrecken zu versetzen.

»›Die Kiefern, tausend Jahre alt, verheißen langes Leben / Moosbedeckt, grünen sie wie eh / Jungfräulichen Bambustrieben ist die Last des Schnees noch unbekannt / Das Pflaumenbäumchen – jetzt auf dem Weg ins ferne Tsukushi – stammt von Naniwas Gestaden...‹«

Auf der Bühne hatte der Tanz ›Der Kiefer glücklich langes Leben‹, vorgetragen von Takehara Han, begonnen. Suguro hielt den Atem an bei dem geruhsamen Gesang des fülligen Tomiyama Seikin und dem makellosen Tanz der schon über achtzigjährigen Han. Gemessen war jeder Schritt und jede Bewegung. Er hatte befürchtet, daß die Bühne des Nationaltheaters für einen Volkstanz viel zu groß und die Beleuchtung zu grell sein könnte, aber kaum war Han aufgetreten, da

kam einem die Weite nicht mehr weit vor. Han erfüllte die Leere um sich mit Spannung.
Es war doch gut, daß ich heute abend mit ihr hierhergegangen bin, dachte er. Seine Frau hatte vor einiger Zeit im Fernsehen die Han mit dem Tanz ›Der Schnee‹ gesehen. Sie war davon so beeindruckt gewesen, daß sie ihn gefragt hatte, ob er nicht an Karten für eine Vorstellung herankäme. Mit Hilfe eines Freundes, der bei einer Zeitung arbeitete, war es ihm schließlich auch gelungen. Wenn wir jetzt so nebeneinander sitzen, ging es ihm durch den Kopf, und uns ›Der Kiefer glücklich langes Leben‹ anschauen, dann muß ich doch sagen, daß wir ein gutes altes Paar geworden sind. Wir leben ruhig dahin, und ruhig werden wir sterben. Und was das Schreiben anlangt, da reicht es, das, was ich bisher geschaffen habe, noch ein wenig zu vertiefen. Ohne mich zu übernehmen. Und ohne mich auf Abenteuer einzulassen.
»Ein langes Leben möge euch beschieden sein / Auch die Kraniche verheißen es mit ihrem Reigen.«
Die Han hielt inne. Für einige Augenblicke erstarrte sie in völliger Reglosigkeit.
Der Vorhang fiel, und die Tafel mit der Aufschrift: »Fünfzehn Minuten Pause« leuchtete auf. Die Zuschauer erhoben sich. Die Frau auf dem Platz vor ihnen war offenbar die Besitzerin eines Restaurants, sie grüßte bald zu diesem, bald zu jenem hinüber.
»Nachher kommt dein Lieblingstanz«, flüsterte er seiner Frau zu.
»Ja, ich weiß. Aber es hat sich auch so schon gelohnt heute abend.«
»Gehn wir ins Foyer?«
Als sie sich in dem gedrängt vollen Foyer in einen Sessel gesetzt hatten, legte sie sich ihre silbern glitzernde Handtasche auf die Knie und machte plötzlich ein ernstes Gesicht. »Ich muß dir was sagen.«
»Was denn?«

»Leicht fällt es mir nicht, dir ausgerechnet jetzt damit zu kommen, aber ich möchte, daß du Mitsu wegschickst.«
»Ich soll sie wegschicken?«
»Weil ich wußte, daß es dir nicht gefallen wird, habe ich bisher nichts gesagt... Aber das Mädchen hat zweimal Geld gestohlen. Beim erstenmal ist der Umschlag mit dem Geld für Gas und Wasser vom Tisch deines Arbeitszimmers verschwunden. Und gestern lag im Korridor ein Einschreibebrief vom Fernsehen, aber das Geld war raus.«
Suguro malte sich Mitsus Gesicht in Gedanken aus und gab lange keine Antwort.
»Ich hätte zu gern gewußt, warum sie gestohlen hat.«
»Das hat sie mir gesagt, als ich sie danach fragte.«
»Ganz offen?«
»Ja. Die Mutter ihrer besten Freundin ist von zu Hause weggelaufen, und der Vater, der sein ganzes Geld verwettet hat, liegt jetzt im Krankenhaus, und so muß sich das Mädchen offenbar ganz allein um die jüngeren Geschwister kümmern.«
»Und Mitsu hat das Geld gestohlen, weil ihr die Freundin leid tut?«
»Ja.«
»Das sieht ihr ähnlich! Du hast doch selbst einmal gesagt, daß sie sehr gutmütig und hilfsbereit ist.«
»Aber daß sie stiehlt, ist nun wahrhaftig nicht schön«, seufzte seine Frau. »Nach dem ersten Mal habe ich ihr ins Gewissen geredet, und trotzdem hat sie es wieder getan. Ich hab keine Ruhe, wenn sie noch länger zum Saubermachen kommt. Ich möchte, daß damit Schluß ist.«
»Hm.« Suguro schwieg eine Weile. »Wenn du meinst. So dringend haben wir sie ja wohl auch nicht gebraucht...«
Er dachte an den Traum. Seine Frau wußte natürlich nicht, wie ihm Mitsu im Traum erschienen war. Das

hätte er ihr auch schlecht erzählen können. Aber erkannte seine Frau vielleicht intuitiv eine Gefahr darin, daß dieses Mädchen in sein Appartement kam? Das hätte er ihr eigentlich nicht zugetraut, und deshalb starrte er sie etwas überrascht an. Doch sie sagte ganz gelassen: »Ich war gestern im Krankenhaus beim Vater ihrer Freundin.«

»Warum das?«

»Weil ich mir Sorgen machte, wie es weitergeht, wenn wir Mitsu entlassen. Das Krankenhaus liegt dicht am U-Bahnausgang der Vorderen Hauptallee. Der Mann hat offenbar Krebs. Ich habe der Krankenschwester ein paar Kleinigkeiten für Mitsus Freundin und ihre Geschwister gegeben... Und stell dir vor, sie kannte Mitsu. Wenn die Freundin nicht kommen kann, kümmert sie sich um den Mann, erzählte mir die Krankenschwester. Jedenfalls scheint sie sich aus dieser Situation heraus an dem Geld vergriffen zu haben.«

Beim ersten Klingelzeichen begaben sich die Besucher, die angeregt miteinander geplaudert hatten, langsam wieder in den Saal. Es waren viele Frauen darunter, die sich wie Geishas aufgeputzt hatten, und Geschäftsleute, die offenbar eine Vorliebe für traditionelle Musik hatten. Von weitem grüßte jemand herüber. Suguro aber vermochte beim besten Willen nicht zu sagen, wer das sein könnte. Meine Vergeßlichkeit wird immer schlimmer, dachte er. Nun kommt Mitsu also nicht mehr. Aber vielleicht ist das auch ganz gut so! Es hatte ihm schon eine ganze Weile arg zugesetzt, daß er sich jedesmal an den Traum erinnerte, wenn er sie sah, wie sie ein Lied nach dem anderen vor sich hin trällernd mit dem Staubsauger hantierte.

»Übrigens arbeiten in dem Krankenhaus auch einige freiwillige Helfer. Jeder von ihnen hat eine eigene Aufgabe übernommen. Als ich in dem Krankenhaus war, arbeitete dort auch eine sehr elegante Dame, eine Witwe, wie mir die Schwester erzählte. Ihr Mann war Professor an einer Universität.« Er hatte nur mit halbem Ohr zugehört, während er sich erhob und an der Seite seiner Frau auf die Saaltür zuging. »Naruse heißt die Dame. Zweimal in der Woche kommt sie, um im Krankenhaus zu helfen. Du weißt, daß ich auch schon daran gedacht habe, als freiwillige Helferin tätig zu werden. Ich habe mich bei der Schwester näher danach erkundigt.«

»Was hast du eben gesagt? Wie heißt die Dame?«

»Naruse. Wieso? Was ist denn?«

»Nichts weiter. Nur eine Verwechslung«, schwindelte er und musterte seine Frau mit demselben Blick wie vorhin.

Sollte das wirklich die Dame sein, mit der er neulich in der kleinen Gasse in Shinjuku zusammen Kaffee getrunken hatte? Naruse hieß sie, und er erinnerte sich auch, daß sie gesagt hatte, sie leiste freiwillige Sozialarbeit, aber ganz sicher war er sich nicht. Die Jahre brachten es so mit sich, daß er sich mitunter nicht einmal mehr genau an etwas erinnern konnte, was erst vor ganz kurzer Zeit geschehen war.

»Ob ich mich auch als Sozialhelferin ausbilden lasse? Was meinst du?«

»Von mir aus. Wenn es deine Gelenke mitmachen. Unser Sohn braucht ja deine Hilfe nicht mehr.«

»Bist du morgen wie immer bei dir im Atelier?«

»Am Nachmittag gebe ich eine Autogrammstunde in der Buchhandlung Kinokuniya in Shinjuku.«

Als Suguro am Nachmittag des nächsten Tages zusammen mit Kurimoto die Buchhandlung in Shinjuku betrat, in der die Autogrammstunde stattfinden sollte, stand dort schon eine lange Schlange von Menschen, die sich eines von seinen Büchern signieren lassen wollten. Junge Burschen und Mädchen, die noch die Schule oder vielleicht schon die Universität besuchten, waren darunter, aber auch Frauen in mittleren Jahren und ältere Herren. Mit einem freundlichen Lächeln blickten sie Suguro an, als er an dem bereitgestellten Tisch Platz nahm.

Das also sind meine Leser, die Leute, die meine Bücher kaufen und mir ein Leben als Schriftsteller ermöglichen, ging es ihm durch den Kopf.

Wenn er in seinem kleinen Arbeitszimmer vor dem Schreibtisch saß, dann hatte er sich schon so manches Mal vorzustellen versucht, in wessen Hände das, was er schrieb, wohl gelangen mochte. Unsicherheit überkam ihn, sobald er sich fragte, in welcher Brechung die vom Atem seines ganz persönlichen Lebens durchwehten und wie aus einem Klumpen Lehm zusammengekneteten Werke sich seinen Lesern wohl mitteilten. Und jetzt standen sie in einer langen Schlange vor ihm.

»Bitte immer schön der Reihe nach«, verkündete ein Mitarbeiter der Buchhandlung durch das Mikrophon. »Die Ihnen ausgehändigten Nummern legen Sie bitte auf das Buch, bevor Sie es dem Kassierer übergeben.«

Langsam zog Suguro die Kappe vom Stift, lächelte den jungen Mann an, der als erster dran war, und signierte das Buch.

»Bitte auch mei... meinen Namen...«, stotterte der junge Mann, wahrscheinlich vor Aufregung. Der Mitarbeiter der Buchhandlung wollte ihm das abschlagen, aber Suguro ließ sich nicht davon abhalten, den Namen des jungen Mannes hinzuzusetzen. Diese kleine Geste der Dankbarkeit glaubte er einem Leser seiner Bücher schuldig zu sein.

Als er über fünfzig Exemplare signiert hatte, fing das Handgelenk an zu schmerzen, und außerdem ließ sich nur noch schwer mit dem Filzstift schreiben, weil die Spitze zerfasert war. Er wischte sich die Hände mit einem kalten Waschlappen ab und griff nach einem neuen Stift.

Da waren die verschiedensten Leser, neben der Frau in mittleren Jahren, die mit ausgesucht höflichem Dank für das Autogramm davonging, auch ein alter Mann, der mit griesgrämiger Miene nach dem Buch griff. Der Mitarbeiter der Buchhandlung flüsterte Suguro heimlich zu, daß der Greis auf Bitten seines Enkels gekommen sei und sich darüber geärgert habe, so lange warten zu müssen. Dann kam da auch noch ein Mann, offenbar ein Antiquar, der aus einem Tragetuch gleich zehn Exemplare von Suguros Büchern hervorholte und sie ihm zum Signieren vorlegte.

Nachdem Suguro hundert Autogramme gegeben hatte, legte er eine kurze Pause ein. In der Zeit begann sich schon wieder eine neue Schlange zu bilden.

»Das wird zuviel. Nach hundertzwanzig sollte nun Schluß sein«, schlug Kurimoto dem Buchhändler vor.

»Nein, mir macht es nichts«, wehrte Suguro mit der Hand ab. »An die dreißig Exemplare will ich gern noch signieren.« Als er das sagte, erblickte er an der Spitze der Schlange jemanden in einem Kleidungsstück, das er schon einmal gesehen zu haben glaubte: eine blaue Windjacke mit weißen Ärmeln. In einem etwas barschen Ton sagte der Träger dieser Jacke: »Schreiben Sie meinen Namen bitte auch dazu.«

»Sie müssen einsehen, bei den vielen Leuten, da geht das nicht«, warf der Mitarbeiter des Hauses von der Seite her ein.

»Vorhin hat doch auch einer seinen Namen hineingeschrieben gekriegt. Yoshio Kobari heiße ich. Yoshio schreibt sich mit den beiden Zeichen ›Gerechtigkeit‹ und ›Mann‹, und Kobari, das ist die kleine Nadel, die man zum Nähen braucht.«

Suguro spürte deutlich den auf ihn gerichteten Blick des anderen, als er die vier Zeichen schrieb. In dem Moment, da er damit fertig war, durchzuckte es ihn wie ein Blitz. Natürlich! Kobari, so hieß doch der Reportagenschreiber, den Kano nach der Jurysitzung im Hotel erwähnt hatte. Aber der Name allein sagte ihm noch nichts. Während er das Buch des nächsten Lesers

aufschlug, folgte er dem Mann mit den Augen. Er sah ihn auf der Treppe verschwinden. Das Gefühl indessen, diesem Mann schon einmal begegnet zu sein, wurde er nicht los, doch wo er ihn einordnen sollte, wußte er nicht.
Oder irre ich mich?
Suguro versuchte mit aller Gewalt, seine innere Ruhe wiederzufinden, aber es gelang ihm einfach nicht. Stattdessen machte sich in ihm so etwas wie die Überzeugung breit, daß dieser Mann gekommen war, um ihm nachzuspionieren. Aber du hast doch nichts zu befürchten, sagte er sich, während er sich den rechten Arm massierte.
Als er nach der Autogrammstunde aufstand, schwankte er leicht. Die Hand tat ihm weh. Die Schulter war ihm ganz steif geworden. Er dachte an das Gesicht des Arztes, mit dem dieser sich ihm auf dem quietschenden Drehstuhl zugewandt hatte, und daran, daß die Werte bestimmt wieder gestiegen waren.
»Ich würde mich gern ein bißchen ausruhen ...«, sagte er zu Kurimoto.
»Das verstehe ich. Bloß – da drüben wartet noch jemand, der sich unbedingt bei Ihnen bedanken möchte.«
Er schaute in die Richtung, in die Kurimoto wies. Die Bücherregale in den kurz vor Geschäftsschluß fast menschenleeren Gängen – diejenigen, die sich zur Autogrammstunde eingestellt hatten, waren inzwischen gegangen – starrten ihn an, daß es ihm den Atem nahm. Jenseits der halbhohen Regale stand ehrfurchtsvoll ein junger Mann mit einer dicken Brille.
Er verbeugte sich eckig wie Pinocchio und sagte mit gepreßter Stimme: »Seit meiner Schulzeit bin ich ein Fan von Ihnen und habe immer nur Ihre Bücher gelesen.«
»Wirklich?«
»Ich arbeite in einer Anstalt, wissen Sie, für körperbe-

hinderte Kinder. Zuerst fand ich das schrecklich, aber jetzt bin ich glücklich dabei. Und ich glaube, das habe ich Ihren Werken zu verdanken.«
Lächelnd lauschte Suguro den leicht zudringlich klingenden Worten. Aber der junge Mann bemerkte Suguros Verlegenheit nicht, schob mit einem Finger seine Brille die Nase hinauf und zog ein Fotoalbum unter dem Arm hervor.
»Wollen Sie nicht mal einen Blick hineinwerfen? Es sind Bilder vom ›Heim Lichterglanz‹.«
»›Heim Lichterglanz‹?«
»Ja, das ist die Anstalt für körperbehinderte Kinder, in der ich arbeite.«
Auf jeder Seite des billigen Albums klebten vier, fünf Fotos, Bilder von einem Sportfest, wo er im Trainingsanzug mit den Kindern Rollball spielte, wie er an Armen und Beinen gelähmte Kinder im Rollstuhl schob, wie er bei einem Theaterspiel, als Kaninchen verkleidet, Kinder bei den Händen hielt und ein Bein hob.
»Wenn ich mit dem Nachtdienst dran bin und die Kinder zu Bett gebracht habe, lese ich ganz allein für mich oft in Ihren Büchern.«
Suguro fiel nichts ein, was er hätte sagen können.
»Das hört sich vielleicht ein bißchen anmaßend an, aber ich spüre dann immer in meinem Rücken Augen, von denen ich nicht weiß, wie ich sie beschreiben soll. Sanfte Augen, die über die Kinder wachen...«
Suguro wandte den Blick ab. Ihm lastete es schwer auf der Seele, daß seine Werke es gewesen sein sollten, die den jungen Mann Freude an seiner Arbeit hatten finden lassen. Doch selbst jetzt, da er das Gesicht abgewandt hatte, spielte darauf nur das gekünstelte Lächeln, jenes Lächeln, das er zuhause zeigte und seinen Lesern, wenn er ihnen auf der Straße begegnete...
»Das freut mich natürlich, wenn Sie so von meinen Büchern denken, aber glauben Sie mir, Romane besit-

zen nicht die Macht, einen Leser in seinem Innersten zu verändern«, flüsterte er, um der Last, die ihn drückte, zu entfliehen. »Zumindest meine nicht...«
»O doch. Bestimmt.«
Der junge Mann nahm offenbar an, Suguro hätte das nur aus Bescheidenheit gesagt, denn während er erneut seine Brille hochschob, fügte er hinzu: »Wenn das nicht so wäre, hätte ich mich nicht entschlossen, mich bald taufen zu lassen.«
»Sie wollen sich taufen lassen?«
»Ja. Nächsten Monat.«
Freude irgendwelcher Art empfand Suguro nicht. Seine Bücher hatten dem Leben eines Menschen die Richtung gewiesen. Ihm wurde sehr beklommen zumute. Er kam sich wie ein Heuchler vor und senkte den Blick. Nie hatte er in der Absicht geschrieben, jemanden zu belehren. Er war nicht Schriftsteller geworden, um das Wort Christi zu predigen.
»Darf ich Sie bitten, mir die Hand zu reichen?«
Unter dem Nagel des Zeigefingers haftete Schmutz. Kraftlos umfaßte Suguro die schweißnasse Hand. Als er aufblickte, sah er, wie jemand durch eine geöffnete Tür hinter dem jungen Mann heraus unverwandt zu ihm herüberstarrte. Es war der Kerl, der vorhin in recht arroganter Haltung ein Autogramm verlangt hatte.
Suguro war sich bewußt, daß er ihn genau beoachtete, und zwar mit sehr verächtlichem Blick.

Das Getriebe mitten in seinem Herzen hatte plötzlich zu knirschen begonnen. Die Ursache dafür war klar. Seit dem Abend der Preisverleihung hatte sich irgend etwas in seine Welt gedrängt, und plötzlich griffen die Zahnräder nicht mehr wie bisher ineinander.
Den Blick starr auf den Schreibtisch in dem kleinen Zimmer gerichtet, das ihm zum einzigen Zufluchtsort geworden war, versuchte er sich mit aller Gewalt selber

zu trösten: Da ist nichts! Du bauschst das viel zu sehr auf. Es passiert doch auch anderen Schriftstellern, daß sich irgendein Betrüger für sie ausgibt, und niemand von ihnen würde seinen Fall als etwas Besonderes betrachten. Am besten, du tust die ganze Sache damit ab, indem du sie genauso wie die anderen ignorierst... So redete er sich zu, doch seine Stimmung wurde trotzdem nicht besser.

Vor seinem inneren Auge tauchten verschiedene Bilder auf: das Gesicht, ihm so ähnlich, als wäre es sein eigenes, das er im Saal während der Preisverleihung gesehen hatte. Darüber legte sich das Porträt, das in der Galerie hing. Und auf dem einen wie dem anderen erschien ein widerwärtiges Grinsen.

Manchmal, wenn seine Frau nicht da war, ging er ins Badezimmer seines Appartements und betrachtete sich im Spiegel. Das müde Gesicht. Die trüben Augen. Die vielen grauen Strähnen im Haar. Das Gesicht eines Fünfundsechzigjährigen! Und trotz seiner fündundsechzig Jahre war er mit sich selber immer noch uneins, war er wankelmütig, war er furchtsam wie eine Maus. Einmal streckte er sich im Spiegel die Zunge heraus und mußte dann an Bilder aus einem deutschen Film denken, den er als Junge gesehen hatte. Der Film handelte von einem Schauspieler, der sich mit fünfundsechzig, also in seinem jetzigen Alter, in ein junges Mädchen verliebte, das ihn schließlich verließ und ihn so schwer kränkte. In diesem Film gab es eine Szene, wie sich der alte Mann im Spiegel seiner Garderobe voller Selbstverspottung die Zunge rausstreckte.

Das bist du! Das ist dein Gesicht! Worin unterscheidet es sich von dem auf jenem Gemälde? fragte es tief in seinem Herzen. Irgend etwas brachte ihn, der immer nur auf seinen Ruf und sein Ansehen bei den Lesern bedacht war, in arge Bedrängnis.

Mitten in der Nacht wurde er durch das Klingeln des Telefons geweckt.

Jetzt um diese Zeit? Wer kann das sein?
Auch seine Frau fuhr aus dem Schlaf.
»Soll ich abnehmen?«
»Laß nur, ich geh schon.«
Er trat aus dem Schlafzimmer und schaltete das Licht im Korridor an, griff nach dem Hörer und sagte in einem Ton, der so mißmutig klang, daß es ihm selber auffiel: »Hallo! Hallo!«
Doch der Anrufer hüllte sich in Schweigen und schien gespannt auf irgendwelche Reaktionen zu lauern. Ein paar Augenblicke später aber legte er auf. Suguro hatte das Gefühl, daß es sich nicht einfach nur um einen schlechten Scherz handelte. Mit verhaltenem Atem stand er eine Weile im Dunkeln.

Am Samstagabend sagte er zu seiner Frau, die gekommen war, um sauber zu machen: »Ich muß noch mal hoch zur Allee, einkaufen. Die 3B-Bleistifte sind mir ausgegangen. Ich werd heute wohl hier übernachten. Denn ich bin mit der Arbeit nicht so weit, wie ich sein müßte.«
»Ist gut.«
Sie wischte gerade eine Blumenvase ab und sah nicht so aus, als zweifle sie seine Worte an. Sie wußte, daß er die Entwürfe seiner Geschichten ausschließlich mit 3B-Bleistiften schrieb.
»Du kannst ruhig hier übernachten, aber morgen ist Sonntag.«
»Tatsächlich?«
»Ich meine nur, hin und wieder mal solltest du in die Kirche gehen.«
Sie lächelte, als ob sie ein Kind neckte. Bei diesem Anblick fiel ihm plötzlich eine Kurzgeschichte eines ausländischen Schriftstellers ein. Meisterhaft waren darin die Beziehungen zwischen einem Mann in mittleren Jahren und seiner Frau beschrieben. Die Frau war das Muster einer liebevollen Gefährtin. Sie tat alles für

ihren Mann, ohne zu murren, hielt das Haus peinlich sauber, wechselte immer die Bettwäsche und gab sich auch mit den Mahlzeiten alle Mühe. Ihr Mann war ihr dankbar und wurde ihrer am Ende doch überdrüssig, ohne zu wissen warum. In dieser Zeit lernte er eine Bardame kennen und begann ein Verhältnis mit ihr. Wenn er bei ihr war in ihrem Zimmer, in dem das reinste Chaos herrschte und Kindergeschrei durch die Wände drang, dann spürte er eine wohlige Ruhe in sich, wie er sie aus irgendeinem Grund neben seiner Frau nie gefunden hatte.

»Ja, du hast recht! Essen werd ich außerhalb.«

»Aber vergiß bitte nicht, mich heute abend anzurufen.«

Suguro schämte sich, daß er jene Kurzgeschichte mit seiner Frau assoziiert hatte. Von seinem Atelier aus nahm er den kürzesten Weg zur Allee. Während er die steil ansteigende Straße hinaufging, wurde ihm schon nach halber Strecke der Atem knapp. Das Alter nagte voller Heimtücke nicht nur an seiner Leber, sondern überall an seinem Körper. Sparte er am Schlaf, fühlte er sich am nächsten Tag weder körperlich noch geistig auf der Höhe, mutete er sich längere Wege zu, begann er einen dumpfen Schmerz in den Knien zu spüren. Langsam näherte sich so das Ende, dachte er dann immer.

In der kurzen Zeit, die er nicht hier gewesen war, waren an der Ecke zur ›Straße zu den grünen Hügeln‹ ein neuer Schuhsalon, der nur ausländische Modelle führte, und ein Schallplattengeschäft entstanden. Als er seine Bleistifte gekauft hatte und die Straße hinunterging, in der jetzt unter den kahlen Alleebäumen die Laternen aufleuchteten, kam er auch an dem Krankenhaus vorüber, von dem seine Frau gesprochen hatte. Es lag dicht an der ›Straße zu den grünen Hügeln‹. Aus einem der Krankenzimmer blickte eine junge Frau im weißen Kittel gelangweilt auf die Straße herab.

Im Wartezimmer unten im Eingang herrschte gähnen-

de Leere. Vor der Apotheke stand fröstelnd und zusammengekrümmt ein alter Mann, der offenbar zu den Patienten des Hauses gehörte, und rauchte eine Zigarette. Suguro fragte eine vorbeieilende junge Krankenschwester nach der Kinderabteilung.
»Wollen Sie jemanden besuchen? In der Kinderabteilung sind außer den Eltern keine Besucher erwünscht.«
»Nein, ich möchte zu einer Sozialhelferin, die dort arbeitet.«
»Und wie heißt sie?«
»Naruse.«
Mit einer Handbewegung, als wolle sie ihm einen Passierschein aushändigen, wies sie nun auf den Fahrstuhl und sagte kurz angebunden: »Vierter Stock.«
Während Suguro auf den Fahrstuhl wartete und sich fragte, warum er Frau Naruse aufsuchte, mußte er wieder an die Kurzgeschichte denken, die ihm vorhin schon einmal durch den Kopf gegangen war. Er war der Frau bisher nur ein einziges Mal begegnet. Wie kam es da, daß es ihn zu ihr zog? Woran lag es, daß es ihn nach dem Kauf der Bleistifte plötzlich danach verlangt hatte, sie wiederzusehen? Glaubte er etwa, mit ihr über Dinge sprechen zu können, über die er mit seiner Frau niemals reden würde?
Im Fahrstuhl, der aus dem Kellergeschoß heraufkam, stand ein junger Arzt. Auch er stieg wie Suguro in der vierten Etage aus. Hinter den Mattglasscheiben des Schwesternzimmers schwebten weiße Silhouetten wie Seetang auf den Meereswogen. Weil Suguro früher einmal wegen eines Lungenleidens lange im Krankenhaus gelegen hatte, wußte er, daß es um diese Tageszeit in Krankenhäusern ziemlich ruhig zuging.
»Wo finde ich die Sozialhelferin Frau Naruse?«
»Frau Naruse? Ja, ist die heute überhaupt da?«
Er hörte die Krankenschwestern beratschlagen, bis ihm dann eine von ihnen erklärte: »Wahrscheinlich im Gymnastikraum.«

Auf der Suche nach dem Gymnastikraum ging er den Korridor entlang. Als er an der Toilette vorbeikam, stand dort der junge Arzt, den er vorhin im Fahrstuhl getroffen hatte, und kämmte sich.
»Wo ist denn der Gymnastikraum?«
»Dort ganz am Ende«, antwortete der Arzt völlig unbefangen. Er blickte Suguro dabei an und verbeugte sich sogar. Vielleicht hatte er in Suguro den Schriftsteller erkannt, der ihm im Fernsehen oder sonstwo schon einmal zu Gesicht gekommen war.
Als Suguro sich dem Zimmer näherte, zu dem ihn der Arzt gewiesen hatte, hörte er ein Kind weinen. Durch die Tür sah er Frau Naruse, die einen blauen Trainingsanzug trug. Sie und eine Krankenschwester, die noch so mädchenhaft wie eine Oberschülerin wirkte, machten gerade Gehübungen mit einem etwa zehnjährigen Jungen. Laß es bei diesem heimlichen Blick bewenden und kehr wieder um, sagte Suguro sich. Der Junge stand in einem Barren, hielt sich an den beiden Holmen fest und bewegte sich angestrengt Schritt für Schritt in dem Rhythmus vorwärts, den ihm Frau Naruse mit ihren Rufen vorgab.
Auf einmal kam ein etwa siebenjähriges Mädchen von der anderen Seite angerannt, klammerte sich am Trainingsanzug der Frau fest und zog sie am Ärmel. »Erzählen Sie die Geschichte von Bupie!«
Auch der Junge blieb stehen.
»Ja, bitte, erzählen Sie!«
»Gut, wenn du noch zweimal die Übung machst, erzähl ich sie euch.«
Sie nahm das Mädchen bei den Händen und zog es lachend zu sich heran.
»Wer ist Bupie?« fragte die Krankenschwester.
»Der Held einer Kindergeschichte, die ich erfunden habe. Bupie, das Hasenkind, ist als einziges Wesen nett zu dem grimmigen Wolf, den sonst alle Tiere des Waldes meiden, und stimmt ihn dadurch weichherzig.«

»Eine hübsche Geschichte. Haben Sie sich noch mehr davon ausgedacht?«
»Die Kinder haben mich immer wieder gebeten, ihnen was zu erzählen. Da war dann der Vorrat an Geschichten, die ich von früher kannte, bald erschöpft, und ich fing an, mir welche auszudenken.«
»Und solche Geschichten haben Sie auch Ihren eigenen Kindern erzählt?«
»Nein, ich habe keine Kinder.«
Der Junge und das Mädchen zogen sie ungestüm an der Hand. Von der Krankenschwester gescholten, fing der Junge an zu weinen. Frau Naruse schlang beschwichtigend die Arme um ihn und begann die Geschichte von ›Bupie‹ zu erzählen.
Ja, das ist die Welt meiner Frau, dachte Suguro bei sich, jetzt sieht sie ihr zum Verwechseln ähnlich. Aber diese Dame da war, als sie sich über seine Bücher unterhielten, sogar so weit gegangen, über Sex zu reden, für seine Frau ein absolutes Tabu.
»Das Häschen war losgezogen und wollte Eis holen, um dem Wolf das schlimme Auge zu kühlen.«
»Und was machte die böse Katze?« fragte der Junge, den Frau Naruse auf den Schoß genommen hatte.
»Die böse Katze lauerte dem Häschen unterwegs auf.« In diesem Moment hob sie den Blick und sah zur Tür hinüber. Da entdeckte sie Suguro. Erschrocken hielt sie mit dem Erzählen inne und schaute auf ihren Trainingsanzug. »Entschuldigen Sie meinen Aufzug...« Sie lächelte, während sie mit großen Augen etwas verlegen dreinschaute.
Er wartete im Erdgeschoß vor der Apotheke, bis sie sich umgezogen hatte.
»Es tut mir leid, daß Sie so lange warten mußten«, sagte sie, als sie in demselben beigefarbenen Mantel wie neulich die Treppe herunterkam. »Sie haben mir vielleicht einen Schreck eingejagt.«
Seine Frau sei vor ein paar Tagen hier im Krankenhaus

gewesen und habe dabei zufällig ihren Namen erfahren, erklärte ihr Suguro gleichsam entschuldigend. »Sie sollen«, fuhr er fort, »berühmt sein als Sozialhelferin, hat sie mir erzählt.«
»Ach, woher denn! Mich kennt man nur, weil ich schon lange hier bin.«
»Und was haben Sie jetzt vor?«
»Ich werde nach Hause gehen. Obwohl ich keinen Mann habe, um den ich mich kümmern müßte.«
Sie sagte das in einem Ton, als erwarte sie, daß Suguro sie einlade. Ihm fiel ein chinesisches Restaurant ganz in der Nähe ein, dessen Spezialität ein Gericht aus Hühnerflügeln war. Die Einladung kam ihm wie von selbst über die Lippen.
»Macht es auch wirklich nichts, wenn Sie nicht nach Hause gehen ...? Nicht, daß Ihre Frau wartet.«
»Heute abend muß ich ohne sie essen. Weil ich mit meiner Arbeit nicht recht vorangekommen bin und hinterher noch zu tun habe. Meine Frau kennt das.«
»Das tut mir aber leid«, sagte sie mehr aus Höflichkeit denn aus Mitgefühl und fügte unvermittelt hinzu: »Bitte verzeihen Sie mir mein Gerede neulich!«

Das chinesische Restaurant war zu seiner Überraschung trotz der frühen Abendstunde schon recht voll. Der Chef des Hauses, den er vom Sehen her kannte, führte sie zu demselben Ecktischchen, an dem Suguro bereits zweimal mit seiner Frau gespeist hatte. Auf dem Stuhl, auf dem seine Frau immer gesessen hatte, saß nun Madame Naruse. Er fühlte wieder einen stechenden Schmerz in der Brust wie vorhin schon einmal.
»Haben Sie auch nichts gegen scharf gewürzte Sachen?« fragte er, um seine Schmerzen zu überspielen.
»Nein, im Gegenteil. Ich mag sie.« Sie nickte zustimmend. »Hier wird wohl nach Szechwaner Art gekocht?«
»Ja, deshalb ist das Essen vielleicht auch sehr kräftig.«
Suguro bestellte ›Yun bai ru‹, mit Knoblauch angerichte-

tes Schweinefleisch, und ›Yui tou sa guo‹, scharf gewürzten Fischkopf. Dann sagte er in einem Ton, der scherzhaft klingen sollte: »Sie scheinen Kinder sehr zu lieben.«
»Ja, und Sie?«
»Ich? Ich habe meinen Sohn gern gehabt und war ihm ein guter Vater, glaub ich jedenfalls, nicht besser und nicht schlechter als andere Väter auch. Aber er ist schon verheiratet, arbeitet im Ausland, und ich habe ihn lange nicht gesehen. Warum sind Sie eigentlich freiwillige Sozialhelferin geworden?«
»Vielleicht weil ich selber keine Kinder habe«, antwortete sie lachend. »Dieses Gefühl, ein Kind in den Armen zu halten, ist einfach herrlich. Diese Weichheit und der süße Geruch.«
»Und was machen Sie, wenn Sie sich nicht als Sozialhelferin betätigen?«
»Ein Cousin von mir hat ein Antiquitätengeschäft in Kyobashi«, antwortete sie und lächelte gezwungen. »Nein, ich mag mich nicht über persönliche Dinge ausfragen lassen. Schriftsteller wollen auch immer gleich alles wissen, stimmt's?«
»Das kommt einfach daher«, versuchte Suguro sich zu entschuldigen, »daß ich mit Ihnen gern über vieles reden möchte.«
Als ihnen das Essen serviert wurde, gebraucht sie Finger und Stäbchen sehr geschickt und ließ es sich ganz offensichtlich schmecken. Suguro betrachtete aufmerksam ihre großen Augen, ihre hohe Stirn und vor allem die Bewegungen ihres Mundes beim Kauen. Sie hatte etwas an sich, was sie so ganz anders erscheinen ließ als seine Frau. Während sie aßen, sprachen sie über das, was die verschiedenen Küchen alles zu bieten hatten. Und als er dann erzählte, er habe in Hongkong ein Lokal entdeckt, in dem es vorzügliche Fischgerichte gebe, erwies sich zu seiner Überraschung, daß auch sie dieses Lokal kannte.
»Sie fahren also öfter ins Ausland?«

»Na, ja«, antwortete sie aus irgendeinem Grund zögernd. »Etwa alle zwei Jahre einmal. Aber das sind besondere Reisen.«

»Und was heißt das?«

»Ich unternehme meine Reisen immer mit einem bestimmten Ziel«, sagte sie und wechselte abrupt das Thema. »Übrigens habe ich gestern Ihre Kurzgeschichte in der neuesten Nummer der Zeitschrift ›S.‹ gelesen.«

»Auch darin werden Sie wohl wieder den Sex vermissen, worauf Sie ja neulich hingewiesen haben.«

»Verzeihn Sie mir bitte. Als Sie gegangen waren, hatte ich wirklich ein ungutes Gefühl. Wir haben uns zum erstenmal gesehen, und da war das sicherlich sehr ungehörig von mir.«

»Nein, nein, es war gut, daß Sie das gesagt haben. Denn gerade das hat mich neugierig auf Sie gemacht. Warum hat eigentlich jemand wie Sie, jemand, der im Krankenhaus freiwillige Arbeit leistet, so ein Interesse am Sex?«

»Wieso? Was ist dabei?« Sie wischte sich mit der Serviette den Mund ab. »Darf sich eine Frau, die als freiwillige Sozialhelferin arbeitet, etwa nicht für Sex interessieren? Wissen Sie, daß Sie so etwas fragen, finde ich nun seltsam. Sie werden entschuldigen – aber zu Hause sprechen Sie doch bestimmt nicht darüber?«

»Da haben Sie recht. Zwischen mir und meiner Frau ist fast nie die Rede davon ... Und wie war das mit Ihrem Mann – haben Sie mit ihm darüber gesprochen?«

»Nein.« Sie blickte mit einemmal sehr ernst drein und schüttelte den Kopf. »Natürlich nicht. Aber es war der Sex, der mich mit meinem Mann ganz fest verband ... Nein, was tief in unser beider Herzen war und sich im Sex ausdrückte, das war es, was uns eins werden ließ.«

Suguro hatte das Gefühl, daß sie endlich auf das kam, worauf er vor allem hinauswollte. Als Schriftsteller durchzuckte ihn freudige Erregung wie einen Angler, wenn er spürt, daß er einen Fisch am Haken hat.

»Ich verstehe nicht recht, was Sie damit meinen«, gab er vor, während er von dem soeben servierten krustig gebackenen Reis, der zu den Spezialitäten dieses Lokals gehörte, die Kruste abbrach und in eine kleine Schüssel tat.
»Das dachte ich mir.«
»Wenn ich Sie um Aufklärung bitte, ist das sehr unhöflich?«
»Ja, das ist es.« Sie lachte. »Das Geheimnis, das zwischen mir und meinem Mann bestand, geht keinen anderen etwas an.«
Selbst die Art, wie sie unumwunden seine Bitte ablehnte, faszinierte ihn und ließ ihm diese Frau nur noch rätselhafter erscheinen, wodurch seine Neugier erst recht angestachelt wurde.
»So etwas reizt einen Schriftsteller«, murmelte er wie im Selbstgespräch vor sich hin; aber sie hielt den Blick gesenkt und aß weiter, als hätte sie nichts gehört.
»Im Sex offenbaren sich tief in unserem Herzen schlummernde Geheimnisse«, fuhr er zu ihr gewandt fort, »so sagten Sie es doch neulich, nicht wahr?«
»Egal auf welche List Sie sich verlegen, aus mir bringen Sie nichts heraus.« Sie sah ihn mit weit geöffneten Augen kühn an und lachte.
»Nein, was es mit Ihrem Geheimnis auf sich hat, will ich gar nicht wissen. Sagen Sie bitte nur das, wovor Sie keine Scheu haben. Glauben Sie wirklich, daß der Sex Geheimnisse, die ein Mensch in den tiefsten Tiefen seines Herzens hegt, zum Vorschein bringt?«
»Ja.«
»Das heißt, so war es auch zwischen Ihnen und Ihrem Mann? Nein, ich frage ja nicht nach dem Geheimnis, das Sie beide in ihren Herzen hegten ... Was ich wissen möchte, ist ... Die Kruste sollten Sie besser erst in die Soße tauchen ... Was ich wissen möchte, ist, wann Sie beide sich des Geheimnisses bewußt wurden.«
»Über meinen Mann vermag ich Ihnen keine Auskunft

zu geben, aber ich habe bis zu meiner Heirat – nein, auch noch eine Weile danach – nicht gewußt, daß etwas Geheimes in mir verborgen liegt.«

»Also erst eine Weile nach Ihrer Heirat sind Sie dahinter gekommen?«

»Ja, so kann man das sagen. Nachdem etwas ganz Bestimmtes geschehen war.«

»Etwas ganz Bestimmtes ... Nein, Sie können beruhigt sein, ich werde Sie nicht danach fragen, was das war ... Von einem bestimmten Zeitpunkt an wurde Ihnen also etwas bewußt, von dem Sie vorher nichts ahnten.«

Wenn seine Neugier als Schriftsteller erst einmal – wie der Kolben einer Lokomotive – in Gang kam, dann war kein Halten mehr. So erging es ihm immer.

»Ja, mir wurde etwas bewußt, von dem ich vorher nichts ahnte«, wiederholte sie als Antwort, nachdem sie ihre Stäbchen ordentlich auf den Teller gelegt hatte.

»Etwas, von dem Sie nichts ahnten«, wiederholte auch Suguro. Er versuchte sich dieses und jenes vorzustellen, obwohl ihrem Gesicht nichts abzulesen war.

Geschickt führte sie mit den langen Stäbchen die Reiskrusten, ein Gericht, das sich Guoba nannte, zum Mund. Es krachte trocken, als sie die Krusten zerbiß. Er starrte ihr unverwandt auf den Mund, und es überkam ihn dabei ein Gefühl, das einer geradezu unbändigen Wollust glich. Wie sie kaute, darin lag etwas Erotisches, etwas, was er bisher noch nie erlebt hatte, wenn er mit seiner eigenen oder einer anderen Frau essen gegangen war, etwas, was ihm wie der Geschlechtsakt selber vorkam. Aber das war noch nicht alles. Wenn sie ihre Stäbchen bewegte oder das Trinkschälchen an die Lippen setzte, dann hatten die Bewegungen ihrer schlanken Finger etwas von der Geschmeidigkeit einer Spinne, die ihr Netz webt.

»Es scheint Ihnen zu schmecken«, sagte er unwillkürlich und seufzte.

»Das tut es auch, ich esse gern.«

»Um auf die Ausstellung von neulich zurückzukommen – Sie sagten doch, Sie kennen die Frau, die das Porträt gemalt hat?«
»Ja.«
»Hat Sie Ihnen – von mir – nein, von dem, der sich für mich ausgibt, erzählt?«
»Ein bißchen.«
»Und was?«
»Daß Sie zusammen aus waren und Sie ihr erlaubt haben, dabei Skizzen für das Porträt zu machen.«
»Moment mal! Sie sprechen von mir. Ich war das nicht. Und das Porträt zeigt den, der sich für mich ausgibt.« Suguro legte seine Stäbchen beiseite und blickte ziemlich verwirrt drein. »Seh ich denn etwa derart widerwärtig aus?«
»Ich verstehe nicht, was Sie an dem Bild so stört.« Sie hob den Blick und sah Suguro an. »Wenn Sie sich widerwärtig finden, dann müßte ich mich auch für eine widerwärtige Frau halten.«
Er wußte nicht, was sie damit meinte, und schwieg. Sie aber streckte die Hand aus, häufte sich Krabben auf ihren Teller und verspeiste sie. Hinter den nicht ganz geschlossenen Lippen blitzten ihre Zähne. Während er ihre Miene, mit der sie das Essen genoß, betrachtete, fragte er sich, an was ihn der Ausdruck in ihrem Gesicht erinnerte. Ja, genau! So sieht ein Raubtier aus, wenn es seine Beute verschlingt. Ihm war, als hätte sich die ältere Dame, die vorhin im Krankenhaus von den Kindern umringt war, plötzlich in eine ganz andere Frau verwandelt.
»Sie kommen mir auf einmal ganz anders vor«, sagte er wieder mit einem Seufzen.
»Wieso?«
»Ich meine nur, Ihr Gesichtsausdruck jetzt beim Essen erinnert überhaupt nicht mehr an den von vorhin im Krankenhaus.«
»Ja, na und? Das ist doch ganz natürlich. Kein Mensch hat nur eine äußere Erscheinung, nur ein Gesicht.«

So hat sie vielleicht auch ausgesehen, wenn ihr Mann sie in den Armen hielt, dachte Suguro für einen Moment.
»Dann besitzen Sie also noch eine andere äußere Erscheinung, eine andere Persönlichkeit?«
»Und Sie?«
»Mag sein. Sonst könnte ich wahrscheinlich keine Bücher schreiben.«
»Sehen Sie! Und warum sollte es bei mir anders sein!«
Ein weißgekleideter Kellner führte ein junges Paar an den Nebentisch. Der junge Mann legte seinen Tennisschläger auf den leeren Stuhl neben sich. Er kam wohl von einem Spiel in der Sporthalle ganz in der Nähe.
»Und was macht Ihre andere Persönlichkeit aus?«
»Ah, es schneit!« Damit drückte sie sich um die Antwort. Auf dem Haar des jungen Mannes glänzte es wie Tau. Es waren schmelzende Schneeflocken.
»Werden Sie mir das unter keinen Umständen verraten?« fragte er eindringlich. »Unter keinen Umständen?«
»Später – später einmal, vielleicht«, flüsterte sie mit einem feinen Lächeln.

»Es schneit ja!« hörte Kobari die Frau sagen, als sie das Fenster öffnete, um die zum Trocknen hinausgehängten Strümpfe abzunehmen. Schnell versteckte er das Foto unter einem Buch. Aber sie verschwand geradewegs in die Küche, und so holte er das Foto wieder hervor.
Einer Frau, die eine Brille trug, war der Hals mit einem Gürtel eingeschnürt, ihr Mund war leicht geöffnet, und die Zunge schaute heraus, Erbrochenes haftete wie Kaffeegrund an ihrem Kinn. Sie machte keinen gequälten Eindruck. Sie lachte. Und es schien ein glückliches Lachen zu sein.
Dieses Foto war ihm am Nachmittag ganz zufällig in die Finger gekommen, und zwar bei einem Freund,

einem Fotografen, der die Zeitschriften ›Focus‹ und ›Friday‹ mit einer besonderen Sorte von Fotos belieferte.

In dem Atelier, das er sich gemeinsam mit einem Berufskollegen in einem Appartementhaus gemietet hatte, hingen zahllose Filme vor dem Fenster wie anderswo trocknende Strumpfhosen. Auf einem großen Tisch häuften sich fertige Abzüge. Während sein Freund noch in der Dunkelkammer zu tun hatte, sah Kobari sich die Bilder an und überflog auch die mit Kugelschreiber auf die Rückseite gekritzelten Texte: »Auf dem Bahnhof in Shinjuku gefaßter Sittenstrolch und die belästigte Oberschülerin«, »Wiedersehen einer berühmten Schauspielerin mit ihrem leiblichen Vater, von dem sie als kleines Kind getrennt wurde«. Kobari wühlte ohne bestimmte Absicht wie in einem Haufen von Spielkarten in diesen Bildern herum, bis er plötzlich innehielt, als wäre ihm die Hand erstarrt.

»Heh...«, rief er mit lauter Stimme den Freund.

»Was ist denn?«

Die Tür öffnete sich, und der Freund, der einen Arbeitskittel trug, steckte mißmutig den Kopf herein.

»Was ist das hier für 'n Foto?«

»Das da?« fragte der andere zurück und betrachtete das Bild, das Kobari ihm hinhielt. »Das ist von einer Party, veranstaltet von einem dieser Magazine in so einem komischen Hotel in Roppongi. Da waren lauter Leute mit ganz schön seltsamen Gelüsten. Aber das ist ja heutzutage in Tokyo nichts Besonderes mehr. Und ich bezweifle, daß mir ein Verlag was davon abnimmt. Trotzdem werd ich es mal zum ›Friday‹ tragen.«

»Hast du diese Frau getroffen?«

»Welche Frau? Zeig mal!« Wie eine weiße Wolke kam der Atem aus seinem Mund, während er das sagte. Und der Kittel verströmte beißenden Geruch von Chemikalien, als der Freund auf Kobari zutrat, um das Foto zur Hand zu nehmen.

»Hm! So recht kann ich mich nicht erinnern. Da waren zwölf, dreizehn Leute. Zuerst waren sie sehr zögerlich und hielten sich zurück, aber lange hat's nicht gedauert, dann gebärdeten sie sich wie Halbverrückte... Ja, jetzt fällt's mir ein. Männer vom selben Kaliber machten um diese Frau ein mächtiges Getue... Sie riefen sie Mottchen, Mottchen.«

»Und zwischendurch hat sie immer mal wieder eine Brille aufgehabt?«

»Du, das weiß ich nicht mehr. Kennst du sie?«

»Kennen ist zuviel gesagt. Und welches Hotel war das, wo du diese Bilder gemacht hast?«

»Im ›Schatoo Ruusche‹ in Roppongi.«

Kobari steckte sich eine Zigarette in den Mund, ohne sie anzuzünden, und besah sich ein anderes Foto. Hier auf dem Bild trug sie zwar keine Brille, aber das war sie ganz bestimmt!

Er sah ihr rundes Gesicht und ihren fülligen Körper wieder vor sich, wie er sich mit ihr in der Cafébar in der Kirschgasse unterhalten hatte. Sie und drei, vier nackte Männer prosteten sich mit Bierflaschen und Gläsern zu. Im Hintergrund waren verschwommen ein paar Männer und Frauen zu erkennen, das Gesicht entweder zur Seite oder nach hinten gewandt.

Kobari suchte unter ihnen vor allem Suguro zu entdecken. Zwei hagere Männer standen da, die an Suguro erinnerten. Doch der eine konnte es schon wegen seines Alters nicht sein. In dem anderen glaubte er Suguro zu erkennen, sicher war er sich allerdings nicht. Dafür aber witterte er in dem sich undeutlich abzeichnenden Rücken einer Frau, die den Blick abgewandt hielt, die Gestalt jener älteren Dame, der er neulich gefolgt war.

»Wie bist du überhaupt dahingeraten?«

»Man hat eben so seine Verbindungen. Wenn du nicht überall Köder ausstreust, kommst du als Fotograf nicht weit.«

»Borgst du mir mal das Foto, nur für einen Tag«, bat Kobari. »Dein Schade soll's nicht sein.«
»Schatoo Ruusche« – als er das gehört hatte, war ihm sofort klar, daß sein sprachlich völlig unbegabter Freund sicherlich das ›Château Rouge‹ meinte. Und wenn es das war, dann handelte es sich um das SM-Hotel, das Sadomasochisten-Hotel, allen, die zu diesen Kreisen gehörten, bestens bekannt.
Mit dem Foto in der Tasche setzte Kobari sich in die U-Bahn, um nach Roppongi zu fahren. Nach den Aussagen seines Freundes hatten alle die Frau mit der runden Brille »Mottchen« genannt, das heißt, man kannte sich offenbar bestens. Und wenn das so war, könnte eine Nachfrage im ›Château Rouge‹ vielleicht nähere Aufschlüsse bringen. Möglicherweise eröffnete sich ihm dadurch auch die Chance, hinter das wahre Gesicht Suguros zu kommen.

»Das ist gemein«, entrüstete sich die Chefin des ›Château Rouge‹, die er eine halbe Stunde später in eine Snackbar gleich nebenan geschleppt hatte, und runzelte, eine Mentholzigarette zwischen den Fingern mit den weinrotlackierten Nägeln, die Augenbrauen. »Bei solch einer Party gleich Fotos zu machen! Sie sind irgend so ein Reporter, stimmt's? Das Mädchen gehört wirklich nicht zu meinem Personal. Das erstemal kam sie zusammen mit einem Mann zu uns, um ihr Vergnügen zu haben, dann ist sie so was wie ein Stammgast geworden. Jetzt hilft sie nur hin und wieder mal aus.«
»Was heißt aushelfen?«
»Es gibt nur ein paar Mädchen, die bereit sind, die Rolle der Masochistin zu übernehmen. Sie verdienen damit viel mehr, als wenn sie die Sadistin spielen, aber weil von unseren Kunden einige auch ganz schön rabiat werden, wollen sie alle nicht ... Aber die, nach der Sie fragen, die spielt nicht nur die Masochistin, sie ist echt eine.«

»Ja, und was tut sie?«
»Das kann ich mit Worten nicht erklären.«
Die Chefin war eine Frau um die Vierzig mit schmalem Gesicht. Sie trug eine große, getönte Brille. Daran hing eine Kette, die jedesmal leicht hin und her schaukelte, wenn die Frau den Rauch ihrer Mentholzigarette ausstieß.
»Eine echte Masochistin, was heißt das?«
»Ja, wie soll ich sagen?« Sie zog an ihrer Zigarette und überlegte eine Weile. »Bei Moto geht es so weit, daß sie sterben möchte.«
»Wieso? Hat sie was Schlimmes erlebt?«
»Was Schlimmes?«
»Ich meine, leidet sie unter irgendwas so, daß sie sterben möchte?«
Um den Mund der Chefin breitete sich wie Wellengekräusel ein gezwungenes Lächeln aus, als sie Kobari musterte. »Sie haben auch nicht die geringste Ahnung, wie mir scheint. Moto ist eine Masochistin, verstehn Sie? Masochisten lieben es, gequält zu werden.«
»Sagen Sie, was für Männer kommen zu Ihnen?«
»Unser oberstes Gebot ist Diskretion. Schließlich gehören berühmte Schauspieler, Sportler und auch Geschäftsleute zu unseren Gästen«, sagte sie selbstgefällig, als sei dies der ganze Stolz ihres Hauses, und nahm einen Schluck von dem Rosé, den sie sich bestellt hatte.
»Und was ist mit berühmten Schriftstellern? Gehören die auch zu Ihren Kunden?«
Der Ausdruck in ihrem Gesicht änderte sich nicht, aber die Hand, in der sie die Zigarette hielt, zitterte leicht. »Hm, wissen Sie...«
»Ich werde Ihnen bestimmt keine Ungelegenheiten bereiten«, bohrte Kobari weiter.
»Ich muß jetzt gehn«, war alles, was sie erwiderte. »Länger kann ich das Geschäft nicht allein lassen.«

Auf dem Bildschirm wirkte Suguro in Kobaris Augen etwas fülliger und um vier, fünf Jahre jünger als in Wirklichkeit, doch wenn er sich bewegte, erschienen auf Kinn und Hals Schatten der Müdigkeit und des Verfalls, die deutlich sein Alter erkennen ließen.

»Herr Suguro, Sie sind ein Schriftsteller, der seit vielen Jahren in seinen Büchern über die Sündhaftigkeit des Menschen schreibt...«, sagte der Interviewer. Anfangs war sich Kobari nicht sicher, ob es sich bei dem Mann mit dem schmalen Gesicht und der etwas gezwungen klingenden heiteren Redeweise um einen Sprecher des Senders oder um einen Kritiker handelte. »Aber Sünde, was meint das eigentlich in Ihren Werken?«

Suguro, den die Kamera in diesem Moment in der Totalen erfaßte, blinzelte. »Für mich ist die Sünde zweifacher Natur«, begann er mit belegter Stimme, vielleicht, weil er nervös war. »Das Leben in dieser Gesellschaft verlangt von uns, daß wir Wünsche und Triebe verschiedenster Art tagtäglich unterdrücken. Sie stauen sich an einer bestimmten Stelle in unserem Herzen. Diese Stelle ist der sogenannte unbewußte Bereich.« Er wies auf seine Brust. »Die unterdrückten Wünsche und Triebe erlöschen aber nicht, sie wirken vielmehr im Unterbewußtsein fort, und wenn sie erneut hervorbrechen, kommt es oft zu Handlungen, die ich als Sünde bezeichne.«

»Herr Suguro, wir haben hier eine Fernsehsendung, würden Sie das bitte noch einmal etwas allgemeinverständlicher darlegen?« sagte mit einem verbindlichen Lächeln der Interviewer. Für einen Moment war Suguro leicht konsterniert.

»Nehmen wir ein Beispiel. Im alltäglichen Leben passiert es doch häufig, daß unser Stolz verletzt wird oder unser eigenes Überlegenheitsgefühl keine Bestätigung findet und Wünsche unerfüllt bleiben, nicht wahr?«

»Ja, das gehört zum Alltäglichen.«

»Wir können dann aber unsere eigene Unzufriedenheit nicht einfach den anderen entgelten lassen. Täten wir das, würden darunter die guten Beziehungen zu dem Betreffenden leiden. Deshalb verwahren wir Tag für Tag Unzufriedenheit und Groll tief in unserer Brust, was nicht heißt, daß sie damit verschwunden sind. Auch unsere unterdrückten Wünsche erlöschen nicht. Das alles staut sich auf dem Grund unseres Herzens an und schwelt wie die Kohle im Feuerbecken vor sich hin.«

»Das hört sich sehr nach Freud an.«

»Wenn Sie meinen, bitte sehr... Plötzlich schießen Flammen aus dem schwelenden Feuer. Der Brand beginnt zu lodern.«

»Ich verstehe! In der Tat sind alle Helden in Ihren Werken Menschen, die am realen Leben ständig zu ersticken drohen. Sie winden sich in diesem Zustand des Erstickens, bis sie schließlich als Folge davon Dinge begehen, die Sie Sünde nennen.«

»Ganz recht. Meine Helden winden sich in Agonie und versündigen sich dann.«

Er blinzelte, und seine Stimme klang heiser. In diesen Kleinigkeiten manifestierte sich, wie nervös Suguro seinem Wesen nach war. Darüber hinaus aber fiel Kobari zum erstenmal auf, daß das Gesicht Suguros, als es wieder groß auf dem Bildschirm erschien, entstellt wirkte. Er hatte zwei verschiedene Augen. Das rechte war größer als das linke. Kobari erinnerte sich an ein Bild von Picasso, auf dem das eine Auge völlig anders aussah als das zweite. In diesem Moment glaubte er über den Bildschirm die Aufschrift flimmern zu sehen: »Mehrschichtige Persönlichkeit...« Und ihm fiel wieder ein, was er kürzlich in einem dieser billigen Sachbücher gelesen hatte, nämlich, daß unter den Menschen mit Augen unterschiedlicher Größe viele doppelte Persönlichkeiten sind, die also gleichsam zwei Gesichter haben.

»Wollen Sie damit sagen, daß die Sünde, so wie Sie sie darstellen, mehr dem Unbewußten als dem Bewußten entspringt?« fragte der Mann mit dem schmalen Gesicht.
Für einen Moment schien Suguro um eine Antwort verlegen zu sein, doch dann erwiderte er: »Nein, genaugenommen steht nach meiner Auffassung jegliche Sünde in irgendeinem Zusammenhang mit dem Unbewußten.«
»Demnach hätte man das Unbewußte für den Mutterschoß oder den Nährboden der Sünde zu halten? Meinen Sie das?«
»Ich...«, Suguro blinzelte, »ich bin kein Theologe. Dazu sollten Sie besser einen Fachmann befragen. Ich bin lediglich beim Schreiben meiner Geschichten zu dieser Einsicht gelangt.«
»Aha!« Zum erstenmal blitzte in den Augen des langgesichtigen Interviewers echte Neugier auf. »Wissen Sie, vor ein paar Tagen habe ich dem Buddhologen, Professor Takemoto, die gleiche Frage gestellt. Im Mahayana-Buddhismus wird in dem ›Traktat darüber, daß alles nur Erkenntnis ist‹ genau der gleiche Standpunkt vertreten, wie Sie ihn soeben geäußert haben.«
Suguro nickte schweigend.
»Wir haben das Gespräch mit Professor Takemoto aufgezeichnet, und ich möchte Sie bitten, daß wir es uns jetzt gemeinsam anhören. Professor Takemoto kann an unserer Runde leider nicht teilnehmen, weil er zu einem internationalen Kongreß über buddhistische Philosophie nach Paris gefahren ist.«
Über den Bildschirm huschten rötliche Schrägstreifen, und es erschien die Gestalt eines glatzköpfigen, aber sehr energisch aussehenden Mannes. Seine Hände ruhten, wie es die Etikette gebot, auf den Knien.
»Das heißt, der Buddhismus vertritt schon seit Jahrhunderten die Auffassung, daß es das Unbewußte ist,

das das menschliche Herz bewegt?« fragte derselbe Interviewer in einer Art, als wolle er seinen Partner in eine bestimmte Richtung lenken.
»Ja, ganz recht.«
»Und wie bezeichnet der Mahayana-Buddhismus dieses Unbewußte?«
»Wir sprechen von einem Mano-Bewußtsein und von einem Alaya-Bewußtsein«, begann der Professor flüssig, als hielte er eine vorbereitete Rede. »Das Mano-Bewußtsein könnte man vielleicht das Zentralbewußtsein nennen. Das ist nämlich der Bereich, in dem wir uns stets selber als Mittelpunkt betrachten; wir beziehen alles auf uns selbst und suchen nach dem eigenen Vorteil... Im Alaya-Bewußtsein nun wirbeln unzählige Samen hartnäckiger Zuneigungen und weltlicher Leidenschaften, also die Samen all dessen, was uns unsere Qualen bereitet.«
»Wenn Sie von Samen sprechen, meinen Sie sicherlich das Sanskritwort ›bija‹. Und diese hartnäckigen Zuneigungen und weltlichen Leidenschaften gelten im Buddhismus als Sünde.«
»Ja, so kann man sagen.«
»Die Samen, die die Ursache dafür sind, wirbeln dann also in unserem Unterbewußtsein?«
»Ja, das ist richtig. Wir nennen sie ›befleckende Samen‹.«
Erneut huschten Schrägstreifen über den Bildschirm, und wieder war Suguro im Studio zu sehen.
»Herr Suguro, mir scheint, die soeben gehörte buddhistische Auffassung und Ihre ähneln sich...«
Suguro pflichtete ihm, wenn auch etwas betreten, wie es schien, bei.
»Haben Sie sich mit dem Mahayana-Buddhismus beschäftigt? Ich frage nur deshalb, weil Sie doch ein Anhänger der christlichen Lehre sind.. .«
»Nein, mit dem Buddhismus habe ich mich nicht befaßt. Und ich sagte vorhin schon – ich bin beim

Schreiben meiner Bücher zu meinen Ansichten gelangt.«
Die umwölkte Stirn verriet selbst Kobari, daß Suguro müde geworden war. Kobari langte zum Fernseher, drehte den Ton aus, um sich das langweilige, schwerverständliche Gerede der beiden nicht länger mitanhören zu müssen, und starrte in das Gesicht Suguros, in dem sich stumm der Mund bewegte.
Das linke und das rechte Auge waren verschieden groß. Ob das bedeutete, daß der Betreffende doppelgesichtig war, blieb dahingestellt, aber irgendwie hatte das Gesicht Suguros etwas Düsteres, überlegte Kobari. Was das war, vermochte er nicht zu sagen, aber ihm schien es ein Teil des bisher von niemandem bemerkten Schattens zu sein, der über diesem Schriftsteller lag.
»Du bist ein Betrüger!« schrie er dem gealterten Schriftsteller ins Gesicht, der den Mund immer noch stumm bewegte. Kobari streckte die Hand aus und schaltete den Ton wieder ein.
»Sieh mal einer an! Wollen Sie damit sagen, daß das Unterbewußtsein der Schoß der Sünde und damit zugleich auch der Schoß der Errettung ist?«
Das Gespräch war in der Zwischenzeit, da Kobari den Ton weggedreht hatte, bei einem anderen Punkt angelangt.
»Ja, ich würde das so sehen. Allerdings geht es wohl weniger um eine Errettung. In der Sünde des Menschen drückt sich der Wunsch des Betreffenden nach Wiedergeburt aus.«
»Nach Wiedergeburt?« Erneut glänzte in den Augen des Interviewers ein nicht gespieltes, sondern echtes Interesse.
Suguro nickte zustimmend. »Es trifft zu, daß sich die Personen in meinen Werken in einem Zustand des Erstickens winden und aus diesem heraus sich versündigen – aber wenn man es recht überlegt, dann drückt sich in ihren Sünden...« Während Suguro nach Wor-

ten suchte, warf er einen verstohlenen Blick auf den Interviewer, um zu sehen, wie der reagierte. »Dann drückt sich in ihren Sünden am Ende das brennende Verlangen aus nach einem Leben, das anders ist als das bisherige.«

»Kann man das denn schon Errettung nennen?« fragte der Interviewer verwirrt.

»Errettung kann man es vielleicht noch nicht nennen, aber die Sünde birgt in sich die Möglichkeit der Errettung.«

»›Die Sünde birgt in sich die Möglichkeit der Errettung?‹ Das halte ich für einen außerordentlich originellen Gedanken. Ist er Teil der christlichen Lehre?«

»Wissen Sie ...« Suguro blickte wieder genauso ungeduldig drein wie vorhin. »Wahrscheinlich nicht. Ich bin beim Schreiben meiner Bücher darauf gekommen ...«

»Ich sehe auch hierin viel Ähnlichkeit mit buddhistischen Auffassungen. Es gibt doch zum Beispiel das Wort von der Unität des Guten und Bösen, was besagen will, daß Gut und Böse nicht voneinander getrennt werden können ...«

»Aha. Aber den Gedanken, daß die Sünde die Möglichkeit der Errettung in sich birgt, habe ich nicht aus dem Buddhismus ...«

»Ich verstehe. Ich möchte, daß wir uns an dieser Stelle noch einmal Professor Takemoto anhören.«

Erneut huschten Schrägstreifen über den Bildschirm, und das ehrwürdige Gesicht des Professors erschien.

»Im Alaya-Bewußtsein wirbeln die Samen hartnäckiger Zuneigung und weltlicher Leidenschaften. Ihnen entspringt die Sünde. Soweit ich weiß, sagt der Mahayana-Buddhismus aber auch, daß in diesem Alaya-Bewußtsein zugleich Samen der Errettung wirken ...«

»Ganz recht!«

Takemoto warf einen raschen Blick in sein Manuskript, das vor ihm auf dem Tisch lag. Daß er darauf nicht verzichten mochte, ließ ihn etwas kleinmütig und übertrieben ernsthaft erscheinen.

»Wir nennen sie die ›nichtbefleckenden Samen‹. So wie die weißen Blutkörperchen die Bakterien in unserem Körper vertilgen, hüllen diese nach und nach die ›befleckenden Samen‹ ein, die möglicherweise hartnäckige Zuneigungen und weltliche Leidenschaften in sich bergen, und reinigen sie.«

»Das ist ja interessant! Demnach wäre nach buddhistischer Vorstellung das Unterbewußtsein zugleich der Mutterschoß der Sünde und der Errettung durch Buddha?«

»Das trifft es im wesentlichen.«

Die Korridortür flog krachend auf, und Kobaris Freundin, einen Einkaufskorb in der Hand, kam herein.

»Du bist ja schon da! Ist kalt draußen.« Und während sie an Kobari vorüberging, der auf dem abgewetzten Sofa lag und in den Fernseher starrte, fügte sie hinzu: »Wird wohl wieder Schnee geben.«

»Mir scheint, daß auch diese Auffassung des Mahayana-Buddhismus mit dem, was Sie in Ihren Werken vertreten, Herr Suguro, übereinstimmt!«

»Ja, und was wollen Sie damit sagen?«

»Ich frage mich, Herr Suguro, ob Sie eigentlich nicht doch vom Buddhismus beeinflußt sind.«

»Nicht, daß ich wüßte. Aber vielleicht liegt mir etwas davon als Erbe meiner Vorfahren im Blut... Schließlich bin ich weder ein europäischer noch ein amerikanischer Schriftsteller, sondern ein japanischer.«

»Wieso hörst du dir dieses blöde Gequatsche an?« fragte Kobaris Freundin verwundert, während sie den mit Porree und Plastikbeuteln gefüllten Einkaufskorb auf dem Sofa abstellte.

»Sei still! Ich bin beim Arbeiten!«

Kobari interessierte sich nicht für das, was sie für »blödes Gequatsche« hielt. Seine Aufmerksamkeit galt ausschließlich dem groß auf dem Bildschirm erscheinenden Gesicht Suguros, dem Gesicht, in dem das linke und das rechte Auge von unterschiedlicher Größe waren und über dem so etwas wie ein düsterer Schatten lag. Bisweilen wirkte dieses Gesicht noch wie das eines Mannes in den Fünfzigern, aber sobald Suguro den Hals bewegte, verrieten die Falten, die sich dann dort abzeichneten, ganz deutlich sein wahres Alter. Und Kobari entging auch nicht, wie sehr das Gespräch diesen Schriftsteller, der an solche Auftritte im Fernsehen offenbar nicht gewöhnt war, ermüdet hatte. Auch wenn es ihm gelungen war, mit dem Mund manches zu vertuschen, so hatte doch die Kamera – zumindest nach Kobaris Eindruck – mit den düsteren Schatten auf Suguros Gesicht etwas von seiner geheimen Seite eingefangen, die er vor der Öffentlichkeit verborgen hielt.

Das Telefon klingelte. Suguro hörte das schrille Läuten, als er nach einem Spaziergang die Tür seines Ateliers aufschloß. Seit jener Nacht neulich hatte das Telefon ein paarmal geläutet, ohne daß sich jemand meldete. Offenbar war es so, daß der Anrufer durch sein Schweigen etwas herauszufinden suchte. Suguro nahm den Hörer nicht ab, und das hartnäckige Klingeln verstummte schließlich. Der Anrufer schien resigniert zu haben.

Suguro schaute in den Briefkasten, aber der war leer. Allem Anschein nach war der Postbote heute später dran als sonst. Suguro ging in sein Arbeitszimmer und schaltete die Stehlampe an. Das weiche Licht, das er so sehr liebte, fiel auf den Behälter mit den Schreibutensilien und auf die Tischuhr. Das Ticken des Sekundenzeigers verstärkte noch die Stille im Zimmer. Die Wangen in die Hände gestützt, rief er sich inmitten der Leere um sich herum erneut den Gesichtsausdruck ins Gedächtnis zurück, mit dem Madame Naruse bei ihrem gemeinsamen Abendessen in dem chinesischen Restaurant genüßlich die Reiskrusten zerkaut hatte. Und jedesmal, wenn er sie so im Geiste vor sich sah, was ihm öfter als einmal am Tag passierte, wurde seine Neugier weiter angestachelt. Was war das eigentlich für eine Frau? Unabhängig davon, wie sie sich nach außen hin gab, lag etwas in ihr verborgen, was ihn als Schriftsteller reizte. Nach dem Essen hatte er sie halb im Scherz darum gebeten, ihm doch einmal zu schreiben, aber daß sie seiner Bitte nachkommen würde, darauf konnte er wohl kaum hoffen.

Das Telefon klingelte wieder. Er ließ es klingeln. Aber als es auch nach einer Minute noch nicht aufhörte, schickte er sich drein und griff zum Hörer.

»Spreche ich mit Herrn Suguro?« fragte eine herrische Stimme. »Ich bin Kobari, der Reporter...«

»Kobari?« Suguro schwieg eine Weile. »Sind Sie es, der bei Kano war?«

»Ja. Ich würde mich gern mal mit Ihnen treffen.«

»Weshalb? Geht es darum, daß ich angeblich fragwürdige Orte aufsuche?«

»Das ist nichts fürs Telefon. Ich glaube, es ist besser für uns beide, wenn wir uns direkt unterhalten, damit keine Mißverständnisse entstehen.«

»Mißverständnisse? Was soll das heißen?«

»Meinen Sie nicht, daß es für Sie unangenehm werden könnte, wenn ich ganz nach eigenem Ermessen über Sie schreibe?«

Suguro ärgerte sich über den drohenden Unterton.

»Na schön. Aber hier in meinem Atelier möchte ich Sie nicht sehen.«

»Ja, würden Sie dann bitte nach Roppongi kommen, und zwar sofort, wenn's recht ist.«

Besser, du klärst die Sache so schnell wie möglich, sagte eine Stimme in ihm. Während er sein Herzklopfen unterdrückte, vereinbarte er mit Kobari einen Treffpunkt. Beim Hinausgehen hob er die zwei, drei Briefe auf, die der Postbote inzwischen durch den Türschlitz gesteckt hatte, und schob sie in die Tasche.

Er kam nur langsam mit dem Taxi in den zu dieser

Abendstunde sehr belebten Straßen voran und stieg in der Nähe der Snackbar, in der er sich mit Kobari treffen wollte, aus. Im selben Moment, da er die Tür öffnete, erkannte er in dem jungen Mann, der nur ein Glas Wasser vor sich hatte, denjenigen, der ihn während der Autogrammstunde mit lauernden Blicken beobachtet hatte.

»Wir sind uns doch schon mal begegnet, stimmt's? Bei der Autogrammstunde«, sagte Suguro, aber der andere ignorierte diese als Begrüßung gemeinten Worte und wies mit dem Kinn auf ein Foto, das vor ihm lag.

»Kennen Sie diese Frau?«

»Nein!«

»So? Gucken Sie genau hin. Erinnern Sie sich nicht?«

»Nein, nie gesehn!«

»Wirklich nicht?« Kobari sah ihn scharf an wie ein Kriminalbeamter, der einen Verdächtigen verhört.

»Nein, wirklich nicht.«

»Aber sie hat mir erzählt, sie hätte sich mit Ihnen amüsiert und dabei die Skizzen für Ihr Porträt gemacht. Eine angehende Malerin, die sich zur Zeit ihr Geld noch als Porträtistin in der Kirschgasse in Shinjuku verdient.«

»Wollen Sie mich zum Narren halten? Ich weiß von alledem nichts.«

»Übrigens steht sich das Mädchen auch mit einer Bekannten von Ihnen sehr gut!«

»Mit einer Bekannten von mir? Wer soll das sein?«

»Haben Sie sich nicht neulich mit einer Dame in dem Café in der Straße ›Unter dem Bambus‹ getroffen?«

Aha, schoß es Suguro durch den Kopf. Er erinnerte sich jetzt. Dann war dies also der Bursche, der von draußen durch das Fenster spähte, als ich Frau Naruse zum erstenmal in dem Café begegnet bin.

»Ja, na und?« Suguro war verwirrt. »Was wollen Sie damit sagen?«

»Wenn jene Dame und das Mädchen hier auf dem Foto

eng miteinander befreundet sind – dann können Sie doch wohl kaum behaupten, dieses Mädchen nicht zu kennen.«

»Das ist die Höhe!« Suguro wurde knallrot im Gesicht. »Wenn Sie mir weiter mit solch unerhörten Unterstellungen kommen, gehe ich. Was Sie dann daraus machen, ist Ihre Sache. Sollten Sie nicht davon lassen können, dürfen Sie versichert sein, daß ich entsprechende Maßnahmen ergreifen werde!«

»Verzeihen Sie bitte!« Vielleicht war es nur Taktik, aber seine Entschuldigung klang ehrlich. »Doch Tatsache ist nun mal, daß ziemlich unerfreuliche Gerüchte über Sie im Umlauf sind. Selbst auf Ihrer Party hat es diesen Auftritt von dem verrückten Frauenzimmer gegeben.«

»Ja, ich erinnere mich. Aber das ganze Gerede, das betrifft nicht mich.«

»Wär es dann nicht gut, irgendeinen halbwegs eindeutigen Beweis dafür zu liefern?« Kobari leerte sein Glas. Der Bufettier fragte ihn, ob er ihm noch etwas bringen könne. »Einen Whisky mit Soda«, antwortete Kobari barsch. »Selbst ein so kleines Licht wie ich hat Informationen darüber, daß Sie an allen möglichen Orten gesehen wurden.«

»Es handelt sich um jemanden, der sich sehr zu meinem Leidwesen für mich ausgibt.«

»Und das können Sie guten Gewissens sagen? Wären Sie dann bereit, mit mir hier in der Nähe eine Frau zu treffen? Das kostet Sie nicht viel Zeit. Bestimmt nicht. Sie sind sich ganz sicher?«

Natürlich sei er sich sicher und deshalb auch bereit mitzugehen, gab Suguro zurück, fragte sich aber im selben Augenblick, ob er diesem Burschen nun nicht doch auf den Leim gegangen sei.

Als sie die Snackbar verließen, wehte ihnen aus der Seitengasse ein heftiger Wind entgegen. Kobari sagte jetzt in einschmeichelndem Ton: »Übrigens gibt's auch unter meinen Freunden eine Menge Fans von Ihnen ...«

Suguro schwieg mit versteinerter Miene.
Auf den ersten Blick war das ›Château Rouge‹ kein besonders auffallendes dreistöckiges Gebäude. Die Gäste fuhren, um nicht erkannt zu werden, offenbar wie in einem Motel mit dem Wagen hinein.
»Ich möchte Sie nicht in Verlegenheit bringen, würden Sie deshalb bitte hier warten?«
Kobari ließ ihn auf der Straße stehen und verschwand in der Tür. Das Kinn im Kragen seines Regenmantels vergraben, setzte Suguro die Miene eines Büßers auf und wandte den Blick ab, wenn jemand die Straße entlangkam.
Bald darauf tauchte Kobari an der Seite einer Frau mittleren Alters wieder auf. Die Frau trug eine Sonnenbrille und sah aus wie die Besitzerin eines kleinen Modesalons oder einer Boutique, wie sie hier in Roppongi häufig herumspazierten, doch sie war die Managerin dieses Etablissements.
»Kommen Sie bitte herein. Sie müssen doch frieren«, wandte sie sich voller Liebenswürdigkeit an Suguro. »Der hier«, erklärte sie dann lachend, »hat mich vorhin schon andauernd gefragt, ob Sie Motoko kennen und ob Sie Stammgast in unserem Hause sind. Und nun fängt er wieder davon an.«
»Wirklich?« Suguro wollte diese Frau unbedingt zu seiner Verbündeten machen. »Ich wäre Ihnen dankbar, wenn Sie das genauso nachdrücklich verneinen würden wie ich. Dieser Mensch ist offenbar so etwas wie ein Reporter, der für irgendwelche Magazine schmutzige Klatschgeschichten schreibt... Wies scheint, hat er jetzt mich zum Opfer auserkoren. Aber sollte er über mich irgendwas zu Papier bringen, von dem ich selber nicht mal weiß, werde ich vor Gericht gehen. Vielleicht mache ich Ihnen damit einige Mühe, aber ich möchte Sie bitten, dann als Zeugin auszusagen.«
»Das wär mir gar nicht lieb. Wissen Sie, wir haben

unter unseren Gästen berühmte Leute, und das Vertrauen in unser Haus würde sehr darunter leiden.«
»Na, dann stellen Sie die Sache doch endlich klar!« sagte Kobari frohlockend.
»Gut – ich werde Ihnen einen Film zeigen. Nur müssen Sie mir versprechen, nichts zu schreiben.«
»Einen Film?«
»Ja, einen Film von der bewußten Party. Sollte aber der Herr hier nicht darauf zu sehen sein, schreiben Sie keine Zeile über unser Haus, nicht wahr?«
Kobari signalisierte mit den Augen Einverständnis. Auch Suguro hatte nichts dagegen, sich den Film anzusehen. Die Chefin führte sie ins ›Château Rouge‹, in dem noch gähnende Leere herrschte. Überall im Haus roch es nach Leder. Neben dem unaufgeräumten Büro befand sich ein kleines Empfangszimmer mit einem schon völlig ausgeblichenen Sofa und einem Fernsehapparat. Auf dem Fernseher stand eine Hakata-Puppe.
»Das ist von Motoko«, sagte die Chefin und wies mit den Augen auf ein Bild an der Wand. Auf die mit gelbbrauner Farbe überzogene Leinwand war eine an eine Schraubenmuschel erinnernde Spirale gemalt, und zwar in roten Linien.
»Ich versteh nichts von abstrakter Malerei«, sagte Kobari, nachdem er einen flüchtigen Blick auf das Bild geworfen hatte.
Die Chefin kniete sich nieder und legte eine Kassette in den Videorecorder. Als sie dann den Fernseher einschaltete, flimmerten zuerst nur weiße Streifen über den Bildschirm, bis plötzlich splitternackte Männer und Frauen zu sehen waren, die mit schwarzen Masken vor den Augen in einem ziemlich großen, nur mit Matten ausgelegten Raum tanzten. Aber ein richtiges Tanzen war es eigentlich nicht. Ihre Körper bewegten sich eher wie sich leicht im Wind wiegende Bäume. An den Brüsten und Bäuchen war zu erkennen, daß

einige der Frauen nicht mehr ganz jung waren, und unter den Männern gab es ebenfalls häßlich beleibte.
»Ist das hier im Hause?«
»Wo denken Sie hin! Wir hatten uns woanders eingemietet, um unseren dritten Jahrestag zu feiern.«
»Bestimmt in einem Hotel in Yoyogi.« Kobari entschlüpfte auch der Name des Hotels.
Die Chefin aber stellte sich taub und sagte in einem Ton, als schwelge sie in angenehmen Erinnerungen: »Jetzt sind sie noch beim Sondieren.«
»Beim Sondieren?«
»Ja, sie müssen erst mal sehen, wie sie miteinander zurechtkommen, weil sie doch zum erstenmal zusammen sind.«
Die Szene wechselte: Drei maskierte Männer beugten sich von drei Seiten her über den Körper einer Frau in mittleren Jahren, die alle viere von sich gestreckt hatte, und die Kamera zeigte unentwegt, wie diese Männer, gierig Wasser schleckenden Hunden ähnlich, ihre Köpfe eifrig auf und ab bewegten. Namen von Weinen, die ihm von früher her geläufig waren, gingen Suguro durch den Sinn: Médoc, Saint Emilion, Entre-deux-Mars. Aber daß er sich, im Unterschied zu früheren Zeiten, beim Zuschauen, wie andere sich sexuell betätigten, bloß noch elend und verlassen vorkam, das lag wohl an seinen fünfundsechzig Jahren.
»So was Langweiliges!« Auch Kobari schien des sich ewig hinziehenden gleichen Treibens überdrüssig zu sein. Er griff nach einer Zigarette, zündete sie aber nicht an, sondern spielte damit nur zwischen seinen Fingern herum. »Nicht ein bißchen was Individuelles. Alle machen sie dasselbe. Daß ihnen das nicht über wird ...«
»Danach war nur Motoko ganz hin«, flüsterte die Chefin. »Danach ...«
»Danach?«
»Ja, aber ein Weilchen dauert diese langweilige Szene noch.«

Tatsächlich folgten noch eine ganze Zeit Bilder sexueller Handlungen, an denen nun wirklich nichts dran war. Letztlich war das alles nur leeres, armseliges Treiben, mochten sich Stellungen und Techniken auch noch so sehr ändern.
Abrupt endete dann diese Szene. Für ein paar Momente schimmerte nur ein milchiges Etwas auf dem Bildschirm, bis plötzlich das Gesicht einer Frau mit weit aufgerissenem Mund erschien. Sie hielt die Augen nicht geschlossen, machte aber den Eindruck einer Blinden. Ein paar grau gefärbte Strähnen zogen sich wie Baumwollfäden durch ihr Haar. Kobari erkannte sie sofort, auch wenn sie ihre Brille nicht aufhatte.
Die Kamera schwenkte nach unten. Eine Hand legte sich um Motokos Hals und begann sie zu würgen. An einem Finger steckte ein Ring, aber es war eindeutig die Hand eines Mannes.
»Was ist denn das Weiße in ihrem Haar?« fragte Kobari mit heiserer Stimme. Seine Heiserkeit verriet deutlich, wie erregt er war.
»Motoko wurde von vier Männern gequält. Der erste hat sie mit einer brennenden Kerze beträufelt... Da, sehen Sie das Stearin auf ihrer Schulter! Ein paar Tropfen sind ihr auch aufs Haar gefallen. Und weil sie gewürgt werden wollte, hat ihr ein anderer die Hand um den Hals gelegt...«
Motoko lag mit dem Gesicht nach oben, die Augen halb geschlossen. Der Mund war leicht geöffnet. Wie eine Verdurstende fuhr sie sich mit der Zunge über die Lippen. Während ihr die Männerhand nach und nach die Kehle zudrückte, wurde ihre Verzückung immer größer. Deutlich war ihr anzusehen, wie sie das Gefühl genoß, in die Gefilde der Toten hinabzugleiten. Der Kopf des Mannes war teilweise verdeckt.
»Wie Sie sehen, sind wir sehr darauf bedacht, daß die Gesichter unserer Gäste nicht ins Bild kommen«, ver-

kündete die Chefin stolz. »Zumal zu diesem Zeitpunkt einige auch schon ihre Masken abgenommen hatten.«
»Die schnappt ja nach Luft wie ein Goldfisch. Sich so quälen zu lassen!« Kobari zuckte verächtlich die Achseln. Für ihn war das, was sich da vor ihm auf dem Bildschirm tat, nichts als eine fürchterliche Entgleisung.
»Geschrien hat sie«, warf die Chefin in scharfem Ton ein, als hätte man sie persönlich beleidigt.
»Geschrien hat sie? Und was?«
»›Bringt mich um! Bringt mich um!‹«
»Also, als ob einer sagt: Ich sterbe! Ich sterbe!«
»Nein, so nicht. Was ein richtiger Masochist ist, der will wirklich, daß man ihn umbringt. Der will wirklich sterben. Motoko redet dauernd davon. ›Eigentlich hab ich Angst vorm Sterben‹, sagt sie, ›aber in solchen Momenten, da möcht ich kurz und klein geschlagen dahinschmelzen, da möcht ich immer weiter so gequält werden, bis daß es mit mir zu Ende geht. Jedenfalls ist mir tief im Herzen so zumute. In diesem Zustand zu sterben, wie schön wäre das.‹«
»Die muß doch verrückt sein!«
»Normal oder verrückt, das läuft am Ende aufs selbe hinaus. Meinen Sie nicht auch?« wandte sich die Chefin plötzlich an Suguro, als wollte sie ihn bitten, ihr beizustehen. Sie schien zu glauben, daß er als Schriftsteller für sie und diejenigen, die im Film zu sehen waren, Verständnis aufbringen müßte. Suguro aber starrte weiter auf den Fernsehapparat, aus dem nur noch ein Rauschen kam, nachdem das Videoband abgelaufen war, und erwiderte nichts.
Mit versteinerter Miene verließ er in Begleitung von Kobari das ›Château Rouge‹, und er entspannte sich auch dann noch nicht, als sie plötzlich mitten im abendlichen Lärm der Hauptstraße von Roppongi standen. Die Neonlichter, die Schlangen von Autos, die winterliche Beleuchtung, die Menschenmassen –

alles erschien ihm, nachdem er dieses Video gesehen hatte, schal und sinnlos.
»Verschnaufen wir irgendwo ein bißchen?« Aus dem Ton, in dem Kobari das sagte, war deutlich eine leichte Verstimmung herauszuhören. Irgendwie bedauerte er es, weder diesen Schriftsteller noch die schon etwas ältere Dame auf dem Bildschirm entdeckt zu haben.
»Nein, mir reicht's«, erwiderte Suguro verdrossen. »Hoffentlich hören Sie nun auf, wie ein Hund hinter mir herzuschnüffeln!«
Er winkte ein Taxi heran, stieg ein, ohne sich noch einmal umzuschauen, und schloß die Augen: Da sah er wieder vor sich ganz deutlich jenes Gesicht mit den halb geschlossenen Augen, dem leicht geöffneten Mund und der Zunge, die wie eine Raupe über die Lippen glitt. Im Haar haften Wachstropfen. Dieses Gesicht – ja, es ähnelt einem anderen. Dem Abbild einer Wahnsinnigen, das eine Ecke des Turms der Kathedrale von Bourges zierte, den er vor vielen Jahren bestiegen hatte. In diesem Moment sah er plötzlich auch wieder das Bild, das in dem kleinen Empfangszimmer an der Wand hing, vor Augen. Die an eine Schraubenmuschel erinnernde Spirale. Er starrt auf die Spirale und hat mit einemmal das Gefühl, als würde er selbst allmählich in den zentralen Punkt, in dem die rote Linie endet, hineingesogen. Und genau dieses Gefühl war es doch wohl, das Motoko hatte ausdrücken wollen und das sie offenbar verzückte, wenn sie von Männern geschlagen und gewürgt wurde. »Da möcht ich kurz und klein geschlagen dahinschmelzen, da möcht ich immer weiter und weiter so gequält werden, bis daß es mit mir zu Ende geht«, hatte sie der Chefin erklärt. Dieses düstere Gefühl und dieses schreckliche Verlangen, sagte er sich, stecken also tief in Motoko, stecken tief in jedem Menschenherz. Aber warum nur? Woher – woher mag das kommen?
»Soll ich durch die Straße vor dem Bahnhof von Hara-

juku fahren?« fragte der Taxichauffeur und riß Suguro aus seinen Gedanken.

»Ja, bitte.«

Am ganzen Körper spürte er Müdigkeit. Er öffnete die Augen und betrachtete die dunklen Reihen kahler Bäume des Parks. Als er mit der Hand in die Tasche fuhr, um das Fahrgeld hervorzuholen, stießen seine Finger an etwas Hartes. Es waren die drei Briefe, die er beim Fortgehen vom Fußboden aufgehoben und, ohne einen Blick darauf zu werfen, in die Tasche geschoben hatte, weil ihn nur die Sache mit Kobari beschäftigt hatte. Der eine Brief war vom Verlag, der zweite von einem ihm fremden Mann. Auf dem dritten, sehr dicken Kuvert stand kein Absender.

»Würden Sie bitte mal für einen Augenblick die Innenbeleuchtung einschalten?« bat er den Fahrer.

Als er den zweiten Brief öffnete, stellte sich heraus, daß er von dem jungen Mann stammte, der ihn neulich nach der Autogrammstunde gebeten hatte, ihm die Hand zu reichen. Abgestempelt war dieser Brief in der Stadt, in der sich das Kinderheim, die Arbeitsstätte des jungen Mannes, befand.

»Am Sonntag letzter Woche bin ich, wie ich Ihnen ankündigte, getauft worden. Als ich nach der Taufe zum erstenmal den heiligen Leib – das gesegnete Brot – auf meiner Zunge schmeckte, mußte ich daran denken, daß es vieles gibt, das mir die Augen öffnete. Das Entscheidende aber waren Ihre Bücher. Beim Lesen Ihrer Werke habe ich mich Schritt für Schritt dieser Welt genähert. Es ist, als hätte sich Gott Ihrer Bücher bedient, um zu mir zu sprechen. Möge unser Himmlischer Vater auch weiterhin Ihr Schaffen segnen...«

Bitter stieß es ihm auf. Er schämte sich, diesen jungen Mann, der blindlings dem vertraute, was er, Suguro, geschrieben hatte, belogen zu haben – nein, nicht nur diesen jungen Mann, sondern alle seine Leser. Überschätzt mich nicht! hätte er ihnen am liebsten zugerufen. Ich habe mit mir selber genug zu tun und kann nicht noch die Verantwortung für euer Leben übernehmen! In der kleinen Kneipe in Meguro mit den altersschwachen Läden vor dem Fenster hatten Kano und die anderen seine ersten Schreibübungen gelesen und erklärt, daß ihnen »irgend etwas Verdächtiges« anhafte. Das Wort traf es! Auch wenn inzwischen mehr als dreißig Jahre vergangen waren, plagte ihn das gleiche schlechte Gewissen wie damals.

»Überschätzt mich nicht!« entfuhr es ihm unwillkürlich.

»Äh?« Erschrocken wandte sich der Fahrer um. »Ist was?«

»Nein, nein, schon gut!«

Er errötete, senkte den Blick und zerriß sachte den Brief. Erst in zwei Teile. Und dann noch einmal, als wollte er damit das Gesicht des jungen Mannes mit der feuchten Hand aus seinem Gedächtnis tilgen...

Dann öffnete er den dritten Brief. Das weiße, mit Wasserzeichen versehene Papier war mit der flüssigen Schrift einer Frauenhand eng beschrieben. Gab sich etwa auch diese Frau, genauso wie der junge Mann, der Illusion hin, Suguro sei nicht nur ein Schriftsteller, sondern zugleich ein Priester...

»Nach langem Zögern habe ich mich entschlossen, Ihnen diesen Brief zu schreiben... An dem Abend, da wir zusammen aßen, sagten Sie, Sie wüßten gern um mein anderes Gesicht... Um Ihnen keinerlei Ungelegenheiten zu bereiten, habe ich meinen Namen nicht auf das Kuvert geschrieben, bin mir aber sicher, daß Sie auch so wissen, wer der Absender ist.«

Ein Satz nach dem anderen sprang ihm in die Augen. Es war ein Brief von Frau Naruse.

4

Ich bekam einen mächtigen Schreck, als ich merkte, daß Sie mir im Krankenhaus von der Tür aus zuschauten, wie ich mich mit den Kindern beschäftigte, und obwohl ich mich da genierte, als wäre ich im Schlaf beobachtet worden, war ich dann über Ihre Einladung geradezu entzückt, so daß ich mich fragen muß, ob ich Ihnen nicht schamlos vorgekommen bin.
Ich habe lange geschwankt und mich nun doch entschlossen, Ihnen zu schreiben. Denn es hat keinen Sinn, wollte ich mich mit einem Glorienschein umgeben, um mich dahinter zu verstecken, es wäre einfach ungehörig gegenüber Ihnen als Schriftsteller. An dem Abend, als wir zusammen aßen, sagten Sie, Sie wüßten gern um mein anderes Gesicht. Ich habe bisher zu niemandem darüber gesprochen und brachte darum auch nicht den Mut auf, Ihnen Rede und Antwort zu stehen, aber inzwischen bin ich davon überzeugt, daß Sie mich verstehen werden, zumal ich aus Ihrem großen Interesse an der Doppelgesichtigkeit eines Menschen schließe, daß Sie genauso wie ich etwas verbergen.
Deshalb schicke ich Ihnen diesen Brief anonym. Um Ihnen keinerlei Ungelegenheiten zu bereiten, habe ich meinen Namen nicht auf das Kuvert geschrieben, Sie wissen ja ohnehin, wer der Absender ist.
Da ich Vertrauen zu Ihnen habe, werde ich Ihnen ganz

offen darlegen, was zwischen mir und meinem verstorbenen Mann war. Nur möchte ich Sie darum bitten, dafür Sorge zu tragen, daß außer Ihnen niemand diesen Brief zu Gesicht bekommt.

Mein Mann war ein entfernter Verwandter von mir. Er gehört etwa zum gleichen Jahrgang wie Sie. Vielleicht haben Sie seinen Namen einmal gehört: Toshio Naruse. Er unterrichtete an der P.-Universität. Ich verstehe nicht viel davon, aber er scheint einiges auf dem Gebiet der modernen Wirtschaftswissenschaft geleistet zu haben.

Wahrscheinlich ist es Ihnen genauso ergangen wie ihm. Als er im zweiten Studienjahr war, wurde er im Rahmen des Studentenaufgebots zur Armee eingezogen und nach China geschickt, wo er bis zum Kriegsende blieb.

Als Student wohnte er in einem christlichen Internat dicht am Bahnhof von Shinanomachi. Ich war damals noch ein Schulmädchen und habe ihn mit meiner Mutter dort ein paarmal besucht. Obwohl wir nur weitläufig miteinander verwandt waren, kannte meine Mutter ihn von klein auf. Deshalb umsorgte sie ihn auch ein bißchen, als er von Okayama zum Studium nach Tokyo gekommen war.

Das Studentenwohnheim stand unter der Aufsicht von Professor Y., der an der Philosophischen Fakultät der Universität Tokyo lehrte. Mein Mann schätzte diesen Professor sehr, schloß sich seiner Gruppe an und spielte unter seinem Einfluß eine Zeitlang wohl auch mit dem Gedanken, sich taufen zu lassen. Wie er mir später erzählte, hatte er es Professor Y. zu verdanken, daß er in diesem Internat wohnen durfte, das eigentlich nur Anhängern des christlichen Glaubens vorbehalten war.

»Toshio«, sagte meine Mutter eines Tages, als wir ihn im Internat besuchten, »würdest du Mariko beim Lernen helfen?«

»Natürlich. Wenn ihr meint, daß ich dafür der Richtige bin.« Er schaute mich an und lachte, daß seine weißen Zähne blitzten. Er trug einen gesprenkelten dunkelblauen Kimono. Sie erinnern sich sicherlich – damals liefen die Studenten meist noch in einem Kimono herum.

Ich war, wie gesagt, noch ein kleines Schulmädchen, aber als ich seine kerngesunden weißen Zähne und sein lachendes Gesicht sah, dachte ich: Der gefällt mir. Wenn ich es mir heute überlege, dann war das der Anfang unserer späteren Verbindung.

Das Lernen machte mir Spaß, und deshalb freute ich mich über seine Besuche an jedem Mittwoch. Auch er kam offenbar gern, wohl nicht zuletzt wegen der ›Zusatzverpflegung‹, die es für ihn bei uns zu Hause gab, nachdem er mit mir gearbeitet und meine Schulaufgaben kontrolliert hatte.

Bis die Essenszeit heran war, sprach er mit mir mal über dieses, mal über jenes. Obwohl er Ökonomie studierte, kannte er sich auch in der Literatur gut aus, und ich bin ihm noch heute dankbar, daß er mir damals Gullivers Reisen und den Iwan aus Tolstois Märchen nahebrachte.

»Weißt du, wie es im Herzen der Menschen aussieht?« fragte er mich eines Tages völlig unvermittelt. Das war für ein kleines Mädchen wie mich eine schwer zu beantwortende Frage. »Im Herzen der Menschen gibt es viele Zimmerchen«, erklärte er mir dann. »Im hintersten davon sind wie bei euch in der Abstellkammer viele Dinge aufbewahrt, die sich mitten in der Nacht zu regen beginnen, auch wenn sie sonst in Vergessenheit geraten sind.«

Ich dachte an die Kisten, das staubbedeckte Grammophon und all die anderen Sachen in unserer Abstellkammer, die dort zusammen mit den Puppen, die meiner schon verheirateten Schwester gehörten, herumstanden. Außerdem lag da auch noch eine Puppe mit blondem Haar, die mir mein Vater vor Jahren aus Deutschland mitgebracht hatte. Aber ich fand sie nicht niedlich. Mit ihren großen Augen war sie mir eher unheimlich. Ich mochte sie einfach nicht, und so war sie in die Abstellkammer verbannt worden. Nachts, wenn wir alle schlafen, wird sie also lebendig? fragte ich mich und versuchte mir das vorzustellen.

»Die Puppen in unseren Herzen fangen wirklich mitten in der Nacht an sich zu rühren?«

»Die Puppen in unseren Herzen? Na, sicher. Die Puppen in unseren Herzen, die recken und strecken sich, beginnen zu tanzen und erscheinen uns in unseren nächtlichen Träumen.«

Das klang so wundersam, daß mir schwindelte. Ich malte mir in Gedanken aus, wie die Puppe mit dem unheimlichen Blick tagsüber in meinem Herzen lebte, ohne sich zu regen, nachts aber allein vor sich hin tanzte.

Zu der Zeit hat er sich auch mit Fragen des Glaubens beschäftigt und sich deshalb an solchen mir damals völlig unverständlichen Geschichten über das Seelenleben begeistert. So hat er es mir jedenfalls nach unserer Heirat erzählt und belustigt gesagt: »Du warst ganz hingerissen …«

Sie mögen es für eine Zumutung halten, wenn ich Ihnen mit derart törichten Erinnerungen komme, aber das hat seinen Grund. Gewiß, ich habe schon früher unzählige Male in Gedanken die Vergangenheit an mir vorüberziehen lassen, und dennoch bin ich erst jetzt darauf gekommen, daß all das, was heute mein Leben bestimmt, seinen Ausgangspunkt in diesen Gesprächen von damals hat. Im menschlichen Dasein hat wirklich alles einen Sinn, und nichts ist ohne tieferen Grund. Meinen Sie nicht auch? Warum diese Gespräche der Ausgangspunkt des Ganzen sind, werden Sie gleich verstehen.

Ein Jahr lang war er gleichsam mein Hauslehrer. Dann

kam der Beschluß über die Mobilmachung der Studenten. Daß es von da an immer ungünstiger um uns an den Fronten stand, ahnte selbst ich in meinem kindlichen Gemüt, und mir wurde mit jedem Tag schwerer ums Herz. Wenn man jetzt sogar schon Studenten in den Krieg schickt, ist Japan dann nicht am Ende? dachte ich und fragte meine Mutter. »Ja, ja, jetzt sogar schon die Studenten«, seufzte sie, und mehr sagte sie nicht.
Erinnern Sie sich an die Abschiedszeremonien im Park vor dem Schrein bei Regenwetter? Die Marschkolonnen mitten im Regen? Ab und an bekommt man sie ja heute wieder im Fernsehen gezeigt. Dann ist mir, als sehe ich ihn auf dem Filmstreifen unter den Studenten, die mit ihren eckigen Mützen auf dem Kopf und mit geschultertem Gewehr durch die Pfützen marschieren.
Er kam in ein Regiment nach Chiba. Drei Monate nach seiner Einberufung besuchten wir ihn in der Kaserne, wir, das heißt meine Mutter, meine Schwester, ich und sein Vater, der eigens nach Tokyo heraufgekommen war. Toshio steckte in einer Uniform, die ihm um den Leib schlotterte. Seine Hände waren geschwollen und rissig vom Frost. Krampfhaft umklammerte er mit seinen verunstalteten Fingern die Schachtel mit den Sushi, die meine Mutter für ihn zubereitet hatte, während er aß. Als ihm dann aber meine Schwester die erbetene Gedichtsammlung gab, da strahlte er übers ganze Gesicht wie die Sonne nach dem Regen. Es hungerte ihn nach Gedrucktem.
Nachdem wir ihn dreimal hatten besuchen dürfen, wurde seine Einheit nach China verlegt. Ehrlich gesagt, wir konnten uns vor Freude kaum lassen, als zum erstenmal eine Feldpostkarte von ihm kam. Wir waren ja so froh, daß er nicht auf eine dieser gefährlichen Inseln im Südpazifik verfrachtet worden war. Zu der Zeit wußte schon jeder, daß Japan auf der Verliererstraße war und die amerikanischen Streitkräfte auf den südpazifischen Inseln zu heftigen Gegenangriffen überge-

gangen waren. Doch in China würde nicht so erbittert gekämpft, erklärte uns unser Vater und meinte, Toshio werde eines Tages bestimmt gesund und munter heimkommen.

Wie wir gehofft hatten, blieb er die ganze Zeit über in China. Er wurde vom Offiziersanwärter zum Leutnant befördert, und hat, wie er uns später erzählte, außer an einigen kleineren Säuberungsaktionen gegen Partisanen, zum Glück an keinen größeren Gefechten teilnehmen müssen. Seinen Postkarten, die alle paar Monate einmal kamen, als wäre ihm plötzlich eingefallen, daß es uns auch noch gab, war zu entnehmen, daß er ein recht ruhiges Leben führte. Damals wurde Tokyo schon täglich bombardiert, und es gab kaum noch etwas zu essen, so daß er offenbar besser dran war als wir. Von der Geruhsamkeit, in der er lebte, träumten wir neidvoll.

»Gestern habe ich ein Huhn erwischt und es mit den Kameraden am Fluß abgekocht.« Wenn er unbekümmert dieses und ähnliches schrieb, dann hieß es bei uns, nun wisse man wirklich nicht mehr, wo denn das eigentliche Schlachtfeld sei. Sein Elternhaus in Okayama blieb glücklicherweise von den Bomben verschont. Unser Haus aber brannte nieder, und so mußten wir bei Verwandten im Dorf Tsurukawa Unterschlupf suchen.

Sie wundern sich bestimmt, was das alles mit Ihrer Frage zu tun haben soll. Aber ohne Ihnen von der Vergangenheit zu erzählen, und sei es auch nur flüchtig, werden Sie das, was ich Ihnen sagen will, nicht verstehen. Bringen Sie deshalb bitte noch ein bißchen Geduld auf.

Ein halbes Jahr nach Kriegsende kehrte er zurück. Um sich zu erholen, hielt er sich erst eine Weile zu Hause in Okayama auf, doch als er dann nach Tokyo kam, war sein Gesicht immer noch so spitz, daß die Backenknochen vorstanden. Außerdem schlotterte ihm genauso wie damals in seiner Rekrutenzeit die Uniform um den Leib. Daß er Leutnant gewesen sein soll, konnte sich von uns keiner so recht vorstellen. Mit bangem Herzen fragte ich mich, wie sehr ihn diese zwei Jahre bei den Soldaten auch innerlich verändert haben mochten. Er hatte einen schweren Rucksack auf dem Rücken, und es muß ihn einige Mühe gekostet haben, uns ausfindig zu machen.

»Ich weiß nicht, wie oft ich die Bücher gelesen habe, die ihr mir nach China geschickt habt. Bei der Entlassung sind mir leider die einen abhanden gekommen, die anderen hat man mir weggenommen«, sagte er entschuldigend, und da erinnerte ich mich wieder deutlich, wie er übers ganze Gesicht strahlte, als er den Gedichtband in der Hand hielt, den wir ihm bei unserem ersten Besuch in der Kaserne mitgebracht hatten. Er kehrte an die Universität zurück und studierte mit wahrem Feuereifer. Vielleicht lag es an seiner ganzen Art, daß ihn auch seine Lehrer gut leiden konnten und ihn nach dem Studium am Institut behielten. Bald danach ging er mit einem Fullbright-Stipendium nach Amerika. In der Zeit besuchte ich noch ein Mädchen-College.

Geheiratet haben wir, als er nach seiner Rückkehr schließlich Dozent an der Ökonomischen Fakultät geworden war. Weil sein Gehalt nicht einmal fürs Allernötigste reichte, wandte ich mich hilfesuchend an eine Freundin, die in einem Verlag arbeitete, und bekam dann Aufträge für Rohübersetzungen von Kriminalgeschichten von Simenon und anderen Franzosen, denn Französisch war die einzige Fremdsprache, mit der ich mich wirklich ernsthaft befaßt hatte.

Wir hatten uns in der Nähe der Bahnstation ›Vor-der-Meiji-Universität‹ zwei Zimmer in einem Haus gemietet, das vom Krieg verschont geblieben war. Man hatte zu der Zeit bereits begonnen, auf der verbrannten Erde um den Bahnhof herum neue Häuser zu errichten, und zu den vereinzelt übriggebliebenen alten Häusern mit ihren dunklen Dächern gehörte auch unseres. Vor dem Bahnhof war inzwischen auch wieder ein kleiner Markt entstanden. Da man sich besonders im Winter abends als Frau allein fürchtete, holte mein Mann mich immer vom Bahnhof ab, wenn ich meine Übersetzungen in den Verlag getragen hatte. Wir kauften dann auf dem Markt gemeinsam das ein, was wir uns am Abend zu essen machen wollten, und gingen Hand in Hand nach Hause. Ich erinnere mich, daß wir auf unserem Weg an einem großen Zelkowa-Baum vorbeikamen, in dessen Zweigen im Herbst viele Dutzende von Staren saßen.

Ich sollte nun endlich zum Thema kommen. Es ist sicherlich unklug von mir, so weit auszuholen und mich in Einzelheiten zu verlieren, aber durch die Unterhaltung neulich mit Ihnen ist mir klargeworden, daß ich nicht einfach darüber hinweggehen kann. Das Geschlechtliche ist für mich nichts, dessen man sich schämen müßte. Trotzdem beschwöre ich Sie noch einmal: Bitte, verbrennen Sie diesen Brief, sobald Sie ihn gelesen haben.

In meiner Mädchenzeit war ich ein ausgesprochenes Mauerblümchen. In Romanen und anderen Büchern hatte ich zwar manches gelesen und glaubte deshalb besser Bescheid zu wissen als die meisten meines Alters, aber ich empfand bei all dem nicht mehr, als wenn man gedankenverloren Fotos von fremden Ländern betrachtet, die man selber nie besucht hat. Bis zu meiner Heirat kannte ich auch meinen eigenen Körper so gut wie gar nicht.

Mein Mann war gütig und, wie ich schon mehrmals sagte, ein Mensch mit dem Charakter eines etwas verwöhnten Jungen. Sanftmut und Eigensinn, Gereiztheit und Herzlichkeit, all das vereinigte sich in ihm, aber im Geschlechtsleben konnte er sehr selbstsüchtig und von unersättlicher Gier sein. Und was mich angeht, so folgte ich den Worten meiner Mutter, die sie mir am Tag meiner Hochzeit mit auf den Weg gegeben hatte: »Tu alles, was er von dir verlangt!« Ich spielte die Hochbeglückte, aber ehrlich gesagt dachte ich insgeheim, während er mich in den Armen hielt: Wieso sollen dies die Freuden des Lebens sein?

Es war mir keineswegs zuwider, mit ihm zu schlafen, aber mitunter erschreckte mich die ungestüme Art, in der er unvermittelt über mich herfiel. Daß es ihn nach mir verlangte, beschränkte sich nicht nur auf die Nacht. Sonntags oder überhaupt an Tagen, da er nicht in die Universität mußte, umschlang er mich manchmal, wenn ich in der Küche stand, von hinten, und im Winter, wenn wir am Feuerbecken saßen, kam es gar nicht so selten vor, daß er mich plötzlich an den Haaren packte, mich zu Boden drückte und sich auf mich warf. Anfangs hielt ich das für ein Zeichen seiner glühenden Liebe zu mir. Aber wenn ich dann aufblickte, sah ich in ein Gesicht, das mir völlig fremd vorkam.

Es war ein anderes, mir gänzlich unbekanntes Gesicht. Ein Gesicht, das so gar nichts mehr von dem mir bekannten hatte: das Gesicht mit den etwas weichen Zügen, mit dem Schatten von Nervosität um die Schläfen, mit dem etwas kindlichen Ausdruck, wenn es lachte. Aus diesem anderen Gesicht mit den blutunterlaufenen Augen sprach Grausamkeit. »Wer, wer bist du?« schrie ich manchmal sogar, von Unruhe getrieben – nein, nicht von Unruhe getrieben, von Angst überwältigt. Aber seine wilde Gier währte eigentlich immer nur kurz. War sie abgeklungen, lächelte er wie ein kleiner Junge.

Wenn man überhaupt von Glück sprechen kann, dann lebten wir eigentlich glücklich dahin. Die Eltern indessen bekümmerte, daß die Enkel ausblieben. Wir ließen uns in einer Klinik untersuchen, aber die Ursachen für unsere Kinderlosigkeit blieben unklar. Das machte uns ein bißchen traurig, doch allzusehr bedauerten wir es damals nicht. Mein Mann hegte die Befürchtung, ein Kind könnte unser Leben grundlegend verändern, indem es mich zu einer Mutter machte, die all ihre Tage und Stunden nur noch dem Säugling widmet. Das heißt nicht, daß er Kinder nicht mochte, er meinte nur, sie würden ihn beim Arbeiten stören. Jedenfalls redete er sich damit ständig heraus, und mitunter schien er auch allen Ernstes daran zu glauben.

An manches aus dieser Zeit denke ich gern zurück, zum Beispiel an seine Auszeichnung mit dem T.-Preis für eine Arbeit, die ihm die Anerkennung führender Wissenschaftler eingetragen hatte, und ebenso gern erinnere ich mich an eine gemeinsame Reise in den Nordosten.

Der T.-Preis wird, wie Sie wissen, zum einen für wissenschaftliche und zum anderen für literarische Leistungen vergeben. Die Verleihung beider Preise und der anschließende Empfang fanden im Tokyoer Bahnhofshotel statt. Meinem Mann, der eine knallrote Kunstblume am Revers trug, hatten die Aufregung und auch wohl der Alkohol das Gesicht leicht gerötet.

»Bekleckere deinen Anzug nicht«, neckte ich ihn. »Der muß halten, bis du den nächsten Preis bekommst.«

Bei dem Empfang hatte ich das große Glück, unter all den Gästen jemand ganz Bestimmten zu treffen. Und das waren Sie! Wahrscheinlich nahmen Sie an dem Empfang teil, weil Ihr Freund Kanô den Literaturpreis erhalten hatte. Das war das erstemal, daß ich Ihnen von Angesicht zu Angesicht gegenüberstand, doch nicht einmal im Traum wäre ich darauf gekommen, daß ich Ihnen eines Tages solch einen Brief schreiben würde.

Während des Empfangs kam plötzlich der Mitarbeiter eines Zeitschriftenverlages zu mir, der freundlicherweise die Rolle des Türhüters übernommen hatte.

»Kennen Sie einen Mann namens Kawasaki? Er will, daß ich ihn reinlasse. Entschuldigen Sie, wenn ich mir die Bemerkung erlaube, aber der sieht nicht so aus, als gehöre er hierher.«

Toshio hatte mir niemals von einem Mann namens Kawasaki erzählt. Deshalb ging ich selber zur Tür, um nach dem Rechten zu sehen. Und wie der Mitarbeiter des Verlages gesagt hatte, stand dort tatsächlich ein recht unverschämt dreinblickender Mann in mittleren Jahren von nicht gerade angenehmem Äußeren.

»Sie sind seine Frau, nehm ich an«, wandte sich der Mann, der nach Alkohol zu riechen schien, in einem plump vertraulichen Ton an mich. »Sagen Sie Ihrem Mann, Kawasaki aus der Soldatenzeit ist da. Ich hab's in der Zeitung gelesen. Da mußt du ihm gratulieren, hab ich gedacht und mich sogleich auf den Weg gemacht...«

»Ja, dann sind Sie ein Kriegskamerad meines Mannes?«

»Nein, weniger ein Kriegskamerad – mehr ein Gefährte aus alten Zeiten«, sagte er mit einem hintergründigen Lächeln.

Ich ging in den Saal zurück, suchte meinen Mann, fand ihn von Zeitungsreportern umringt, ging zu ihm und stieß ihn unauffällig an.

Als er den Namen Kawasaki hörte, versteinerte sich für einen Moment sein fröhliches Gesicht. Auch wenn es die anderen nicht merkten, mir als seiner Frau entging das nicht. Wie nebenher beendete er das Gespräch, bat mich, mit seinen Professoren ein paar Worte zu wechseln, und verließ den Saal.

Eine innere Stimme sagte mir, hier stimmt etwas nicht, und besorgt blickte ich immer wieder über die Schultern hinweg zur Tür, während ich im Saal meine Verbeugungen machte und meine Dankesworte sprach. Es dauerte gar nicht lange, da erschien mein Mann mit völlig unveränderter Miene wieder auf der Bildfläche. Jeder hätte denken können, er wäre nur mal zur Toilette gegangen.

Wir kamen an dem Abend erst sehr spät nach Hause,

weil wir nach dem Empfang im kleinen Kreis noch woanders weitergefeiert hatten.
»Wer ist denn dieser Kawasaki?« Als ich ihn das fragte, während ich seinen einzigen guten Anzug ausbürstete, verfinsterte sich erneut seine Miene. Und dies ließ in mir den Verdacht aufkommen, daß er mit diesem Mann namens Kawasaki ein Geheimnis teilte, von dem ich nichts wußte... Mich packte die Eifersucht.
Ich liebte meinen Mann und lebte deshalb seit jenem Abend in einer ständigen Unruhe. Wenn zum Beispiel ein Anruf von Kawasaki kam und ich meinem Mann den Hörer übergeben hatte, achtete ich ungewollt auf seine Antworten und sein Mienenspiel.
Eines Tages entdeckte ich beim Saubermachen etwas Seltsames: Von der mehrbändigen Ausgabe des Larousse standen nur noch die leeren Schuber im Regal. Ihr gewichtiger Inhalt war verschwunden. Wann hat er das Wörterbuch aus dem Haus getragen? Und zwar so, daß ich nichts davon bemerkte... Da fiel mir ein, daß er etwa zwei Wochen zuvor außer mit seiner Aktentasche mehrere Tage hintereinander mit einem viereckigen Bündel unter dem Arm aus dem Haus gegangen war.
»Ach, so, die meinst du«, antwortete er mit gespielter Arglosigkeit, als ich ihn fragte. »Die hab ich ins Institut mitgenommen.«
Es konnte doch wohl nicht sein, daß es in einem Universitätsinstitut keinen Webster und keinen Larousse gab. Und selbst wenn das Institut damit nicht ausgestattet sein sollte, dann waren sie ganz bestimmt in der Universitätsbibliothek gleich nebenan ohne weiteres greifbar. Das war das erstemal, daß ich meinen Mann bei einer Lüge ertappte. Ich war maßlos gekränkt und traurig.
Warum, weiß ich nicht, aber ich vermutete gleich, daß er das Wörterbuch zu Geld gemacht hatte, um es Kawasaki zu geben. Ich malte mir sogar eine dieser übli-

chen Geschichten aus, wie man sie auf der Skandalseite der Zeitungen häufig zu lesen bekommt: Kawasaki hat irgend etwas, womit er meinen Mann erpreßt! Ich sah förmlich vor mir, wie mein Mann, der für seine Wissenschaft lebte, sonst aber in seiner jungenhaften Art von nichts eine Ahnung hatte, diesem Kawasaki ausgeliefert war. Du mußt ihn beschützen, sagte ich mir. Doch woher sollte ich wissen, was für Blößen sich ein Mann wie Toshio während der Armeezeit möglicherweise gegeben hatte.

Es war an einem Sonnabendnachmittag. Ich war allein, als ein Anruf von Kawasaki kam.

»Er ist nicht da, tut mir leid«, sagte ich, entschloß mich aber im selben Moment, alles zu versuchen, diesem Mann auf die Schliche zu kommen. »Mein Mann hat Ihnen Geld gegeben, nicht wahr?« Ich sah ihn in Gedanken vor mir, wie er an dem Abend angetrunken und mit geröteten Augen an der Tür gestanden hatte. Für ein paar Sekunden herrschte Schweigen.

»Geld?« fragte er dann. »Wieso?« Seiner Stimme war anzuhören, daß er den Ahnungslosen nur spielte.

Ich faßte mir ein Herz und legte diesmal mit einem Anschein von Selbstsicherheit so viel Nachdruck in meine Worte, wie ich nur konnte.

»Sie wollen doch nicht etwa sagen, daß Ihnen mein Mann kein Geld gegeben hat?«

Ich hatte mir auch sofort etwas einfallen lassen, womit ich mich herausschwindeln würde, falls er antworten sollte, er wisse von nichts: Ich habe nur deshalb gefragt, hätte ich gesagt, weil mein Mann mir erzählt hat, er wolle Ihnen Geld borgen... Aber überrumpelt von meiner Bestimmtheit, spielte Kawasaki nicht länger den Unwissenden.

»Nein. Er hat mir Geld gegeben.« Dann schwieg er eine Weile. »Und davon wußten Sie?«

»Ja.«

»Tatsächlich? So gut Sie auch miteinander auskommen

mögen, ich hätt' nicht gedacht, daß er Ihnen das erzählen würde. Aber das macht die Sache einfacher. Wenn er zurückkommt, bestellen Sie ihm bitte, daß der ›Verein zum Trost der Seelen‹ vielleicht noch etwas mehr Geld braucht.«

»Der ›Verein zum Trost der Seelen‹, sagten Sie. Ja, gut.«

Über solch einen Verein hatte mein Mann mir gegenüber nicht ein einziges Wort verloren. Und die Bemerkung Kawasakis: »So gut Sie auch miteinander auskommen mögen, ich hätt' nicht gedacht, daß er Ihnen das erzählen würde«, hatte sich mir fest eingeprägt.

»Was soll ich meinem Mann sagen, wieviel Geld noch nötig ist?«

»Wissen Sie, am besten, Sie richten ihm aus, ich werd' ihm Bescheid geben, wenn alles genau nachgerechnet ist. Ich bin ja nur froh, daß Sie Verständnis für die ganze Geschichte aufbringen. Es war eben Krieg damals. Was sollte man machen. Aber wo man nun wieder in Japan ist, lastet es einem mit den Jahren doch schwer auf der Seele. Weil Dutzende von Frauen und Kindern draufgegangen sind. Um ehrlich zu sein, ich würd' in dem Dorf gern einen Gedenkstein errichten, aber als Japaner läßt man uns ja nicht nach China...«

Hier endete das Gespräch. Ich versuchte, weiter an der Übersetzung zu arbeiten, die mich gerade beschäftigte, konnte aber nicht verhindern, daß mir die Wörter, die ich soeben vernommen hatte, wie die Teile eines Puzzlespiels im Kopf herumschwirrten...

Als mein Mann nach Hause kam, sagte ich ihm nichts von dem Anruf. Ich weiß nicht warum, aber sobald ich ihm ins Gesicht schaute, sah ich ihn wieder vor mir, wie er in seinem dunkelblauen Kimono unbekümmert gelacht hatte, daß seine weißen Zähne aufblitzten, damals, als ich ihn vor vielen Jahren zusammen mit meiner Mutter im Internat besuchte...

Am selben Abend, wir hatten gerade beieinandergelegen, fragte ich ihn plötzlich, das Gesicht in seinen Armen vergraben:
»Das mit dem ›Verein zum Trost der Seelen‹ kostet wohl viel Geld?« Meine Stimme klang zu meinem eigenen Erstaunen sanft und arglos. Ein Zucken ging durch seinen Arm. »Warum hast du mir nichts davon gesagt? Ich hab's von Kawasaki gehört.«
Er blieb stumm. Listig sagte ich mit noch sanfterer Stimme: »Hast du gedacht, ich würd' mir Sorgen machen? Das war nicht schön. Mir hättest du dich doch anvertrauen können... Was wär schon dabei gewesen? Schuld war der Krieg.«
»Was hat Kawasaki dir erzählt?« Er zog seinen Arm weg und starrte an die Decke.
»Alles! Auch das mit den Frauen und Kindern.«
Jetzt hab ich's, dachte ich. In dem Augenblick begannen sich nämlich die einzelnen Teile des Puzzlespiels aneinanderzufügen. Aber ehrlich gesagt, ich hatte nicht die geringste Vorstellung davon, wie das als Ganzes aussehen würde, was ich da Stück für Stück zusammentrug. Ich hatte nur eine vage Vorahnung. Und diese Vorahnung warnte mich, nach dem zu fragen, was ich befürchtete.
»Und trotzdem verabscheust du mich nicht?«
Im Schein der Bettlampe sah ich ihn lachen. Und da war es wieder! Sein anderes Gesicht! Das Gesicht über mir kurz nach unserer Hochzeit, als er auf mir lag, nachdem er mich an den Haaren zu Boden gezerrt hatte.
»Wieso? Ich hab's doch gesagt. Es war Krieg, und dir blieb bestimmt nichts anderes übrig.«
Ich rang mir ein mütterliches oder schwesterliches Lächeln ab, um mir nichts von meinem Herzklopfen anmerken zu lassen. »Ja, lastet's dir denn genauso auf der Seele wie Kawasaki?«
»Eigentlich nicht. Aus irgendeinem Grund machte es

mir auch damals gar nicht so sehr viel aus, weder beim ersten noch beim nächsten Mal. Im Gegenteil, ich war geradezu entzückt über die prächtigen Flammen, die aus den Häusern schlugen«, antwortete er bedächtig, wobei er unverwandt zur Decke blickte.

»›Weder beim ersten noch beim nächsten Mal‹, sagtest du. Also habt ihr es zweimal getan?«

»Ja.«

»Die Häuser brannten... Und drinnen waren Frauen und Kinder?«

»Wir hatten sie ja darin eingesperrt.«

»Und sie sind bei lebendigem Leib verbrannt. – Hatte man euch das befohlen?«

»Ja, beim erstenmal. Es hieß, Partisanen hielten sich dort versteckt. Meine Leute hatten eine mächtige Wut, weil zwei Kameraden umgebracht worden waren. Aber beim zweitenmal war es eine Entscheidung unseres Zuges.«

Er verschränkte die Hände hinter dem Kopf und schloß die Augen. Wie er so dalag, schien es, als hörte er wieder das Knistern und Zischen der Flammen, die aus den niederbrennenden Bauernhütten mit den darin eingeschlossenen Frauen und Kindern schlugen. Ich kannte dieses Geräusch aus den Nächten, da Brandbomben auf uns herabgeprasselt waren. Ein Geräusch, als raste ein Zug an einem vorüber. Und jetzt hörte ich zusammen mit ihm in unserem Schlafzimmer mitten in der Nacht dieses Knistern und Zischen...

Ich empfand weder Abscheu noch Angst vor ihm, sondern verspürte am ganzen Körper eher so etwas wie ein Kribbeln. Zum erstenmal wurde mir klar, daß in meinem Mann, der mir mitunter wie ein kleiner Junge vorkam, einem Schatten gleich noch ein anderer Mann steckte und daß sich diese beiden widersprüchlichen Seiten in ihm vereinten. Das war für mich wie ein Schock. Zugleich aber erschauerte ich vor Wollust.

Ich warf mich plötzlich auf ihn, küßte ihn zum erstenmal inbrünstig, preßte mein Gesicht an seine Brust und verlangte stürmisch nach ihm. Als hätte er nur darauf gewartet, drang er mit wilder Gier in mich ein.

»Erzähl mir!« schrie ich. »Erzähl mir, wie habt ihr sie verbrannt?«

»Wir haben die Häuser umstellt, damit uns keiner entwischt, haben Benzin darüber gegossen und sie angesteckt.«

»Hast du Schreie gehört? Sag doch! Was für Schreie?«

»Na, eben Schreie. Kinder und Erwachsene kamen aus den Türen gerannt. Wir haben sie niedergeschossen.«

Keuchend wälzte sich einer von uns über den anderen.

»Sag mir, wie war das, wenn du Frauen erschossen hast?«

Plötzlich war alles vorbei. Er erschlaffte, erhob sich wortlos und ging aus dem Schlafzimmer, während ich schweißnaß auf dem Bauch lag. Kaum war er wieder im Schlafzimmer, schloß er die Augen, als wäre überhaupt nichts gewesen.

Wir sind nie wieder darauf zu sprechen gekommen. Er blieb nach wie vor der Mann, in dem Sanftmut und Eigensinn, Gereiztheit und Herzlichkeit ihre gemeinsame Heimstatt hatten. Manchmal fürchtete ich, man würde ihn doch noch als Kriegsverbrecher belangen, aber nichts dergleichen geschah. Vielleicht, weil alle die, die etwas hätten bezeugen können, verbrannt waren? Hat tatsächlich niemals jemand Anklage erhoben? Noch heute wundere ich mich manchmal darüber.

Die Erinnerung an jene heiße Nacht indessen erlosch in keinem von uns beiden mehr. Drohte sie trotzdem einmal zu verlöschen, entflammte ich sie mit der seither ständig in mir schwelenden Glut zu neuem Feuer. Wir haben die Geschichte wie ein Tabu zwar nie wieder berührt, aber mir war sie zum heiligen Geheimnis unserer ehelichen Beziehung geworden.

Ich bekenne es offen und ehrlich: Auch danach hatte ich stets ein bestimmtes Bild vor Augen, wenn er neben mir lag und ich sein Gesicht im Schein der Bettlampe betrachtete – ein kleines Dorf, das ich in Wirklichkeit nie gesehen habe. Seine Männer umstellen es, Frauen und Kinder werden in ein armseliges, strohgedecktes Haus mit Wänden aus Lehm getrieben. Kawasaki gießt Benzin rings um das Haus. Mein Mann steht da, den Blick starr auf die Uhr gerichtet. Kawasaki hat sein Werk beendet. Ein Streichholz setzt das Benzin in Brand. Flammen züngeln auf, hüllen das Haus ein. Glühende Strohreste und schwarzer Qualm wirbeln empor. Zusammen mit den Flammen steigt Gewimmer und Geschrei in den Himmel. Frauen, wie Fackeln lodernde Kinder im Arm, kommen herausgestürzt. Er und seine Leute legen an und schießen und schießen. Er hat sie erschossen! Er, mein Mann! Er, der jetzt auf dem Bauch im Bett liegt, liest und hin und wieder einen Schluck aus dem Whiskyglas nimmt, hat Mütter und Kinder erschossen... Plötzlich packt mich vom Kopf bis hinab in die Zehenspitzen ein unbeschreibliches Lustgefühl, und immer wieder bin ich drauf und dran, ihn anzusprechen. Aber er merkt nicht, wie mir zumute ist.

»Was hast du? Kannst du nicht schlafen? Kommst du von dieser Kriminalgeschichte nicht los?« fragte er lächelnd. Das war das Lächeln, das ich seit jeher an ihm kannte, das war das Gesicht, das die Studenten, die uns besuchten, von ihm so einnahm.

Wenn er mich in den Armen hielt, malte ich mir in Gedanken immer wieder diese eine Szene aus, weil mir das eine unsagbare Lust bereitete und mein Liebesverlangen anstachelte. Diese Doppelgesichtigkeit meines Mannes, das Komplizierte seines Wesens, hatten meiner Zuneigung zu ihm eine unendliche Tiefe verliehen. Nie regte sich in mir das Gefühl, ich müßte ihn tadeln oder verachten. Ich konnte das, was er getan hatte, nicht einmal abscheulich finden. Wäre ich ein Mann gewesen und in den Krieg geschickt worden, hätte ich vielleicht genauso gehandelt, und vielleicht wäre auch ich dann später dem Lebensgefährten mit der gleichen unschuldigen Miene begegnet. Ich weiß nicht, ob er tief im Herzen darunter litt. Und wenn, dann hat er es sich vor mir als seiner Frau nicht ein einziges Mal anmerken lassen.

Ich empfand auch keinerlei Abscheu vor mir selber, daß ich ausgerechnet dieses Erlebnis, das er hatte, für mich nutzte, um zu höchstem Genuß im Liebesleben zu kommen.

Unsere Ehe währte dreiundzwanzig Jahre, und wir waren glücklich. Mit fünfundfünfzig starb er bei einem Verkehrsunfall auf dem Heimweg von der Universität. Besagte Geschichte war zwischen uns kein zweites Mal zur Sprache gekommen; aber sie entflammte mich, wann immer ich wollte, sie wurde zu einer Glut, an der sich unsere Körper zu einer wahren Feuersbrunst entzündeten. Kawasaki bekam ich nie wieder zu Gesicht. Mein Mann brachte es als Wissenschaftler zu einigem Ansehen. Seinen Tod bedauerte die ganze Universität. Nachdem er gestorben war, überfiel mich eine Leere, die ich durch nichts auszufüllen vermochte. Bitter beklagte ich nun, daß ich ihm kein Kind geboren hatte. In dieser Zeit entwickelte ich so starke Muttergefühle wie nie zuvor, und dabei hatte ich immer geglaubt, sie gar nicht zu besitzen.

Um die Leere in mir auszufüllen, belegte ich auf Anraten einer Freundin einen Kurs, um Sozialhelferin zu werden. Für Japan war das damals noch etwas Neues, und freiwillige Sozialhelfer gab es erst wenige. Nach einem Jahr begann ich in einem Krankenhaus zu arbeiten, und zwar in jenem, das Sie kennen. Man hatte mich gleich, nachdem ich den Kurs absolviert hatte, dorthin vermittelt.

Als man mich fragte, in welcher Abteilung ich gern arbeiten würde, entschied ich mich für die Kinderabteilung. Selbst heute noch erinnere ich mich deutlich, daß die Spitzen meiner Brüste, an denen nie ein Kind gelegen hatte, ganz heiß wurden, als ich, begleitet von der Oberschwester, zum erstenmal sah, wie den Frühgeburten in den kleinen Glaskästen die Flasche gegeben wurde. Wenn ich dann später mit ansehen mußte, wie die an Leukämie erkrankten Kinder, die mich umklammert und die gefleht hatten, daß ich ihnen Geschichten erzähle, nach einigen Monaten allmählich immer apathischer wurden und trotz der Bluttransfusionen und der Medikamente im Koma versanken, da betete ich aus tiefstem Herzen zu Gott, er möge statt der Kinder mich sterben lassen. Das ist nicht gelogen. Ich wünschte mir das allen Ernstes.

Trotzdem aber habe ich niemals vergessen, was mein Mann getan hat. Wenn ich von der Arbeit nach Hause komme, gegessen habe und im Zimmer sitze, dann bringt mir sein Foto an der Wand die Erinnerung daran zurück. Die Flammen, die plötzlich aufzüngeln, hüllen das Bauernhaus ein. Funken stieben, schwarzer Qualm wirbelt empor. Schreiende Kinder und Mütter stürzen aus dem Haus. Diese Kinder schießt mein Mann nieder. Nein, lachend erschieße ich sie gemeinsam mit meinem Mann. Diese Erinnerung und das Bild meines Mannes rufen in mir auch einen Drang wach, dem ich einfach nicht Herr werde. Zu gern wüßte ich, ob dieser Drang irgendwo aus den Tiefen des Herzens kommt. Wohin wird er mich führen? Dieses Pechschwarze tief in meinem Innersten, das sich weder mit Verstand noch mit Vernunft in die Schranken weisen läßt...

Zufällig lernte ich eine jüngere Frau kennen. Wie ich trägt auch sie etwas Gräßliches, von dem sie nicht loskommt, tief verborgen in ihrer Seele. Ich sage es ohne Umschweife: Es handelt sich um Motoko Itoi, die Ihr Porträt gemalt hat.

Bei Motoko ist es äußerlich anders, aber bei aller Verschiedenheit der Form bereitet sie mir die gleiche Lust, die einst mein Mann in mir weckte. Mitten in ihrem wilden Rausch schreit sie: »So möchte ich sterben.« – »Dann stirb doch!« entgegne ich ihr. Menschen sterben um der Liebe und der Schönheit willen, aber ich sage Ihnen, es kann sie auch nach dem Sterben verlangen, wenn sie dem Häßlichen und dem Nichts verfallen sind. Das glaube ich jedenfalls, wenn ich Motoko sehe. Ich wünschte mir, Sie verstünden das.

Habe ich eine Nacht mit Motoko verbracht, gehe ich am nächsten Tag mit heiterer Miene ins Krankenhaus, nehme die Kinder in die Arme, helfe den Schwestern. Aber nachts... Damals, als ich noch ein kleines Mädchen war, hat mir mein späterer Mann die Geschichte von den Kammern in unserem Herzen erzählt. In einer der Kammern steht eine Puppe, die mich mit großen Augen anschaut. Wenn es Nacht wird, streckt sie sich und beginnt zu tanzen. Auch in meinem Herzen tanzt so eine Puppe. Welches ist nun mein wahres Ich, werden Sie fragen. Darauf kann ich Ihnen nur antworten: Sowohl das eine als auch das andere! Ob ich denn unter der Widersprüchlichkeit dieser beiden Seiten meines Ichs nicht leide, werden Sie weiter fragen. Ja, wenn ich darüber nachdenke, graust es mich vor mir selber. Ich fühle mich scheußlich. Aber es gibt auch Zeiten, in denen es nicht so ist, in denen es mir gar nichts ausmacht. Da ich nun all dies geschrieben habe...

*

Als Suguro nach Hause kam, standen in dem hellerleuchteten Eßzimmer auf dem blumengeschmückten Tisch die Suppenteller, die er in Mailand gekauft hatte. Es war zu einer Art Brauch geworden, diese Teller nur an den Abenden zu benutzen, an denen es für sie beide etwas zu feiern gab.

»Nanu, was ist denn heute?« fragte er.

»Heut ist doch unser Hochzeitstag«, antwortete etwas verdutzt seine Frau.

»Wirklich?«

Er hatte den Kopf noch immer voll von dem, was in dem Brief stand. Drei Tage lag es nun schon zurück, daß er ihn gelesen hatte. Doch er war immer noch maßlos erstaunt, und seine Neugier wurde mit jedem Tag größer. Auf der einen Seite fand er die Frau widerlich, als Schriftsteller indessen fesselte sie ihn geradezu. Deshalb war er auch nicht bei der Sache, als ihm, während er die Suppe löffelte, seine Frau erzählte, wie sie den Tag verbracht hatte. Sie sei beim Arzt gewesen, sagte sie, um sich wegen ihrer Kniegelenke Steroidhormone spritzen zu lassen, und habe sich auf dem Heimweg eine Musterschau neuer elektrischer Heizgeräte angesehen.

Diese Form des Berichtens war für sie beide zu einer Art Zeremonie geworden, und er reagierte auf ihre Worte stets mit einem Lächeln oder Nicken.

»Mit jedem Jahr gibt's wahrhaftig immer bessere Geräte.«

»Wenn du die Sache so betrachtest, wirst du dich wohl nie zum Kauf entschließen.«

»Der Winter ist doch bald wieder vorbei.«

Über das Zusammentreffen mit Kobari und über den Besuch im ›Château Rouge‹ verlor Suguro kein Wort, über den Brief von Frau Naruse selbstverständlich erst recht nicht. Das alles waren Dinge, die der Welt, die sie sich für ihre Zweisamkeit geschaffen hatten, unendlich fern lagen und die er mit seiner Frau auch nicht bereden konnte.

»Ich habe Mitsu einen Brief geschrieben, weil ich wissen wollte, wie's ihr geht, aber sie läßt überhaupt nichts von sich hören.«

»Die jungen Mädchen von heute schreiben nun mal nicht gern.«

»Wenn du sie bei deinen Spaziergängen zufällig treffen solltest ...«

»Das werd ich wohl kaum. Sag mal, kannst du mir nicht

mal einen kleinen Spaten besorgen? Ich glaub, ich muß langsam die Blumenzwiebeln in die Erde bringen.«
Um einem Gespräch über Mitsu aus dem Weg zu gehen, brachte er die Rede rasch wieder auf Belanglosigkeiten. Dabei betrachtete er das Gesicht seiner Frau, das sehr gealtert war, und ihr Haar, in das sich weiße Strähnen zu mischen begannen. Verstohlen blickte er auch auf die Bewegungen ihres Mundes, wenn sie kaute, und er fand daran nichts Erotisches, ganz im Unterschied zu der Art, wie Madame Naruse aß. Er mußte an die Novelle des ausländischen Schriftstellers, an die er sich schon einmal erinnert hatte, und an Madame Naruses Brief denken. Verbarg etwa auch seine eigene Frau, tief in ihrem Innern, derart widersprüchliche Seiten wie jene andere, ohne daß man ihr etwas davon ansah? Wäre es vielleicht nicht sogar möglich, daß selbst seine Frau sich nur diesen ganz bestimmten äußeren Anschein gab, um sich ihm anzupassen? Doch allein schon der Gedanke daran erschien ihm als eine Entehrung seiner Frau. »Welches ist nun mein wahres Ich, werden Sie fragen.« Diese Passage aus dem Brief hatte sich ihm fest eingeprägt, genauso, als wäre ihm beim Löffeln der Suppe etwas in der Kehle steckengeblieben. »Ja, wenn ich darüber nachdenke, graust es mich vor mir selber. Ich fühle mich scheußlich ...«

5

Mitten in der Nacht riß ihn das Klingeln des Telefons aus dem Schlaf. Das Läuten hallte unten vom Flur her hartnäckig herauf. Die Zeiger der erleuchteten Nachttischuhr standen auf zwei.
»Das Telefon!« sagte seine Frau im Bett neben ihm und schien aufstehen zu wollen.
»Laß nur!«
»Meinst du? – Ob das wirklich nur ein dummer Streich ist?«
Suguro schwieg und horchte. Auch seine Frau schien im Dunkeln voller innerer Unruhe dem Telefon zu lauschen. Das Läuten hörte sich für ihn bisweilen wie ein Stöhnen aus tiefstem Herzen an. Ein finsteres Loch, das sich im Grunde eines Herzens aufgetan hatte. Und durch dieses Loch weht ein Wind ... Darüber hatte er noch nie geschrieben ...

Im Aufenthaltsraum hingen, wie in der Garderobe eines Fernsehstudios, Spiegel an allen vier Wänden. Niedergedrückt schaute er sich darin immer wieder an. Er trank gerade Tee, den ihm ein Mädchen gebracht hatte, als es klopfte. Gleich danach kam Kurimoto herein.
»Der Saal ist zu achtzig Prozent gefüllt. Da Sie und Herr Professor Tono sprechen, überwiegt das weibliche Publikum.«

Auf ihrem gemeinsamen Gang durch die anrüchigen Gassen im Kabuki-Viertel kam der schrecklich ernste junge Lektor mit keiner Silbe zurück. Denn jedes Wort darüber hielt er ganz offensichtlich für eine Beleidigung Suguros.
»Worüber spricht denn Tono heute?«
»Über das Thema ›Traumbilder‹.«
Der Verlag, in dem Kurimoto arbeitete, veranstaltete für seine Leser einmal im Monat einen Vortragsabend, auf dem jeweils zwei Redner auftraten. Tono, der sich bereit erklärt hatte, gemeinsam mit Suguro die Veranstaltung diesmal zu bestreiten, war ein freudianischer Psychologe. Suguro war ihm drei- oder viermal auf Empfängen begegnet. Nach dem Thema zu urteilen würde Tono sicherlich vom freudschen Standpunkt aus über Halluzinationen sprechen, die unsere Libido auslöst. Soviel konnte sich Suguro denken, mehr allerdings nicht.
Als Kurimoto das Zimmer verlassen und Suguro seinen Tee ausgetrunken hatte, erschien der beleibte Tono. Offenbar kam er direkt aus der Universität. Er legte seinen Diplomatenkoffer auf den Toilettentisch und sagte in einer hohen Stimme, die so gar nicht zu dem massigen Körper paßte:
»Für mich bitte keinen Tee. Ich habe mein eigenes Mittelchen zum Aufmuntern.« Und schon hielt er wie ein Zauberer ein kleines Fläschchen in der Hand. »Vor einem Vortrag muß ich mir immer erst einen genehmigen.«
»Und das belebt Sie?«
»Ja, für den Moment. Die Zuhörer kommen mir dann alle wie Kieselsteine vor.«
»Das paßt ja gut zu Ihrem heutigen Thema«, sagte Suguro. »Denn Einbildungen können doch wohl die gleiche Rolle spielen wie die Wirklichkeit.«
Kurimoto erschien wieder und berichtete, daß der sechshundert Personen fassende Saal bis auf den letzten

Platz gefüllt sei. Vielleicht saß irgendwo auch Frau Naruse. Suguro hatte ihr eine Einladung ins Krankenhaus geschickt, jedoch ohne seinen Namen als Absender anzugeben. Irgendwo in seinem Innern hoffte er auf ihr Kommen. Tono schaute auf die Uhr an der Wand.
»Noch zwanzig Minuten. Da bin ich wohl ein bißchen zu früh gekommen!«
»Nein, durchaus nicht!« Suguro schüttelte den Kopf. »Für mich als den ersten Redner ist es eher beruhigend zu wissen, daß der Star des Abends schon da ist. Darf ich Sie etwas fragen?«
»Ja, bitte!«
Während er seinen Whisky trank, rückte Tono auf seinem Stuhl herum, als fühle er sich beengt. Für jemandem mit seinen Körpermaßen war offenbar jeder Stuhl zu klein.
»Sie sind Psychoanalytiker... Wie beurteilen Sie Sadisten und Masochisten?«
»Sadisten und Masochisten?«
»Ja, ganz recht.«
»So was! Das hätte ich nicht gedacht, daß Sie sich dafür interessieren.« Tono lächelte erfreut. »Sie sind doch wohl Christ?«
»Aber als Schriftsteller interessiert mich nun mal alles Menschliche.«
»Ja, natürlich. Entschuldigen Sie! So hatte ich es nicht gemeint. Ich wollte damit nur sagen, daß ich Sie an sich für einen Schriftsteller mit starker biophiler Neigung halte.«
»Könnten Sie das vielleicht ein bißchen verständlicher ausdrücken? Mit Fachbegriffen fange ich nicht viel an.«
»Es gibt einen Wissenschaftler namens Fromm. Er teilt die Menschen in zwei Kategorien ein. Bleiben wir bei den Schriftstellern. Die einen sind von ihrem ganzen Wesen her für eine konstruktive Einheit und Harmonie im menschlichen Leben. Nehmen Sie zum Beispiel Saneatsu Mushakoji und auch Yuzo Yamamoto. Oder

unter den Ausländern jemanden wie Goethe. Das sind Schriftsteller, die Fromm biophile Typen nennen würde. Meinen Sie nicht, daß auch Sie dazu gehören?«
»Ich weiß nicht recht. Ja, und weiter?«
»Dann gibt es auch den Typ, der mehr dem Düsteren und dem Vergangenen zugewandt ist als einer wohlgeordneten Zukunft und dabei eine Neigung zum Selbstmord hat. Ließe sich das nicht von Dazai Ozamu sagen? Um nur ein Beispiel zu nennen. Dies ist der nekrophile Typ.«
»Wir Literaten würden von einem zerstörerischen Charakter sprechen. Aber was hat das mit dem Masochismus zu tun?«
»Verzeihung, nekrophile Menschen sind zweifellos destruktive Typen. Sie tendieren dazu, sich selbst zu zerstören und sich fallenzulassen. Ist diese Neigung sehr stark, dann überkommt sie mitunter das heftige Verlangen, in den Zustand des Unbelebten oder des Anorganischen zurückzukehren.«
»Zustand des Unbelebten – was heißt das?«
»Freud hat dafür eine interessante Erklärung. Im Unterbewußtsein des Menschen, so sagt er, atmet noch die ganze lange Geschichte, in der sich vor Jahrmillionen das Leben herausbildete und entwickelte. Bevor das Leben entstand, gab es den Zustand des Unbelebten. Und nach diesem ursprünglichen Zustand sehnt sich der Mensch noch immer. Er hat Heimweh danach. Der Beweis dafür dürfte sein, daß wir immer dann in den Zustand des Unbelebten zurückkehren möchten, wenn wir in unserem Dasein einer fortdauernden Anspannung ausgesetzt sind. Der eine möchte in einer solchen Situation Selbstmord begehen, der andere ganz und gar gefühllos werden. Dahinter steckt der Wunsch nach der Rückkehr in den Zustand der Materie, in dem sich das prähistorische Leben noch nicht regte.«
»Neigt im Prinzip jeder Mensch dazu?«
Suguro warf einen flüchtigen Blick auf die Uhr an der

Wand und sah, daß ihm noch zehn Minuten blieben, Tono zu befragen.
»Ja, jeder. Aber nach meiner Auffassung besonders stark die Masochisten.«
Die Erklärungen Tonos waren zwar sehr einleuchtend, aber vielleicht befriedigten sie gerade deshalb Suguro nicht. Entsprang der verzückte Ausdruck der Frau mit dem vom Kerzenwachs verklebten Haar, die er in dem Film gesehen hatte, denn wirklich dem Verlangen nach der Rückkehr in das Anorganische? Verbargen sich dahinter nicht viel rohere, nicht viel ungestümere Motive? Mit Tonos rationalen Deutungen ließ sich den Widersprüchen im Herzen von Frau Naruse, die unumwunden zugegeben hatte, daß sie sich manchmal vor sich selber grause, schon gar nicht beikommen.
Tono blickte, als er Suguros unzufriedene Miene sah, etwas gereizt drein und fragte wieder mit schriller Stimme: »Halten Sie meine Erklärungen für gänzlich abwegig?«
»Nein, keineswegs, aber ...«
»Na schön. Wie wär's denn mit folgendem Gedanken: Vor unserer Geburt schlafen wir im Schoß der Mutter.«
»Ja.«
»Der Fötus lebt arglos im Fruchtwasser und hört nur den Herzschlag der Mutter. Das Fruchtwasser ist weißlich trüb, aber es gibt dem Fötus genau die richtige Temperatur, und anfangs atmet er darin wie ein Fisch durch Kiemen; eines Tages aber wird er aus diesem Paradies vertrieben.«
»Vertrieben?«
»Ja, er wird aus der Gebärmutter verjagt. Wir Erwachsenen nennen das Geburt, für den Fötus aber ist es das Hinüberwechseln in eine unbekannte, schreckliche Welt, in der er nicht mehr im Wasser, sondern in der Luft atmet. Das ist der erste Tod, den der Mensch erfährt und gleichzeitig seine Wiedergeburt. Deshalb

sind die ersten Äußerungen des Babys keine Freudenrufe, wie wir annehmen – nein, in Wirklichkeit sind es Angstschreie.«

»Diese These höre ich zum erstenmal.«

»Das dachte ich mir. Die Angst beim Austritt aus der Gebärmutter ist so furchtbar, daß sie tief im Innersten des Babys haften bleibt. Und diese Angst verliert sich auch nie mehr. Im Erwachsenenalter ist sie in die Schicht des Unbewußten verdrängt. Sie verbindet sich mit der Furcht vor dem Tode und ruft das heftige Verlangen nach der Rückkehr in das Fruchtwasser, nach der Rückkehr zum Fötus wach. Masochismus ist möglicherweise eine Deformation des Wunsches, erneut in einem Zustand zu leben, wie er war, als man sich im Fruchtwasser befand.«

»Stammt dieser Gedanke von Freud?«

»Nein.« Tono lächelte gequält, fügte dann aber nicht ohne Stolz hinzu: »Das ist meine eigene Theorie.«

»Und wie ist das mit dem Sadismus?«

Tono wollte gerade mit seinen Erläuterungen beginnen, als sich die Tür öffnete und Kurimoto hereinkam, um ihnen zu sagen, daß es Zeit sei anzufangen. Suguro bedankte sich bei Tono, trat hinaus auf den Korridor und stieg die Treppe zur Bühne hinauf.

Als er auf das Podium trat, erfaßten ihn die Strahlen der Scheinwerfer. Vom Rednerpult aus begrüßte er mit einem leichten Kopfnicken die Gäste, die den Saal füllten. Wie Kurimoto gesagt hatte, waren zwei Drittel der leicht ansteigenden Sitzreihen von zumeist jüngeren Frauen, jungen Hausfrauen und Studentinnen, besetzt. Einzelne Gesichter konnte Suguro nicht ausmachen. Er war sich lediglich bewußt, daß er aufmerksam beobachtet wurde.

Während er so tat, als müsse er das Mikrofon richten, bemühte er sich, seiner Nerven Herr zu werden. Er hielt sich für ziemlich erfahren in Vorträgen solcher Art, wußte aber auch, daß er keinen rechten Faden fand, wenn ihm der Einstieg mißlang. Er holte tief Luft, und nachdem er die Aufmerksamkeit des Publikums auf sich gelenkt hatte, begann er bedächtig über sein eigenes literarisches Schaffen zu sprechen.

Es läßt sich gut an, dachte er.

Mit seinem ganzen Körper reagierte er bald auf die dem Auge nicht sichtbare Wirkung. Er ahnte, was die jungen weiblichen Wesen, die Hausfrauen und die Studentinnen, von ihm hören wollten. Um bei der Wahrheit zu bleiben: Wahrscheinlich konnte sich die Hälfte seiner Fans hier im Saal schon im voraus so ungefähr denken, was er sagen würde.

Als er den Rhythmus seiner Rede zu finden begann, gingen auch seine Zuhörer anscheinend interessiert mit und nickten beifällig. Nun wurde er innerlich ruhig, unterschied auch die einzelnen Gesichter, die er bis dahin nur verschwommen wahrgenommen hatte, und begann nach Frau Naruse zu suchen.

»Ein junger Mann kommt zu mir. Er jammert mir die Ohren voll, daß er sehr darunter leide, keinen Kontakt zu anderen zu finden, weil es ihm an Redegewandtheit mangle. Früher hätte ich ihm vielleicht das eine oder andere Buch über die Redekunst empfohlen oder ihm selber Rhetorik beigebracht. Heute aber, wo ich zu der Einsicht gelangt bin, daß jedes Minus auch ein Plus enthält, heute also würde ich ihm entgegnen: Nutze die Tatsache, daß dir das Reden schwerfällt, zu deinem Besten. Nutze es zu deinem Besten! Was ich damit meine...«

Hier unterbrach sich Suguro und blickte in das weite Rund des überfüllten Saals. Er wußte, wie wichtig es war, an dieser Stelle tief Luft zu holen und eine kleine Pause einzulegen.

»Ich meine damit, daß es doch auch sein Gutes hat, wenn jemand zuhören kann. Ist einer ein schlechter Redner, dann sollte er, sobald ein anderer spricht, diesem ins Gesicht schauen und beifällig nicken. Das erfreut den anderen, und zwar genauso, wie Sie alle mich jetzt erfreuen, indem Sie mir zuhören, während ich rede ...«

Das Wellengekräusel eines Gelächters breitete sich im Saal aus. Suguro triumphierte und richtete seinen Blick auf die Tür in der Mitte der ihm gegenüberliegenden Saalseite. Und plötzlich blinzelte er heftig.

Da war er! Das Gesicht, dem seinen völlig gleich, lächelte neben der Tür verächtlich zu Suguro herüber – genauso wie am Abend der Preisverleihung.

»In das Minus der fehlenden Redegewandtheit ist das Plus des guten Zuhörens eingeschlossen. Das betrifft nicht nur die mangelnde Redegewandtheit. Kein menschliches Minus ist etwas Absolutes. Im Minus steckt immer auch ein Plus. Sogar in der Sünde ist noch ein Gutes enthalten, und das besteht darin, daß der Mensch in der Sünde, die er begeht, das Gefühl der Wiedergeburt entdeckt. Das vergegenwärtige ich mir ständig beim Schreiben meiner Romane.«

Ein kalter Schauer lief ihm über den Rücken, und er blinzelte wieder. Trotz des Blinzelns aber verschwand das Bild des Mannes nicht wie damals bei der Preisverleihung. Das leichte Lächeln! Das höhnische Lächeln! Das obszöne Lächeln! Ja, so hatte das Porträt auf der Ausstellung neulich ausgesehen.

Mit einem Schlag zerbrach die bis dahin so freundliche Atmosphäre im Saal. Dissonanzen mischten sich wie ein Beben in die harmonischen Klänge. Suguro verlor mehr und mehr den Faden und wurde immer aufgeregter. Er sprach davon, daß selbst die Sünde für den Menschen noch einen Sinn habe, nämlich den, ihn zur Erlösung zu führen. Aber mit einemmal wußte er nicht mehr, in welche Richtung er diesen Gedanken weiterentwickeln sollte und verstummte völlig verwirrt. Je aufgeregter er wurde, desto tiefer geriet er in den Morast, und in seinen Ohren hallte die Stimme Tonos wider.

»Ein jeder hat das heftige Verlangen, in den Mutterschoß, in die Finsternis, in die Stille, in die Empfindungslosigkeit zurückzukehren. Das heftige Verlangen, sich inbrünstig in tiefsten Niederungen zu ergehen, nachdem er sich dem Aufstieg zu Höherem verweigert hat...«

Der Strudel roter Linien dreht und dreht sich, wird schneller und schneller, droht Suguro in sein Zentrum hineinzusaugen. »Den Menschen darzustellen, das ist das oberste Ziel des Schriftstellers«, sagte Suguro, als bete er einen auswendig gelernten Text her. »Und seine Pflicht ist, bis in die tiefsten Tiefen des Menschen vorzudringen. Das gilt für jeden, gleichgültig, ob er ein linker Schriftsteller ist oder auf irgendeine Weise ein christlicher wie ich. Jedenfalls habe ich um meines eigenen Glaubens willen bis heute niemals die Gestalten in meinen Büchern idealisiert. Scheußlichem habe ich als Scheußlichem ins Auge gesehen...«

Der Mann erhob sich in aller Ruhe aus seinem Sessel. Und nachdem er sich aufgerichtet hatte, warf er einen bohrenden Blick auf Suguro, trat dann in den Gang und wandte sich mit seinem ganzen Körper noch einmal frontal Suguro zu. Seine Bewegungen und seine Haltung schienen erfüllt von unverhohlener Verachtung gegenüber dem, was Suguro gesagt hatte.

Der Mann stand neben der Tür und verzog sein Gesicht wiederum in der gleichen Art wie neulich während der Preisverleihung.

Du lügst, mein Lieber..., glaubte Suguro ihn sagen zu hören. Schaust du dem Scheußlichen im Menschen wirklich in die Augen? Hast du nicht deine Worte immer schön vorsichtig gesetzt, damit deinen Lesern das Bild, das sie sich von dir machen, ja nicht verlorengeht? Und genau so wie deine Leser hast du auch deine Frau behandelt...

Nein, das kann nicht sein! Ich habe doch selbst die

dunklen, schmutzigen Seiten des Menschen auf meine Weise anpacken wollen.
Sieh einer an! Ja, und du hast mal was von der Sünde geschrieben, die zur Erlösung führt. Wie all die christlichen Schriftsteller, die du so liebst. Nur hast du es stets vermieden, über die andere Welt zu schreiben.
Was heißt die andere Welt?
Das Böse! Sünde und Böses sind etwas Verschiedenes. Und das Böse, das meine ich mit der anderen Welt.
Hier und dort begann das Publikum unruhig zu werden, weil Suguro nun schon eine ganze Weile schwieg. Er merkte, daß ihm der Schweiß auf die Stirn trat. Dann hörte er, wie Kurimoto aus der Seitentür auf ihn zugeeilt kam.
»Was ist Ihnen?«
Wie von einem Radiergummi ausgelöscht, war mit einemmal die Gestalt des Mannes verschwunden. Schweiß tröpfelte Suguro in die Augen.
»Entschuldigen Sie vielmals! Herrn Suguro ist plötzlich unwohl. Erlauben Sie ihm bitte, daß er seine Ausführungen vorerst unterbricht«, sagte Kurimoto ins Mikrophon. »Aber da Herr Professor Tono sogleich seine vorgesehene Rede halten wird, möchte ich Sie bitten, auf Ihren Plätzen zu bleiben.«
Suguro verschwand, begleitet von einem kraftlosen Applaus, hinter den Kulissen.
»Soll ich einen Arzt rufen?«
»Nein, lassen Sie nur.« Suguro schüttelte den Kopf, während er den besorgt dreinblickenden jungen Lektor ansah. »Es wird schon vorübergehen, wenn ich mich ein bißchen in der Garderobe ausruhe.«
Sein Kopf tat ihm weh, und er spürte, wie ihm der Schweiß über Rücken und Stirn rann. Tôno, der am Bühneneingang wartete, ergriff Suguros Handgelenk und fühlte ihm den Puls.
»Der Puls ist normal«, murmelte er vor sich hin und sagte dann vernehmlicher: »Ich denke, es ist die Folge

einer übermäßigen Anspannung. Es wird sich geben, wenn Sie sich hinlegen.«

Auf dem Sofa in der Garderobe lockerte Suguro seine Krawatte, öffnete den Kragenknopf und streckte sich aus. Doch als er die Augen schloß, sah er wieder das Gesicht, das ihn aus dem vollbesetzten Saal heraus angestarrt hatte. – Ja, und du hast mal was von der Sünde geschrieben, die zur Erlösung führt... Warum klangen ihm diese Worte im Ohr, ohne daß er sie selber gedacht hatte? Warum hatte er sogar das zynische Lächeln von der Rednertribüne aus über die weite Entfernung hin erkennen können? Ja, war es denn nur Einbildung? Oder war es etwa doch mein Ebenbild? Saß der, der sich für mich ausgibt, im Saal? Er hatte die Gestalt bemerkt, und der Schock über die Ähnlichkeit mit dem eigenen Gesicht war so übermächtig, daß er die Halluzination hatte, den anderen sprechen zu hören. Anders konnte es gar nicht sein.

Er versuchte sich mit aller Macht einzureden, seine Sinne hätten ihn getäuscht. Wie sollte er sich mit seinen fünfundsechzig Jahren dieses absonderliche, jeglicher Vernunft widersprechende Phänomen sonst erklären?

›Inmitten auf der Fahrt durch unser Leben / fand ich mich verirrt im finstern Wald / weil mir der rechte Weg verlorenging‹

So lauten die Eingangsverse der ›Göttlichen Komödie‹, die er vor vielen Jahren gelesen hatte. Der einzige Unterschied zwischen dem Helden dieses Werkes und ihm selbst, fand er, war das Alter. Er stand schon längst im Spätherbst seines Lebens. Und fand sich nun verirrt im finstern, blätterlosen Wald, weil ihm der rechte Weg verlorenging...

Es klopfte an der Tür. Er erwachte davon und atmete tief durch, als sei er vom Meeresgrund aufgetaucht.

»Wie fühlen Sie sich?«

Wieviel Zeit war inzwischen eigentlich vergangen? Jedenfalls hatte Tono mittlerweile seine Rede beendet, denn er war es, der zur Tür hereinschaute.

»Ganz gut. Ich werde wieder aufstehen.«

Als er sich hastig aufrichtete und nach seinem Jackett griff, überfiel ihn ein leichter Schwindel, aber etwas Ernsthaftes schien es nicht zu sein.

»Wahrscheinlich eine Blutleere im Gehirn«, sagte Tono mit seiner schrillen Stimme, nachdem er sich Suguros Gesichtsfarbe angesehen hatte. »Haben Sie sich vielleicht ein bißchen übernommen?«

»Ja, es scheint so.«

»Wie wär's mit einem kleinen Schluck von meinem Aufmunterungsmittel?«

Suguro aber schüttelte ablehnend den Kopf, als Tono aus seinem Diplomatenköfferchen eine kleine Whiskyflasche hervorholte und sie ihm hinhielt.

»Ich werde mich langsam auf den Heimweg machen.«

»Nun warten Sie wenigstens, bis Kurimoto kommt. Er kümmert sich nämlich schon um einen Wagen für Sie.«

Eine Weile saß Suguro reglos da.

»Es ist eigentlich nicht meine Art«, sagte er dann, »aber darf ich Sie noch etwas fragen... Außer bei solchen Anlässen habe ich sonst kaum Gelegenheit, mal mit einem Psychologen zu reden.«

»Bitte, fragen Sie. Was immer Sie wollen. Um was geht's denn diesmal?«

»Gibt es so etwas, daß man auf jemanden trifft, der einem wie aus dem Gesicht geschnitten ist?«

»Wie aus dem Gesicht geschnitten...? Ja, man spricht vom Doppelgänger oder von Doppelpersönlichkeit. Häufig ist das nicht, aber auf Kongressen wurde hin und wieder darüber referiert. Ich erinnere mich da an einen Fall, wo jemand nach einer Mittelohrentzündung an einer Neurose erkrankte und daraufhin unter akustischen, aber auch optischen Halluzinationen litt. Er will sich selber mit eigenen Augen vor sich liegen gesehen haben, und zwar als Leichnam. Der Patient wußte sich auch ganz deutlich zu erinnern, daß sein Doppelgänger genau die gleichen Sachen angehabt habe, sogar die gleiche graue Hose.«

»Wer solch eine Wahrnehmung hat, leidet der immer an einer Neurose?«

»Im allgemeinen, ja. Einherzugehen scheinen damit über einen langen Zeitraum Schlaflosigkeit, anormale Körpertemperatur, Verlust des körperlichen Empfindens und Nachlassen des Denkvermögens ... Aber wieso interessiert Sie das?«

»Ich habe vor, ein bißchen davon in einem Roman zu verwenden.«

»Ah, wirklich?« fragte Tono ohne Argwohn. »Weil Sie gerade Roman sagten: Wenn ich mich recht erinnere, hat doch auch schon Dostojewski darüber geschrieben.«

»Ohne daß man sich in einem solchen neurotischen Zustand befindet, erscheint einem das Phänomen des Doppelgängers nicht?«

»Ganz so ist es offenbar nicht. In der Fachliteratur wird von einer Grundschullehrerin aus der Präfektur Iwate berichtet, die ein Doppelgängerdasein führte, obwohl sich keine von den genannten Symptomen bei ihr zeigten. Die Schule hat sie wegen dieser Geschichte dreimal vom Dienst suspendiert.«

»Wann war das?«

»Vor gut einem halben Jahrhundert! Das Merkwürdige daran ist, daß ihr Doppelgängerdasein von ihr selber gar nicht wahrgenommen wurde, sondern von den Mädchen, die sie unterrichtete. Während sie die Schülerinnen im Nähzimmer unterwies, will die ganze Klasse gesehen haben, wie zur gleichen Zeit eine Gestalt von haargenau dem Aussehen ihrer Lehrerin im Blumenbeet vor dem Unterrichtsraum stand.«

»Tatsächlich?« Suguro spürte, wie ihm die Knie zu zittern begannen. Furcht und ein nicht zu beschreibendes Unbehagen brachen über ihn herein. »Hatte die Lehre-

rin vielleicht eine Zwillingsschwester? Oder war gar ein Verbrechen geplant?«
»Nichts von beidem.« Tono neigte den Kopf zur Seite. »Das ist ja das Seltsame daran. Unter den Wissenschaftlern gibt es sehr unterschiedliche Auffassungen dazu, aber irgendwie überzeugen sie alle nicht restlos.«
Der ahnungslose Psychologieprofessor führte mit seiner großen Hand den Teebecher, in den er sich Whisky geschüttet hatte, zum Mund. »Hilft Ihnen die Geschichte mit dieser Lehrerin bei Ihrem Roman?«
»Ja, ich glaube schon.«
»Eine der Besonderheiten dieses Doppelgängertums besteht darin, daß es vornehmlich in den Abendstunden auftritt.«
»Am Ende aber handelt es sich dabei doch lediglich um ein Trugbild, also um reine Einbildung des Betreffenden, nicht wahr?«
Suguro hätte sich gewünscht, daß Tono ihm beipflichtete. Irgendwo mißtraute er diesem Psychologen, der auch nicht den geringsten Zweifel daran hegte, dem Wirrwarr im Innersten des Menschen mit klaren begrifflichen Erklärungen beikommen zu können, aber in diesem Augenblick wäre Tono ihm wie ein rettender Engel erschienen, würde er aus seinem Munde die Worte hören: Ja, es ist ein Trugbild. Doch statt dessen antwortete Tono arglos mit zur Seite geneigtem Kopf: »Ich würde das Doppelgängertum ja gern für eine Halluzination halten. Der Fall der Lehrerin aus der Präfektur Iwate indes beweist, daß man es eben keineswegs nur als reine Einbildung des Betreffenden abtun kann.«

In sein Atelier zurückgekehrt, vergrub er am Schreibtisch das Gesicht in den Händen und rekapitulierte noch einmal Wort für Wort das, was Tono gesagt hatte. Dabei kam er zu folgendem Schluß: Entweder war es eine Sinnestäuschung, daß er die Gestalt vom Rednerpult aus gesehen hatte, oder es handelte sich um einen üblen Streich dessen, der sich für ihn ausgab. Eins von beiden mußte es sein. Nahm er es für reine Einbildung, dann rührte diese Einbildung möglicherweise von der leichten Depression her, unter der er mit zunehmendem Alter litt. Er lenkte seine Gedanken mit aller Gewalt in diese Richtung, zumal er aus Erfahrung wußte, daß er in letzter Zeit nach Abschluß einer größeren Arbeit immer das Gefühl hatte, kurz vor einem totalen körperlichen Zusammenbruch zu stehen. Als er sich das jetzt vor Augen führte, stimmte ihn das in einer geradezu unerträglichen Weise melancholisch.

Das Telefon läutete. Er fuhr zusammen. Vorerst lauschte er nur, und es dauerte eine Weile, bis er sich entschieden hatte und ins Gästezimmer hinüberging.

»Es tut mir leid! Haben Sie gerade geschlafen?« hörte er über das Lärmen vieler Menschen im Hintergrund hinweg eine Frauenstimme in höflich um Verzeihung bittendem Ton sagen.

»Wer ist dort?«

»Naruse. Ich war vorhin bei Ihrem Vortrag. Weil Ihnen mittendrin offensichtlich unwohl wurde ...« Sie schien nach Worten zu suchen. »Entschuldigen Sie bitte meinen Anruf.«

»Nein, ich – ich habe um Entschuldigung zu bitten.« Und damit sie ihm nicht entfloh, fügte er schnell hinzu: »Wo sind Sie jetzt?«

»Auf dem Bahnhof in Harajuku. Eins von den Kindern, die ich im Krankenhaus betreue, muß am Herzen operiert werden. Heute ist die Untersuchung. Es wird sich fürchten, wenn ich nicht dabei bin ... Ich brauche nur an seiner Seite zu sein, dann hat es keine Angst mehr und fühlt sich geborgen.«

Suguro dachte an den Brief, und um so rätselhafter erschien ihm das alles: Dieselbe Frau, die sich jetzt um ein Kind sorgt, das operiert werden soll, wird in einem anderen Moment schlechthin zur Verkörperung der

Grausamkeit... Sein Schriftstellerherz pocht. Er muß dieses Geheimnis aufklären! Diese dunklen Seiten!
»Wie wär's, wenn ich jetzt zum Bahnhof komme? Ich möchte mich mit Ihnen gern auch über Ihren Brief von neulich unterhalten...«
»Die Untersuchung beginnt in dreißig Minuten. Ich habe Shige – so heißt das Kind – fest versprochen zu kommen.«
Frau Naruse machte kein Hehl daraus, daß sie in Eile war. Offenbar existierte für sie in diesem Augenblick nur noch dieses Kind.

»Ich hab das Video mit dir gesehn«, sagte Kobari völlig unvermittelt, während er dem Plätschern des Badewassers lauschte, das das Zimmermädchen munter in die Wanne laufen ließ. Schon vorhin, als er mit Motoko Itoi in den Gassen von Shinjuku von einer Bar in die andere gezogen war, hätte er am liebsten davon angefangen, aber er hatte es sich dann immer wieder verkniffen. Inzwischen reichlich betrunken, hatte er den Dingen ihren Lauf gelassen und eine Absteige betreten, und Motoko war ihm ohne Widerstreben gefolgt, als wäre es von vornherein so abgemacht gewesen.
Auf dem Tischchen, von dem schon die Farbe abblätterte, standen eine weiße Thermoskanne und ein Teller mit hübsch eingewickelten Waffeln. Das Einwickelpapier war mit dem einladenden Spruch bedruckt: Zu zweit verspeist – das ist die Krönung des Genusses. Durch einen Spalt in der Schiebetür war im Zimmer nebenan rot gesäumtes Bettzeug zu sehen.
»Ich hab das Video mit dir gesehn – im ›Château Rouge‹.«
Er dachte, sie würde vor Schreck erbleichen, aber sie sagte nur: »Na, so was!« und drückte träge ihre Zigarette im Aschenbecher aus. Ist sie nun völlig abgestumpft oder nur dämlich, fragte sich Kobari.
»War eigentlich Suguro auch auf der Party?«

»Ja, war er nun da oder war er nicht da?« Motoko überlegte. »So recht kann ich mich nicht besinnen.«
»Und die Frau?«
»Welche Frau?«
»Suguro hat mir von ihr erzählt«, schwindelte Kobari. »Wie hieß sie doch noch ...? So eine elegante Dame mit großen Augen.«
»Ach, so. Madame N. meinst du?«
»Ja, ja, Madame N. Aber wieso eigentlich N.?«
»Wir nennen sie eben so«, antwortete Motoko völlig unbefangen. »Ja, sie war da. Schließlich ist sie meine Partnerin.«
»Sie ist deine Partnerin? Das heißt, sie ist auch lesbisch?«
Motoko führte mit beiden Händen den Becher zum Mund und trank in aller Gemächlichkeit von dem dünnen Tee.
»Na, nun sag schon!«
»Du hast doch keine Ahnung davon«, entgegnete sie mitleidig. »Lesben oder Schwule – mehr als diese kindliche Unterscheidung bringst du doch sowieso nicht zustande.«
»In dem Film war zu sehn, wie entzückt du warst, als man dir Wachs von brennenden Kerzen ins Haar tropfte und dir die Kehle zudrückte. Ist das bei ihr auch so?«
»Zuwider ist ihr das jedenfalls nicht. Aber anfangs war es gar nicht so. Nach und nach hab ich's ihr beigebracht. Dann begann sie von sich aus Interesse zu zeigen, und seither ist sie es, die mir schon so manches beigebracht und erzählt hat.«
»Was erzählt sie denn?«
Nachdem Motoko ihren Tee ausgetrunken hatte, kniff sie ihre Augen zusammen, wie es stark kurzsichtige Frauen tun, und starrte Kobari an. Ihr auch ansonsten recht gewöhnliches Gesicht bekam in dem gedämpften Neonlicht die sonderbar sinnlichen Züge einer dümmli-

chen Schönheit, was nun in Kobari ein heftiges Begehren weckte.

»Kennst du die Geschichte von der Gräfin Bátholy aus Ungarn?«

»Was – was soll ich kennen?«

»Madame N. weiß darüber gut Bescheid. Sie kann Englisch und Französisch. Die Gräfin Bátholy lebte im 16. Jahrhundert. Nachdem ihr Mann gestorben war, hat sie Mädchen aus ihrer Grafschaft in ihrem Schloß und in ihrem Haus in Wien zu Tode gequält. An die sechshundert soll sie umgebracht haben, heißt es.«

»Warum erzählst du mir ausgerechnet jetzt diese Geschichte?«

»Weil wir sie schon oft gespielt haben. Das heißt Madame N. ist die Gräfin und ich werde gefesselt.« Motokos Augen verengten sich noch mehr. Sie schien sich der eigenen Wollust zu erinnern. »Und wenn wir erst angefangen haben, wird's meistens richtig ernst. Madame N. hat mal eine Touristenreise nach Europa gemacht und ist in Wien den Spuren der Gräfin nachgegangen. Dabei hat sie auch deren Palais gefunden. Darin ist heute ein großes Schallplattengeschäft, im Hintergrund spielt Musik von Andy Williams, und es wimmelt von jungen Leuten, die von nichts eine Ahnung haben. Darüber ist sie richtig ärgerlich geworden, hat sie mir erzählt...«

»Wieso hat sie das geärgert?« fragte Kobari verwundert. »Ich find's jedenfalls komisch, daß sie das ärgert.«

»Na, hör mal! Wenn niemand auch nur im entferntesten daran denkt, daß dort, wo jetzt gefühlvolle Musik erklingt, vor dreihundert Jahren die Schreie der zu Tode gequälten Mädchen erschallten. Madame N. sagt, das ist Heuchelei. Eine gemeine Heuchelei, die vor den tiefsten Tiefen im Herzen des Menschen die Augen verschließt.«

»So ein Quatsch«, sagte Kobari und steckte sich eine Waffel in den Mund. »Das ist doch völlig verdreht.«

»Du hast von nichts eine Ahnung.«
»Vielen Dank für das Kompliment.«
»Madame N. sagt oft, im Herzen des Menschen brodelt Magma. Weißt du, was Magma ist?«
»Hältst du mich für blöd? Das brodelt im Innern des Erdballs.«
»Richtig. Von außen ist es nicht zu sehen, aber plötzlich bricht es hervor. Das heißt, das Magma liegt schon bei der Geburt eines Menschen in seinem Herzen verborgen. Es steckt also auch in jedem Kind.«
»Sag mal, wovon redest du eigentlich?«
»Einem kleinen Kind macht's Spaß, einer Libelle Flügel und Beine auszureißen. Und heutzutage sollen ja schon Volksschüler über Kameraden herfallen und sie fürchterlich verprügeln. Bloß weil es ihnen Spaß macht. Und das kommt alles von dem Magma in ihrem Herzen.« Motoko schlürfte von ihrem Tee und fuhr dann fort: »Wenn sich dieses Magma im Sex ausdrückt, dann erscheint es als Sadismus und Masochismus. Der Unterschied zwischen beiden tut überhaupt nichts zur Sache. Madame N. und ich geraten in zwei Strudel, die aufeinandertreffen. Gischt sprüht. Dumpf wie von einer Pauke hallt es wider, und wir beide werden immer tiefer und tiefer auf den Grund hinabgezogen, in eine Tiefe, die eigentlich grundlos ist. Schwer zu sagen, wie es mich dann nach dem Sterben verlangt. Wirklich, ich wollte schon oft in dieser Verzückung sterben ...«
Leicht angewidert öffnete Kobari den Mund ein wenig und starrte Motoko an. Ja, dies ist das Gesicht. Das Gesicht auf dem Video, das Gesicht mit dem wachsverklebten Haar und mit der Zunge, die sich wie eine Kartoffelkäferraupe bewegte. Sie ist nicht bei Sinnen, diese Frau!
»In dem Moment, da hat die Vernunft ausgespielt. Zu unterdrücken ist das nicht, mag man sich auch noch solche Mühe geben.«
»Hör auf damit!«

Er schüttelte sie an den Schultern, als wäre er drauf und dran, über dem, was sie sagte, den Verstand zu verlieren. Und sie schnappte nach Luft wie ein Goldfisch.
»Du hast eben nicht die geringste Ahnung! Nicht die geringste Ahnung! Zwei Wogen prallen aufeinander. Die Gischt sprüht...«
Unwillkürlich schlug Kobari ihr mit der flachen Hand ins Gesicht. Ein hohles Klatschen hallte durch das Zimmer. Sie stieß mit dem Knie gegen den Teebecher, und der Tee ergoß sich über den Tisch.
»Schlag doch! Nun schlag schon!« schrie Motoko wie vom Fieber gepackt mit lauter Stimme. »Schlag doch! Schlag doch!«
»Schluß damit!«
Wieder holte Kobari zum Schlag aus. Als sein Arm gefühllos zu werden drohte, durchfuhr seinen Körper eine wilde Wollust, die er zuvor noch nie gespürt hatte. Er packte Motoko an den Schultern. Sie schwankte und fiel widerstandslos wie eine Puppe auf den Rükken. Dabei entblößten sich ihre in Strumpfhosen stekkenden Schenkel. Sie hatte kurze, dicke Beine.
»Na, schön! Wenn du unbedingt geprügelt werden willst, werd ich dir links und rechts was verpassen!«
»Tu's doch!«
»Man muß es dir nur richtig einbläuen, damit du dich auf deine natürlichen Anlagen besinnst«, rief er. »Du sollst mal sehn, ich werd schon wieder einen normalen Menschen aus dir machen!«

6

Die Maschine flog einen weiten Bogen über das wie ein Teppich von Nadeln glitzernde Meer und setzte zur Landung an. Seine Frau richtete ihren Blick auf ihn.

»Wie lange liegt eigentlich unsere letzte gemeinsame Reise zurück?«

»Ja, wie lange eigentlich? Als ich das ›Leben Christi‹ schrieb, da habe ich dich nach Jerusalem mitgenommen. Und das war das letztemal, glaube ich.«

Während die Stewardess durch den Gang schaute, um sich zu vergewissern, daß die Fluggäste sich angeschnallt hatten, waren die Inseln und Fischerboote in der Bucht bereits deutlich auszumachen. Dann gab es einen leichten Ruck, und schon huschten links und rechts die Bilder des Flughafens vorüber.

Suguro löste den Gurt und erklärte in selbstsicherem Ton: »Erst fahren wir von Isahaya nach Obama und von dort weiter nach Kuchinotsu und Kazusa.«

Das Taxi, das sie sich am Flugplatz nahmen, fuhr eine ganze Weile am Ufer der funkelnden Omura-Bucht entlang. Suguro erinnerte sich sehr genau der einzelnen Berge, die auf der anderen Seite aus dem Dunst ragten, und all der Ortschaften, die sie durchquerten. Voller Nostalgie hätte er sie am liebsten gefragt: Seid ihr noch wohlauf? Zwanzig Jahre lag es nun schon zurück, daß er diese Straße auf der Suche nach Bildern und Konzepten für einen neuen Roman mal in der einen, mal in der anderen Richtung passiert hatte. Damals als Mittvierziger war er, von der Besessenheit des Schriftstellers getrieben, unbeirrt die Straße entlanggeeilt, und während er jetzt auf die niedrigen alten Häuser und die von Kampferbäumen überschatteten Steinwälle blickte, sah er sich selber in seiner damaligen Gestalt.

»Es ist jetzt zwanzig Jahre her«, flüsterte er seiner Frau zu. »Aber alles sieht noch genauso aus wie damals.«

»Ja, die Natur ist gut dran. Sie bleibt immer gleich«, nickte seine Frau.

»Das stimmt! Nur wir sind gealtert. Wir sind nicht mehr das, was wir mal waren.«

Kaum hatte er das gesagt, da wurde ihm bewußt, daß in diesen Worten auch ein Sinn steckte, der ihm vorher gar nicht so bewußt gewesen war.

Er hatte seiner Frau nicht erzählt, daß neulich bei seinem Vortrag unter den Zuhörern ein Mann war, der ihm wie aus dem Gesicht geschnitten schien. Und natürlich hatte er ihr auch nicht erzählt, daß ihm unwohl geworden war, und auch nicht, daß er einmal mit Frau Naruse essen gegangen war. Er hielt es nicht für notwendig, ihr das zu erzählen. Mehr noch. Das waren Dinge, die er ihr einfach nicht erzählen durfte. Seit sie verheiratet waren, hatte er nach Möglichkeit Stillschweigen über alles bewahrt, was die zwischen ihnen beiden bestehende Ordnung hätte durcheinanderbringen können. Was ihn davon abhielt, ähnelte vielleicht der Scheu eines Vaters, mit der eigenen Tochter über das Geschlechtsleben zu reden.

Er hatte sich zu dieser Reise nach Nagasaki noch vor Einzug des Frühlings mehr um seiner Ängste als um seines Versprechens willen entschlossen. Die Dinge, die in diesem Winter über ihn hereingebrochen waren, hatten ihn nach und nach völlig verunsichert. Um allem zu entfliehen, wollte er mit seiner Frau allein

sein und mit ihr ein paar Tage an einem ruhigen Ort verbringen.
Es war Winter und trotzdem angenehm warm. Als Isahaya hinter ihnen lag, tauchten wie eine Wolkenbank fern am blauen Himmel die Hänge von Unzen auf.
»Da drüben, das ist Unzen«, erklärte er seiner Frau und zeigte dabei auf die Landkarte, die er vor sich auf den Knien ausgebreitet hatte. »Vor dreihundert Jahren hat man dort am Vulkan Christen ins kochende Wasser geworfen.«
»Gibt es den Ort noch?«
»Ja, Höllental heißt er. Heute wimmelt es dort von Touristen und Kindern, die dorthin ihre Schulausflüge machen.«
Er spürte, wie ein warmes Glücksgefühl in ihm aufstieg und langsam seinen ganzen Körper durchströmte. Ein Ehepaar, das nun schon dicht vor seinem Lebensende steht, freut sich auf die zwei Nächte und drei Tage, die es ganz allein für sich haben würde! Anders als bei einer Hochzeitsreise schloß diese Freude auch das Gefühl tiefer Verbundenheit und unendlichen Vertrauens mit ein, ein Gefühl, das nur die Menschen kennen, die auf einem langen Weg so manches durchlitten haben. Suguro war wieder einmal zufrieden, daß er diese Frau zur Gefährtin seines Lebens gewählt hatte.
Sie umfuhren den Fuß des Vulkans und kamen nach Obama, einem Städtchen, berühmt durch seine Thermalquellen. Unter ihnen dehnte sich die Meeresbucht aus, und in dem Städtchen stiegen überall weiße Dampfschwaden auf.
»Von hier aus mußten die Christen den Berg hinaufklettern, wenn sie in das Höllental sollten.«
»Dann war das hier damals sicherlich ein sehr einsames und trauriges kleines Dorf.«
Von Obama aus führte eine schmale Straße am Meer entlang. Als Suguro vor zwanzig Jahren zum erstenmal diese Gegend besucht hatte, war diese Straße noch

nicht asphaltiert, und wenn ihm, in eine Staubwolke gehüllt, ein Auto entgegenkam, dann mußte sein Taxi an die Seite fahren und geduldig warten, bis der andere Wagen vorbei war.

»Das da drüben ist die Insel Dango, und was du dahinter verträumt daliegen siehst, ist Amakusa.«

»Das ist Amakusa?«

»Ja. Und hier in dieser Bucht sind vor dreihundert Jahren die christlichen Missionare aus Portugal und Spanien nach zweijähriger Schiffsreise gelandet. Ihnen wird sich derselbe Anblick geboten haben wie uns heute.«

Während er sprach, spürte er, wie die Ergriffenheit, die ihn vor zwanzig Jahren gepackt hatte, wieder in ihm lebendig wurde. Er spürte, wie die Vorstellungen und Bilder, die sich ihm nach und nach aufgedrängt hatten, als er damals hier durch die Gegend gestreift war, jetzt wiederkehrten.

Sie stiegen aus dem Taxi, um sich die Christengräber, die man im Waldschutzstreifen dicht am Meeresufer entdeckt hatte, anzuschauen. Der verlassene Friedhof glich mehr einer wirren Anhäufung grauer Steine. Nur noch mit Mühe waren darauf die Kreuze und die offenbar in lateinischer Sprache abgefaßten Inschriften zu erkennen.

»Hier in Kazusa wurde die erste Druckerei Japans eingerichtet. Du weißt doch, am Ende des 16. Jahrhunderts reiste die berühmte Gesandtschaft, die sich aus blutjungen Leuten zusammensetzte, zu einer Audienz beim römischen Papst nach Europa. Auf ihrem Rückweg brachte sie aus Goa eine Druckerpresse mit. Und es wurden dann damit nicht nur religiöse Schriften, sondern auch Werke der alten Literatur unseres Landes gedruckt.«

Seine Frau hörte ihm aufmerksam zu, allerdings weniger wegen dessen, was er sagte, als vielmehr wegen des Eifers, mit dem er erzählte.

»Hier in Kazusa sowie im benachbarten Kuchinotsu und Arie wurden in der Zeit auch Schulen eröffnet. Außer in Latein und Portugiesisch erhielten die Schüler Unterricht im Malen und im Orgel- und Cembalospiel. Darüber findest du nichts in japanischen Geschichtsbüchern, und dabei war das hier die Gegend, wo Japaner zum erstenmal etwas über Europa erfuhren.«
Suguro erinnerte sich, daß es nicht weit von hier ein wunderschönes Stück Strand gab. Vor zwanzig Jahren hatte er sich, müde vom Wandern, auf dem bernsteinfarbenen Sand ausgestreckt und auf die sanft heranrollenden Wellen geschaut. Darüber war er eingeschlafen. Damals stand er noch im besten Mannesalter, und er hatte die Kraft in seinem Körper gespürt.
Nachdem sie in Kuchinotsu in einer Raststätte gleich an der Straße gegessen hatten, ließen sie den Fahrer ihres Taxis in der kleinen Ortschaft zurück und gingen zum Strand hinunter.
»Hier habe ich gelegen und auf das Meer hinaus geblickt.«
»Wie klar das Wasser ist! Sieh mal, man sieht sogar, wie sich das Seegras bewegt.«
»Erkennst du dahinten die Landzunge, die in die Bucht hineinragt? Dort hatten sich die Menschen während des Aufstandes von Shimabara bei dem dreißigtausend Männer und Frauen hingemordet wurden, verschanzt.«
Als er das Wort »hinmorden« aussprach, stieg Bitternis in ihm auf. Die Reise mit seiner Frau war eine Reise, um das Leben auszukosten, nicht um in Düsternis zu versinken. Es war eine Reise, um der Welt einer Madame Naruse und einer Motoko Itoi zu entfliehen.
»Schau mal, was es hier für hübsche Muscheln gibt.«
Während er im Sand lag, hatte seine Frau eine der Muscheln aufgelesen, die die Wellen an den Strand spülten. Die rosafarbene Schale sah in ihrer weißen Hand wie ein kleines Schmuckstück aus.
»Freust du dich?«

»Aber ja – es ist schon so lange her, daß wir gemeinsam verreist sind. Wie schön wäre es erst, hätten wir jetzt auch unseren Sohn und seine Frau bei uns.«
»Wenn ich so über das Meer blicke, dann denke ich, daß wir doch von Glück sprechen können. Da war der Krieg, die schlimme Zeit danach, und wir haben es am Ende dann doch geschafft...«
»Ja, du hast recht. Deshalb schließe ich jedesmal, wenn ich zur Messe gehe, Worte des Dankes mit in mein Gebet ein. Und ich habe das Gefühl, daß ich auch in der Stunde des Todes sagen kann: Lieber Gott, ich danke Dir!«
Was immer auch kommen mochte, den Blick in jene andere Welt mußte er dieser Frau ersparen. Motoko Itoi mit dem wachsbeträufelten Haar und dem halbgeöffneten Mund, in dem sich die Zunge wie eine Raupe windet – die Männerhände, die ihr die Kehle zudrükken – die Flammen, die aus den Bauernhäusern züngeln, die Schreie der Kinder und Frauen – das Hinschlachten von dreißigtausend Männern, Frauen und Kindern auf dem Kap gar nicht weit weg von hier...
»Du hast es gut!« Suguro seufzte laut und vernehmlich. »Ich könnte dich beneiden.«
»Warum das?«
»Weil du – im Unterschied zu einem wie mir, der Bücher schreibt – nicht zu sehen brauchst, was du nicht sehen möchtest.«
Die eigene Frau unmittelbar neben sich zu wissen, vermittelte ihm nach und nach das gleiche Gefühl der Geborgenheit, wie er es als Kind gehabt hatte, wenn er neben seiner Mutter schlief. Was bewog ihn dazu, diesen ruhevollen Platz zu verlassen? Das brennende Verlangen, den Menschen zu durchschauen, die Gier, alles über ihn zu wissen, bis in seine tiefsten Tiefen zu blikken – das war ihm in seinem mehr als dreißigjährigen Schriftstellerleben zu so etwas wie einem willentlich gar nicht mehr zu beeinflussenden Trieb geworden.

Ruhig und regelmäßig rollen die Wellen an den Strand und fluten wieder zurück. Während er dem Rauschen jeder einzelnen Welle lauscht, taucht ein Stück Erinnerung nach dem anderen aus seinem bisherigen Leben auf: der Herbsttag, da sie als Verlobte die Yamamoto-Gegend durchstreiften; die Zeit nach der Hochzeit, als sie ihr erstes kleines Haus in Komaba kauften; das Bild seiner Frau, wie sie während seines langen Krankenhausaufenthaltes, ohne einen einzigen Tag auszulassen, nach ihm sah; ihr Lächeln, das sich in seinen trüben Augen spiegelte, als er aus der Narkose erwachte... Auch sie bleibt stumm an der Seite ihres schweigenden Mannes. Und vielleicht erinnert sie sich der gleichen Begebenheiten, während sie ebenso wie er dem leisen Rauschen der Wellen lauscht.

»Morgen ist Sonntag. Laß uns zusammen in die Kirche gehen«, sagte seine Fau plötzlich. »Ich wünsche mir schon lange, in dieser Gegend, wo deine Romane spielen, mal eine Messe zu besuchen.«

»Wieso das?«

»Ist das nicht das einzige, was ich für deine Bücher tun kann?« Ein feines Lächeln glitt über ihr Gesicht. »Sonst gibt es doch keinen Platz für mich in deiner Arbeit.«

Sie hatte recht. Als sie heirateten, hatte er sie gebeten, seine Arbeit und ihr Familienleben voneinander zu trennen. Nicht über seine Arbeit zu reden, sich niemals in den Inhalt seiner Romane einzumischen, darum hatte er sie gebeten, nicht zuletzt aus Rücksicht auf sie.

»Ich bin lange nicht zur Messe gegangen«, sagte er schnell mit abgewandtem Gesicht und dachte bei sich: Ich bin nicht einfach nicht gegangen, sondern hab es nicht über mich gebracht.

»Ich kenne etwas außerhalb von Nagasaki eine kleine, ruhige Kirche. Laß uns morgen zur Messe gehen. Ich werde vom Hotel aus anrufen und mich erkundigen, wann die Messe dort beginnt.«

Als wollte er ihr bedeuten, daß das Thema damit für ihn erledigt sei, stand er auf und klopfte sich energisch den Sand von der Hose.

Während der Messe hörten Suguro und seine Frau, wie draußen vor der sonnenbeschienenen Kirche ein paarmal eintönig Hühner gackerten. Der ausländische Pfarrer der Kirche hielt sich genauso wie die Bauernfamilien dieses kleinen Orte sein eigenes Geflügel. Vor den Fenstern dehnten sich die knorrigen Äste eines riesigen Kampferbaumes, durch den das Meer hindurchschimmerte. Kleine Kinder liefen in der Kirche umher. Ihre sonnenverbrannten Mütter bemühten sich, ihrer habhaft zu werden. Die meisten der Gläubigen, die sich zur Messe eingefunden hatten, waren Leute hier aus dem Dorf, in dem man teils vom Fischfang, teils von der Landwirtschaft lebte.
Am Abend zuvor hatte Suguro seiner Frau in ihrem Hotel in Nagasaki einiges von diesem Küstendorf, das er vor vielen Jahren besucht hatte, erzählt: »Die Kirche dort ist ein hübscher Backsteinbau. Schon vor Zeiten war das ein Dorf von Christen, die trotz aller Verfolgung insgeheim weiter ihrem Glauben anhingen. Deshalb soll sich auch heute noch mehr als die Hälfte der Einwohner zum Christentum bekennen. Übrigens war es der berühmte Pater Doro, der in dieser Gegend die christliche Lehre verkündete. Die Leute haben sich dann, als die Zeit der Verfolgung vorbei war, ins Zeug gelegt und das Geld zusammengebracht, haben selber Ziegel gebrannt und eigenhändig die Kirche errichtet.«
Seine Frau war ganz begeistert von dem, was er erzählte.
»Was meinst du? Wollen wir hinfahren? Mit dem Auto werden es ungefähr vierzig Minuten sein ...«
Am Morgen waren sie um acht vor dem Hotel in ein Taxi gestiegen. Nach dem Durchqueren von zwei Tunneln, als sich ein Blick auf die Bucht eröffnete, an der das

Dorf mit der Kirche lag, freuten sich beide sehr, sich für die Fahrt hierher entschieden zu haben. Das in der Sonne glänzende Meer hieß sie freundlich willkommen. Unter dem Geläut der Glocke, das von der Backsteinkirche am Hang dahinter zu ihnen herüberhallte, sahen sie zahlreiche Familien wie Ameisen in einer langen Reihe den steilen Weg zum Gotteshaus hinaufziehen.

Suguro und seine Frau stiegen aus dem Taxi und schlossen sich den anderen Kirchgängern an. Der weißbärtige Pfarrer, an den Suguro sich noch von damals, als er hier Stoff für einen Roman gesammelt hatte, gut erinnerte, begrüßte die Gläubigen im Vorhof der Kirche. Für jedes Ehepaar fand er einige warmherzige Worte, während er zwischendurch immer mal wieder mit den Kindern scherzte, die um ihn herumliefen. Offenbar hatte er Suguro gleich wiedererkannt, denn er sagte, kaum daß er ihn erblickt hatte, in scherzhaftem Ton zu ihm: »Setzen Sie sich in die Mitte! Das sind die Ehrenplätze.«

Schon vor vierzig Jahren war ihm diese Kirche anvertraut worden, und seine freudestrahlenden Augen schienen nie die dunklen Seiten des Menschen, in die Suguro hatte blicken müssen, gesehen zu haben, sondern immer nur das lichte Meer, den weitausladenden Kampferbaum und die sich um ihn herum tummelnden kleinen Frechdachse.

Die Messe begann, und statt eine Predigt zu halten, sang dieser Mann aus fernem Land zusammen mit den Gläubigen, die sich von ihren Plätzen erhoben hatten, Sätze aus den Evangelien. Das schien in dieser Kirche sonntags so üblich zu sein, und die sonnenverbrannten Männer und Frauen mit den vorstehenden Backenknochen wiederholten im Chor die Worte ihres Pfarrers.

»Kommt her zu mir alle, die ihr mühselig und beladen seid; ich will euch erquicken.«

Draußen vor der Kirche ertönte wieder das dumme Gegacker der Hühner.

»Nehmet auf euch mein Joch und lernet von mir; denn

ich bin sanftmütig und von Herzen demütig; so werdet ihr Ruhe finden für eure Seelen.«
Zusammen mit den anderen sangen auch Suguro und seine Frau: »So werdet ihr Ruhe finden für eure Seelen.« Aber sofort danach kamen Suguro wieder die Eingangsverse der ›Göttlichen Komödie‹ in den Sinn: ›Inmitten auf der Fahrt durch unser Leben – fand ich mich verirrt im finstern Wald – weil mir der rechte Weg verlorenging‹
»Selig sind die Sanftmütigen«, ertönte unmelodiös wie Hühnergegacker die Stimme des alten ausländischen Pfarrers.
»Selig sind die Sanftmütigen«, wiederholten die Gläubigen im Chor, in den sich Geschneuze und Babygeschrei mischten.
»Selig sind, die da Leid tragen; denn sie sollen getröstet werden.«
»Selig sind, die da Leid tragen; denn sie sollen getröstet werden.«
Nach der Messe stiegen Suguro und seine Frau, umringt von den Dorfkindern, wieder in das Auto, das sie stundenweise gemietet hatten. Der betagte Pfarrer klopfte mit dem Finger an die Scheibe. »Kommen Sie doch mal wieder vorbei«, sagte er.
Der Wagen fuhr am freundlichen, sanft schimmernden Meer entlang. Suguros Frau seufzte. »Ein herrliches Leben muß das hier sein, meinst du nicht?«
»Hm.«
Fand ich mich verirrt im finstern Wald – weil mir der rechte Weg verlorenging... Er blickte sich um und sah die Kirche mit dem mächtigen Kampferbaum davor allmählich immer kleiner werden. Wie alt mag der Pfarrer sein? fragte sich Suguro. Fünf, sechs Jahre mehr als meine fünfundsechzig wird er wohl haben. Und wie viele werden ihm noch bleiben? Wenn er stirbt, ob man ihn dann unter jenem gewaltigen Kampferbaum begräbt, so daß er auch im Tode noch über

das Meer blicken, die kleinen Frechdachse umherlaufen sehen und das Gegacker der Hühner hören kann? Dort gab es nicht einmal die Spur von der Welt einer Madame Naruse und einer Motoko Itoi...

Ihre Reise hatte nur drei Tage gedauert, und trotzdem war es Suguro, als wäre er eine Ewigkeit von seinem Arbeitsplatz fort gewesen. Kaum hatte er nach ihrer Ankunft auf dem Flugplatz Haneda den dunkelgrauen Abendhimmel und den aus den Schloten der Fabriken aufsteigenden Rauch gesehen, da wußte er, daß die vom Menschen beschmutzten Regionen ihn jetzt wiederhatten.

Auf seinem Schreibtisch häufte sich die Post zu einem kleinen Berg.

Er zog sich erst einmal um, und als er dann mit einer Schere Briefumschlag für Briefumschlag aufschnitt, sah ihm seine Frau verstohlen lächelnd zu.

»Danke für die Reise!«

»Es war schön, nicht wahr?«

»Ja, sehr! Ich werd gleich unserm Sohn schreiben.«

»Laß uns von nun an wenigstens einmal im Jahr so eine Reise machen«, sagte er, worauf das Lächeln um ihren Mund wie ein Sonnenstrahl aufleuchtete.

Nachdem er die Briefe geordnet und die eingegangenen Zeitschriften und Bücher sortiert hatte, blätterte er die Zeitungen durch. In den drei Tagen schien es in Japan friedlich zugegangen zu sein; weder auf den ersten noch auf den anderen Seiten war von großen Geschehnissen die Rede. Suguro las den monatlichen Kulturspiegel und überflog die Spalte mit den Buchkritiken. Dann wollte er sich für die ihm übersandten Bücher bedanken. Er wandte sich deshalb an seine Frau: »Würdest du mir bitte mal die Graphikpostkarten geben, die wir in Kyushu gekauft haben? Ich möchte auch denen, die sich um uns gekümmert haben, ein paar Zeilen schreiben.«

Über die Schultern seiner Frau hinweg, die eine Persimone schälte, wobei sie hin und wieder einen Blick auf den Fernseher warf, sah Suguro blaß den Bildschirm schimmern. Der Sprecher, ein Mann in mittleren Jahren mit kantigem Gesicht, verlas gerade die Nachrichten des Nachmittags.

»Im Bezirk Shinjuku wurde eine junge Frau aufgefunden, die Selbstmord begangen hat... Als der Hausmeister, Herr Shimizu, die Tür zu ihrem Appartement öffnete...«

»Du meinst die Karten, die wir im Hotel gekauft haben...?«

»Nein, die aus dem Souvenirladen in der – ja, wie hieß doch gleich die Straße? War es nicht die Kupfergasse?«

»Bei der jungen Frau handelt es sich um eine Malerin namens Motoko Itoi... Sie hat sich mit einer Schnur an einem Tischbein selbst erdrosselt. Auf einem Skizzenblock fand man Worte, die als letztwillige Verfügung angesehen werden können. Wie die Polizei mitteilt...«

»Möchtest du eine Persimone?«

Suguro stand auf und ging hinaus auf den Korridor. Was Frau Naruse in ihrem Brief geschrieben hatte, waren also weder Unwahrheiten noch Übertreibungen gewesen!

»Was ist denn?«

Als er die erschrockene Stimme seiner Frau hinter sich hörte, fing er sich wieder. Er sah sie, die ihn mit großen Augen anblickte, mit einer Miene an, als sei nichts gewesen. Das zwischen den Ästen des Kampferbaums hervorschimmernde Meer – wenn seine Frau nur diese Welt kannte, dann reichte es.

»Ich geh noch Briefumschläge kaufen«, log Suguro. »Bloß eine Karte, das wär unhöflich.«

Er trat aus dem Haus und ging in eine Telefonzelle. Er wußte nicht, ob sie im Krankenhaus sein würde, aber

er hatte das Gefühl, sie anrufen zu müssen. Als er mit dem Schwesternzimmer der Kinderabteilung verbunden war, sagte man ihm, daß Frau Naruse heute nicht da sei.
»Aber morgen vormittag kommt sie, weil ein Junge, um den sie sich kümmert, operiert wird«, erklärte freundlich die Krankenschwester, deren Stimme klang, als sei sie noch ein Schulmädchen.

Als Suguro am nächsten Tag gegen elf in der Etage, wo sich die Operationssäle befanden, aus dem Fahrstuhl stieg, hockten auf den Stühlen an der Wand dicht nebeneinander zwei wie betagte Nonnen aussehende Frauen. Die eine war die Mutter des Jungen, der operiert wurde, die andere Frau Naruse, die aber mit einem so müden Gesicht dreinschaute, daß sie ihm völlig fremd vorkam.
»Was führt Sie denn hierher ...?« Kaum hatte sie ihn gesehen, war sie auf ihn zugeeilt.
»Hat die Operation schon begonnen?«
»Ja, vor ungefähr drei Stunden. Der Professor von der Herzchirurgie der Keio-Universität operiert selber, deshalb bin ich fest davon überzeugt, daß alles gutgeht, nur daß es so still ist, macht mich irgendwie unruhig ...«
»Ist es eine schwierige Operation?«
»Der Junge hat einen Knoten an einer Ader nahe dem Herzen. Operationen in diesem Bereich sind sehr heikel und immer mit Gefahr verbunden, sagen die Ärzte. Und wenn ich mir die Schmerzen vorstelle ...«
Sie schloß die Augen. Und kaum hatte sie das getan, erschienen auf ihren Lidern deutlich Schatten des Alters, die ihm zuvor noch nie aufgefallen waren. Ganz überrascht, als würde es ihm jetzt zum erstenmal bewußt, sagte er sich: Die Jüngste ist sie nicht mehr.
»Ich habe auch eine großer Operation hinter mir. Man merkt dabei überhaupt nichts. Sechs Stunden hat meine

Operation gedauert, aber mir war, als hätt' ich nur fünf Minuten geschlafen.«

»Ja, der Verstand sagt mir zwar, daß man keine Schmerzen empfindet, wenn man in der Narkose liegt, und trotzdem ... Wenn ich mir vorstelle, wie das Skalpell in den kleinen Körper eindringt und das Blut fließt, nachdem man ihm die Brust geöffnet hat ...«

Wieder schloß sie die Augen, als wäre sie am Ende ihrer Kräfte. Ihre Lippen bewegten sich leicht wie die einer Nonne bei einer stillen Andacht.

»Beten sie etwa?« fragte Suguro erstaunt.

»Ja, ich kann nicht anders! Das ist dumm von mir, nicht wahr? Wo es nicht mal mein eigenes Kind ist.« Und dann sagte sie, als fiele es ihr jetzt erst auf: »Woher wissen Sie eigentlich, daß ich heute hier bin?«

»Ich habe gestern im Schwesternzimmer angerufen.«

»Aha ...«

Suguro hätte beinahe angefangen, von Motokos Tod zu reden, besann sich aber im letzten Moment. Denn die Frau, die er jetzt vor sich sah, das war nicht die, mit der er sich in dem chinesischen Restaurant unterhalten hatte. Als Sozialhelferin war sie plötzlich ein ganz anderer Mensch, ein weibliches Wesen, dessen Mutterliebe sich über ein schwaches Kind ergoß.

Er setzte sich neben die beiden Frauen. Die Mutter des Jungen sagte nicht ein einziges Wort. Was interessierte sie schon Suguro? Ihre ganze Aufmerksamkeit galt dem Operationssaal. Über dessen Tür leuchtete gleichsam als einziges Lebenszeichen in diesem ansonsten von tiefem Schweigen erfüllten Korridor eine rote Lampe.

Sowohl die Mutter des Jungen als auch Frau Naruse hielten die Augen geschlossen. Die Lippen der Frau Naruse bewegten sich pausenlos, ohne daß die Worte ihres Gebets zu verstehen waren. Diese Frau hatte das Bild von Kindern, die zusammen mit ihren Müttern in den Hütten verbrannten, in die sie eingepfercht wor-

den waren, zu einem Stimulus in ihrem Eheleben gemacht. Zu wem mochte sie da jetzt beten? Suguro starrte in ihr Gesicht und hatte dabei das Gefühl, als würde ihm schwindlig.
»Es wird Zeit für mich«, sagte er und stand leise auf, woraufhin Frau Naruse zwar die Augen aufschlug, aber nur leicht nickte.

Es war schon dunkel, bevor es richtig Abend wurde. Vielleicht lag es am Smog und am Nebel. Solche Abende sind auch in den Gassen des Kabuki-Viertels trübe und einsam. Von irgendwoher hallt nur der einsame Ruf eines Händlers herüber, der frisch geröstete Süßkartoffeln feilbietet. Die Leuchtreklame verschwimmt vor ihren Augen, und sie spürt, wie die Decke auf ihren Knien immer feuchter wird. Hina Ishiguro blickt zu Boden und verschiebt den kleinen Taschenwärmer unter ihren weiten Hosen ein wenig. In dem Moment bleibt jemand vor ihr stehen.
»Was soll's sein? Bleistiftzeichnung oder Aquarell?« fragt sie mit müder Stimme und schaut auf den Saum eines Regenmantels und auf die Spitzen abgetragener Schuhe.
»Hat sich Suguro auch hier malen lassen?
Als sie das Gesicht hob, sah sie den Reporter, dem sie damals bei der Party, auf der man sie hinausgeworfen hatte, begegnet war. Er hat die Hände in den Taschen vergraben und blickt ein wenig verächtlich auf sie herab.
»Was soll diese Frage?«
»Nun sei nicht gleich wieder so grantig! Ich bin nicht beim Recherchieren! Keine Angst!«
»Also, bitte bauen Sie sich nicht hier vor mir auf, wenn Sie nicht gemalt werden wollen. Ich lebe schließlich davon.«
»Na, schön! Dann möcht' ich eine Bleistiftzeichnung.«
Schweigend ließ Hina den Bleistift über das Zeichenpapier gleiten. Kobari blickte auf sie hinab.

»Hör mir mal einen Moment zu, ohne böse zu werden. Ich glaub dir jetzt, daß du Suguro hier in Shinjuku begegnet bist. Wirklich.«
»Halten Sie Ihren Kopf still! Sonst sind Sie schwer zu zeichnen.«
»Nachdem ich die Sache von dir gehört hatte, hab ich ein paar Nachforschungen über ihn angestellt. Und dabei ist mir einiges klargeworden.«
»Das interessiert mich alles nicht.«
»Na, schön. Aber sag mir wenigstens noch zwei Dinge. Erstens, was für Beziehungen bestanden zwischen Motoko Itoi und Suguro? Und zweitens, da ist doch eine ältere Frau, die ein enges Verhältnis zu Motoko hatte. Ist das eine Bekannte von Suguro?
Die Finger, die den Bleistift hielten, rührten sich nicht länger, und Hina verharrte in hartnäckigem Schweigen, obwohl Kobari eine Frage nach der anderen stellte. So blieb ihm am Ende nichts anderes, als einen Blick auf sein halbfertiges Porträt zu werfen. Und das, was er sah, berührte ihn sichtlich unangenehm.
»Das ist ja fürchterlich.«
»Wieso?«
»Diese Bosheit, die aus dem Bild spricht. So häßlich bin ich doch nun wirklich nicht.«
Als Hina sein beleidigtes Gesicht sah, lächelte sie.
»Wenn Sie bloß Ihr Äußeres abgebildet haben wollen, dann müssen Sie zu einem anderen Straßenmaler gehn. Denn für uns ist ein Porträt etwas, das das Wesen des Betreffenden darstellt.«
»Dann ist das mein Wesen? Also mein wahres Gesicht?«
»Ja, nur will das keiner akzeptieren, weil er die gesellschaftliche Maske, die er stolz zur Schau trägt, für sein wahres Gesicht hält.«
Als sie die Decke von ihren Knien nahm und aufstand, rutschte der kleine metallene Taschenwärmer, der auf ihren Knien gelegen hatte, zu Boden.

»Aber das hier, das geht zu weit! Doch wo du das sagst, da fällt mir ein, daß ihr in eurer Ausstellung auch ein Porträt von Suguro hattet. Meiner Meinung nach war das gut getroffen. Er hat so was Unangenehmes und Düsteres in seinem Gesicht. Und das ist richtig herausgekommen.«

»Sie waren in unserer Ausstellung?« Zum erstenmal sah sie Kobari mit gelöster Miene an.

»Ja«, er nickte. »Aber du warst nicht da ... Dabei sah ich dann auch, wie sich in dem Café neben der Galerie Suguro mit der älteren Frau unterhielt. Ich meine die, die ein enges Verhältnis zu Motoko hatte ... Doch Motoko ist ja nun tot.«

»Woher wissen Sie das?«

»Daß Motoko tot ist? Na, das stand doch in der Zeitung.«

»Motoko ist zu beneiden, weil sie so gestorben ist, wie sie hat sterben wollen. Und wieso wissen Sie das mit Madame N.?«

Am besten, ich gestehe ihr alles offen und ehrlich, sagte sich Kobari.

Nachdem Hina sich alles angehört hatte, blickte sie nicht gerade zufrieden drein. »Warum hassen Sie Suguro?«

»Ja, warum eigentlich? Ich weiß es selber nicht so genau«, antwortete Kobari in einem gespielt scherzhaften Ton. »Für mich ist Suguro zuerst und vor allem eine Miniaturausgabe all dieser japanischen Pseudoliteraten. Irgendwie fehlt einem das Vertrauen zu den heutigen Künstlern. Sie mögen noch so gewichtig daherreden, trotzdem wird unsereins den Zweifel nie ganz los, ob diese Leute nicht alle nur Falschmünzer sind. Vielleicht kann ich aus diesem Grund Suguro nicht leiden.«

»Und wer sagt mir, daß nicht auch Sie von derselben Sorte sind«, spottete Hina. »Am Ende sind Sie doch alle gleich. Irgenwo finden selbst Sie sich in Suguro wieder und hassen ihn dafür.«

»Du bist ganz schön boshaft.« Kobari lachte gezwungen. »Vielleicht hast du recht. Aber trotzdem ist da ein Unterschied zwischen ihm und mir. Ich bin ein armer kleiner Wicht, doch er hat eine große Leserschaft, und das bringt ihm Zufriedenheit. Er wird als einer der führenden Schriftsteller verehrt und redet mit einem Anschein von Redlichkeit über scheinbar redliche Dinge.«

»Sie sind eifersüchtig auf ihn.«

»Natürlich bin ich das. Aber dadurch, daß er Christ ist, unterscheidet er sich von anderen Schriftsellern. Ich kenne jemanden, der ist tatsächlich wegen dem, was Suguro geschrieben hat, Christ geworden. Das zeigt doch, wie geschickt der ist.«

»Ja, und ...?«

»Gerade deshalb halte ich es für die Pflicht eines Journalisten, aufzuzeigen, daß solch ein Mann in einer Welt lebt, die im Gegensatz zu dem steht, was er schreibt und sagt.«

»Sie halten sich für einen wahren Freund der Gerechtigkeit! Stimmt's? Und wie die Journalisten heutzutage nun mal sind, besteht ihre Gerechtigkeit darin, daß sie sich selber für unfehlbar halten, während sie über andere zu Gericht sitzen.«

Kobari ignorierte ihren Sarkasmus. »In der Ausstellung gab es doch ein großes Bild mit dem Titel ›Häßliche Welt‹. Darauf waren viele nackte Männer und Frauen zusammen mit Schlangen, Kröten, Gottesanbeterinnen und was weiß ich noch alles dargestellt ... Das hat mich sehr beeindruckt.«

»Wirklich ...? Das Bild hab ich gemalt«, sagte Hina freudestrahlend, und plötzlich lag in diesem strahlenden Gesicht auch ein Ausdruck kindlicher Unschuld. »Ästhetik des Häßlichen – verstehen Sie? Wir betonen die Ästhetik des Häßlichen. Die Maler der orthodoxen Schule teilen diese Welt in Schönes und Häßliches. Und so gibt es denn für sie die schönen Dinge, die sie zum Gegenstand ihrer Bilder wählen, und das Häßliche, das sie nicht zum Gegenstand machen. Für uns aber besitzt selbst das Häßlichste noch Schönheit. Und um diese Schönheit zu entdecken, dafür sind nach unserer Meinung Bilder da. Verstehn Sie?«

»Darüber habt ihr doch auch mit Suguro in Shinjuku gesprochen. Aber Suguros Porträt kann man sehen, wie man will – mit Schönheit ist da wirklich nichts. Allerdings die innere Seite seiner Doppelpersönlichkeit, die kam gut heraus.«

»Das Porträt meinen Sie? Das stammt nicht von mir, damit Sie's wissen. Motoko hat es gemalt«, sagte Hina spitz.

Aber Kobari fuhr unbekümmert fort: »Das ist das typische Gesicht eines Schizophrenen. Irgendwo hab ich gelesen, daß bei einem Schizophrenen Stellung und Form des linken und rechten Auges verschieden sein sollen. In ihm steckt noch eine zweite Persönlichkeit, von der er selber vielleicht nicht mal was ahnt. Vor einiger Zeit gab's mal was im Fernsehen darüber. Kennst du das Stück?«

»Nein!« Weil er von der Ästhetik des Häßlichen offenbar nichts begriffen hatte, brachte Hina lustlos ein paar letzte Korrekturen an Kobaris Porträt an. »Daß auch Ihr Gesicht was Widerliches hat, kann man nicht bestreiten.«

»Um von dem Fernsehstück zu reden: Eine noble Dame suchte einen Psychiater auf. Sie klagte über Kopfschmerzen und Unwohlsein. Im Verlaufe der Konsultationen, die sich über längere Zeit hinzogen, verwandelte sich eines Tages die Frau vor den Augen des Arztes, ohne daß sich vorher etwas Derartiges angekündigt hätte, plötzlich in eine völlig andere Person – natürlich nicht von ihrem Äußeren her. Aber diese ruhige vornehme Dame blickte auf einmal flatterhaft, lüstern und ganz gemein drein, lachte mit lauter Stimme und war überhaupt nicht wiederzuerkennen. Der

Arzt war entsetzt, aber es dauerte nicht lange, und die Frau verwandelte sich, wie aus einem Traum erwacht, wieder zurück und hatte nicht die geringste Erinnerung daran, daß sie eine ganz andere gewesen war.«
Hina hörte aufmerksam zu, und in ihren Augen flakkerte zum erstenmal Neugier auf. »Ja, und weiter?«
»In dieser Frau steckte noch eine zweite Persönlichkeit. Von völlig anderem Charakter. Und das macht eben die Schizophrenie aus.«
»Ich verstehe. Ja, ich – kann mir das gut vorstellen.«
»Gehn wir zusammen was trinken?«
»Wo?«
»In der Goldenen Gasse.«
»Sie wollen mich doch bloß aushorchen! Aber damit ist nichts. Ich geh nach Hause.«
»Warum?«
»Weil ich Journalisten nicht ausstehen kann.«
»Danke für das Kompliment!«
Kobari sah ein, daß von dieser Frau kaum etwas zu erfahren sein würde.
»Ich kriege zweitausend Yen.«
Er schnalzte mit der Zunge, als er ihr die zwei Scheine gab, rollte das Bild zusammen, steckte es in die Tasche und ging.
Ein Glas Gin mit einer Zitronenscheibe darin vor sich, hockte Kobari in der Goldenen Gasse in einer Bar und sann über Hinas Worte nach. Was er bisher in Erfahrung gebracht hatte, reichte, um einen Artikel zu schreiben. Ihm fiel der Reporter ein, der einen japanischen Ministerpräsidenten aus dem Sessel gehoben hatte, und er sagte sich, daß die Bombe, an der er selber bastelte, zwar nicht eine so große Sprengkraft haben würde, aber immerhin doch so viel, um die literarische Welt und die Leser aufzuschrecken. Das wäre der Schlüssel, um den Namen Kobari in journalistischen Kreisen bekannt zu machen. Dann bekäme er einen Auftrag nach dem anderen und würde endlich das Geld

haben, um mit der Frau, mit der er jetzt zusammenlebte, Schluß machen zu können. Er ließ seiner Phantasie freien Lauf, und je betrunkener er wurde, desto glücklicher fühlte er sich.

In seinem Glücksgefühl winkte er ein Taxi heran.
»Nach Nakano!« sagte er, korrigierte sich aber sogleich: »Nein, fahren Sie bitte nach Yoyogi.«
Er glaubte nicht, daß er Suguro antreffen würde, wenn er heute abend jenes Hotel aufsuchte, aber vielleicht bekäme er von einem der Angestellten etwas über die Party heraus.
»So einen Nebel hatten wir lange nicht«, sagte der Fahrer besorgt und drosselte die Geschwindigkeit. »Ich kann nur durch breite Straßen fahren. In schmalen Gassen sieht man nicht mal mehr die Hand vor den Augen, fürchte ich.«
»Ist gut.«
Vor dem Hotel stieg er aus und stapfte über die Straße, als müsste er sich durch den Nebel, der ihn umfing, mühsam hindurchzwängen. Mit der ihm eigenen Forschheit betrat er den im milchigen Dunst nur verschwommen schimmernden Eingang. Am Empfang saß ein bebrillter junger Mann in schwarzem Anzug vor einer Schreibmaschine und hackte nervös darauf herum.
»Es geht nicht um eine Übernachtung. Ich nehme an, Sie haben hier einen Gast namens Suguro«, log Kobari, woraufhin der junge Mann wenigstens so tat, als würde er die Gästeliste durchsehen.
»Bedaure! Ein Herr Suguro wohnt nicht bei uns.«
»Komisch! Ich bin extra gekommen, weil hier heute abend eine Party sein soll.«
»Wessen Party, bitte?« fragte der Hotelangestellte mit todernstem Gesicht. Er war offenbar auf Fragen dieser Art gedrillt.
»Na, eben die von Herrn Suguro ...«

»Davon weiß ich nichts.« Der junge Mann musterte Kobari mit scharfem Blick. »Entschuldigen Sie, aber bei uns haben nur eingeschriebene Mitglieder Zutritt.«
»Das heißt, hier findet heute keine Party statt?«
»Ich habe nichts dergleichen gehört.«
»Gibt's hier manchmal Partys nur für Mitglieder?«
»Das kann ich Ihnen nicht sagen.«
Mit einem verächtlichen Lächeln, als hätte er den anderen zum Narren gehalten, entfernte sich Kobari. Während er betont gemächlich hinausging, ließ er seine Blicke durch die nicht sehr große Empfangshalle und durch die Bar an der Rückseite schweifen. In dem Moment, da er von der Auffahrt auf die Straße hinaustrat, stoppte ein Taxi neben dem Hotel. Der Mann, der daraus ausstieg, wirkte im Nebel wie ein Schattenbild, das sich im Zeitlupentempo bewegt. Der Schatten kam auf Kobari zu und ging an ihm vorüber.
Kobari war es, als träfe ihn ein heftiger Schlag.
Der Mann war Suguro! Aber es war nicht der Suguro, der auf dem Empfang zur Preisverleihung, bei Vorträgen und im Fernsehen irgendwie doch immer von geistigen Dingen redete, sondern der Suguro, den Motoko Itoi gemalt hatte. Dem Gesicht, das von seiner Umgebung nichts wahrnahm, haftete der häßliche Ausdruck von Hochmut und Tücke an. Er ging geradewegs auf das Hotel zu, doch plötzlich schien er sich, wer weiß warum, eines anderen besonnen zu haben, denn er lenkte nun seine Schritte auf die breite Straße in Richtung Shinjuku.
Er hatte was gemerkt und war nun auf der Hut!
Kobari wußte sich vor Wonne kaum zu fassen: Endlich hatte er ihn in seiner wahren Gestalt erwischt! Wie einem Jäger, der seine Beute in der Falle sieht, klopfte ihm das Herz vor Freude bis zum Halse, und er dankte dem dichten Nebel, denn er würde Suguro nun unbemerkt auf den Fersen bleiben können.
Kobaris Rechnung ging allerdings nicht auf. Der ande-

re hatte ihn zwar nicht bemerkt, aber wegen des Nebels konnte er ihn seinerseits leicht aus den Augen verlieren. Er beschleunigte deshalb ein wenig seine Schritte, obwohl er wußte, daß er Verdacht erregen würde, wenn er sich ihm zu sehr näherte. Der Schatten vor ihm lief eine Weile die breite Straße hinunter, um plötzlich nach rechts in eine Seitengasse zu entfliehen. Kobari bog ebenfalls dort ein, doch die Gestalt war, als hätte sie sich in Luft aufgelöst, wie vom Erdboden verschwunden. Bestürzt rannte Kobari, alle Vorsicht vergessend, die ansteigende Gasse hinauf und hielt nach allen Seiten Ausschau, aber es war nicht das geringste zu sehen und zu hören. Wo war er geblieben, wo hatte er sich verborgen?

Bis hinauf zur Kuppe des Hügels umhüllte der Nebel die Häuser zu beiden Seiten der Gasse und machte die Lichtmasten ebenso unangenehm feucht wie die Kleidung. Die Unruhe, sich vielleicht bloß verguckt zu haben, als ihm die schattengleiche Gestalt plötzlich aus den Augen geriet, trieb Kobari umher. Er bahnte sich seinen Weg durch den Nebel wieder hügelabwärts zur Hauptstraße, blickte durch den mal dickeren, mal dünneren milchigen Strom in die Hauseingänge und spähte sogar hinter die Laternenpfähle.

Dabei war ihm, als ertönten in seinem Rücken Laute, und sie klangen zu seiner Verwirrung wie spöttisches Lachen. Er blickte sich um und sah auf halber Höhe des Hügels einen Schatten auf sich zukommen. Der Mann lachte. Es war ein finsteres Lachen, das sich in ein langgezogenes Schluchzen verwandelte. Der Mann begann hinkend den Hügel hinaufzusteigen und tauchte im Nebel unter.

Das Telefon läutete hartnäckig.

Suguro schloß die Tür auf, betrat sein Atelier und erstarrte, als er das Klingeln des Telefons hörte. Der dichte Nebel und der Smog hatten auf seinem abendlichen Ausflug seine Jacke durchfeuchtet, aber er machte keine Anstalten, sie auszuziehen.

Allein das Klingeln des Telefons verriet ihm, wer da anrief, und er wußte auch genau, nähme er den Hörer ab, würde der andere sich in Schweigen hüllen.
Das Telefon läutet hartnäckig wieder und wieder und hört nicht auf!
Aus irgendeinem Grund, der ihm selber verborgen blieb, kamen ihm in dem Moment Worte aus Shakespeares ›King Lear‹, den er kürzlich wieder einmal gelesen hatte, in den Sinn:

Spottet meiner nicht! –
Ich bin ein schwacher, kind'scher, alter Mann,
Achtzig und drüber: keine Stunde mehr
Noch weniger; und grad heraus,
Ich fürchte fast, ich bin nicht recht bei Sinnen.

»Spottet meiner nicht!« flehte er den Anrufer an. Das Läuten verstummte.
Suguro holte tief Luft, während er sein nasses Jackett auszog. Er fühlte sich wie ausgelaugt. Er hatte seiner Frau gesagt, er würde heute hier übernachten, und da er also nicht nach Hause in den Vorort zurückzukehren brauchte, ließ er sich, wie er war, auf dem Sofa nieder und schloß die Augen, als wolle er die Tiefe der eigenen Müdigkeit ausloten. Er war sich sehr wohl darüber im klaren, wie rasch er seit der Preisverleihung zu Beginn dieses Winters gealtert war. Und er spürte auch mit aller Deutlichkeit, daß Vergreisung und Tod allmählich immer näher rückten.
Weil er sich so furchtbar matt fühlte, legte er sich die Hand auf die Stirn. Sie war ganz heiß. Das Herumlaufen im Nebel war seinem Körper vielleicht doch nicht zuträglich gewesen, denn immerhin hatte er eine Lungenoperation hinter sich, wenn sie auch schon viele Jahre zurücklag. Selbst ins Bett zu gehen war ihm jetzt schon zuviel. So streckte er sich auf dem Sofa aus, schloß die Augen und schlief ein.
Er hatte einen Traum.

Allein läuft er durch den Nebel. Warum er an diesem Abend bei dem Wetter hinausgegangen war, weiß er beim besten Willen nicht. Er erinnert sich, daß er während seines winterlichen Studienaufenthaltes in Lyon öfter durch Nebel geirrt ist. Auf dem Heimweg vom Theater oder Kino hat er sich, noch innerlich erregt vom Gesehenen, oft genug buchstäblich einen Weg durch den Nebel bahnen müssen. Aber damals war er noch jung und voller Hoffnungen, und das gab ihm die feste Überzeugung, sich diesen Weg auch bahnen zu können. Doch jetzt, da er sich durch den für Tokyo ungewöhnlich dichten Nebel gleichsam hangelt, weiß er nicht einmal, wohin ihn seine Schritte führen. Die Angst, die Richtung verloren zu haben und nicht mehr heimzufinden, raubt ihm den Atem.
Während ihn die Angst quält, hört er hinter sich Schritte, die immer näher kommen. Jemand verfolgt ihn! Ist es der Arzt, der ihm auf dem quietschenden Stuhl immer die Untersuchungsergebnisse mitteilt, oder ist es etwa dieser Schreiberling? Der eine versetzt ihn wegen seiner Gesundheit immerzu in Furcht, der andere bedrängt seine Seele. Aber wer von beiden es auch sein mag, die Schritte verfolgen ihn weiter mit unerbittlicher Hartnäckigkeit.
Geht er schneller, beschleunigt auch der andere seinen Schritt. Er weiß, ein Stückchen weiter biegt eine Straße ab. So nutzt er die Undurchdringlichkeit des Nebels, wendet sich plötzlich nach rechts, eilt die ansteigende Gasse hinauf und sucht im Torweg eines Hauses Schutz. Unten hört er eilige Schritte. Vor dem Torweg, in dem er sich verbirgt, bleibt der andere stehen. Er spürt förmlich, wie sein Verfolger nach ihm späht. Hat der andere sein Atmen bemerkt? Will er ihn in eine Falle locken?
»Du hast Leberkrebs. Wohin du auch entfliehen möchtest, in deinem Zustand kommst du nicht mehr

weit. Du kannst sicher sein, ich entlarve noch dein wahres Gesicht!« ruft der andere wütend, aber schließlich gibt er auf und geht davon.

Ihm schaudert, und er spürt, wie ihm der Schweiß den Rücken herunterrinnt. »Spottet meiner nicht!« sagte er wie im Gebet, den Blick hügelaufwärts gerichtet. Der Gipfel des Lebens liegt längst hinter ihm. Nein, in noch tieferer Finsternis möchte er nicht sterben! Er wünscht sich ein sinnvolles Ende in seelischem Gleichgewicht.

Jetzt merkt er, daß der Nebel sich allmählich aufhellt. Aber nicht, daß die Laternen zu beiden Seiten der Gasse beginnen, den Nebel zu durchdringen – nein, vielmehr leuchtet irgendwo oben auf dem Hügel ein Licht auf, das gleichsam als Antwort auf sein Flehen Helligkeit verbreitet, die Nebelschwaden durchbricht und sich gebündelt auf ihn richtet. Er spürt darin deutlich die Absicht, dieses Licht will ihn umfassen, aber er spürt auch, daß seltsamerweise in dieser Absicht nichts Böses oder Übelwollendes liegt. In dem Augenblick, da ihn dieses weiche Licht umfängt und bis in die letzten Fasern seines Körpers dringt, überkommt alle seine Sinne eine unsägliche innere Ruhe, eine Ruhe, die viel tiefer ist als jene, die in ihn einkehrt, wenn er still für sich allein am Schreibtisch in seinem kleinen Arbeitszimmer sitzt. Er fühlt sich an nichts mehr gebunden. Alles, was ihm bisher auf der Seele lastete, ist wie verflogen. Losgelöst, in einem weiten freien Gefilde, schöpft er Atem in vollen Zügen und nach Herzenslust. Ah, das ist der Tod! Aber daß der Tod dergestalt ist, erfüllt ihn mit riesiger Freude. Er ist überrascht, daß das, wovor er sich so lange fürchtete, ein so ganz anderes Gesicht hat. Das Licht, das ihn umfängt, als wolle es ihn in den Armen bergen, hat nichts Bedrohliches und Strafendes. Es ist die Sanftmütigkeit selber. »Nimm mich zu dir, denn mein Herz ist voller Demut« – das war die Stimme des alten Priesters und zugleich die eines anderen.

Er erwachte. Es war mitten in der Nacht. Hinter seinen Lidern leuchtete wie ein Nachglanz weiter deutlich das Licht, das ihm im Traum erschienen war. Einen solchen Traum hatte er bisher noch nie gehabt. Was hat das zu bedeuten, fragte er sich, während er sich vom Sofa erhob. Es war kalt, denn er hatte die Heizung nicht eingeschaltet. Er ging hinüber ins Schlafzimmer und kroch, so wie er war, ins Bett, ohne sich erst den Pyjama anzuziehen, den seine Frau bereitgelegt hatte.

Älter werden heißt, daß der Tod näher rückt. Zweifellos hatte er auch deshalb den Traum gehabt. Und daß ihn jemand im Nebel verfolgt hatte, war doch wohl ein Ausdruck der Angst vor dem nahenden Tod. Aber das Licht? Entsprang dies vielleicht der Wunschvorstellung, daß es dereinst wirklich so sein möge?

Er hatte sich fest in die Decke eingewickelt, und trotzdem zog ihm vom Rücken her eine unsägliche, scheußliche Kälte durch Mark und Bein. Es gab keinen Zweifel, irgend etwas war mit ihm geschehen seit der Preisverleihung zu Beginn dieses Winters: Da ist eine Hand, die mich schüttelt und aus jener Welt herausreißen möchte, die ich mir in all den Jahren aufgebaut habe und an der ich mit allen Fasern meines Herzens hänge. Diese Hand will mich aus meiner Welt herauszerren und mich in jene Welt hineinstoßen, die selbst meine schlimmsten Vorstellungen übersteigt. Diese Hand will mich in die Welt jener Frau führen, in deren Haar Wachs haftet und in deren halbgeöffnetem Mund sich die Zunge wie eine Raupe bewegt.

Aber was hatte das eigentlich auf sich mit dieser Hand und mit dieser anderen Welt? Beim Schreiben seiner Bücher war Suguro zu der Überzeugung gelangt, daß es im menschlichen Leben nichts gibt, was nicht seine Bedeutung hat. Und wenn das stimmte, was hatte dann dies alles für eine Bedeutung? Wohin brachte es ihn? Als irrte er durch dichten Nebel, wußte er jetzt

nicht mehr, in welche Richtung er vorangehen oder auf welchem Weg er zurückkehren sollte.
Während ihn innerlich weiter fror, schloß er fest die Augen und versuchte zu schlafen. Er wünschte sich nichts sehnlicher, als noch einmal in so einem Glücksgefühl zu versinken wie in dem Augenblick, da ihn im Traum das Licht umfangen hatte. Im Halbschlaf wurde ihm bewußt, daß er als Schriftsteller über viele Jahre hinweg, gestützt auf seinen Verstand und seine Ideen, das Leben gemeistert hatte, aber daß jetzt plötzlich etwas aufgetaucht war und sich vor ihm auftürmte, mit dem er nicht mehr fertig wurde. Doch was dieses Etwas war, wußte er nicht...
Als er aufwachte, fühlte er sich fiebrig. Sein Mund war klebrig und taub. Es fehlte ihm auch an der Kraft und dem Willen aufzustehen. Mit den Kopfschmerzen, die ihn plagten, fand er sich ab und blieb den ganzen Vormittag über reglos im Bett liegen.
Nachmittags gegen drei klingelte es an der Wohnungstür. Als er sich nicht darum scherte, drehte sich ein Weilchen später der Schlüssel in der Tür, und Suguro hörte den Hausmeister sagen: »Ist keiner zu Hause?«
»Doch, doch«, antwortete Suguro, unterdrückte seine Kopfschnmerzen und richtete sich halb auf. »Ich bin da.«
»Na, ein Glück! Denn Mitsu ist gekommen.«
»Mitsu?«
»Na, das Mädchen, das früher mal eine Weile bei Ihnen saubergemacht hat.«
»Lassen Sie sie bitte rein«, sagte er, ließ sich wieder in die Kissen zurückfallen und schloß die Augen. Trotzdem tanzten in seinem Kopf Kreise wie ein Strudel.
Die Tür zum Schlafzimmer öffnete sich ein wenig, und mit verschnupft klingender Stimme sagte Mitsu: »Herr Suguro...«

»Ich fühl mich so schlapp. Gestern abend bin ich im Nebel herumgelaufen und habe mich dabei anscheinend erkältet.«
»Kann ich was für Sie tun?«
Sie sammelte seine Sachen zusammen, die er achtlos auf den Fußboden geworfen hatte, und legte ihre Hand auf seine Stirn.
»Sie haben Fieber! Ich werd Ihre Frau anrufen.«
»Nein, das brauchst du nicht. Ich bleib heute im Bett, dann wird das Fieber schon zurückgehen.«
»Ich bin eigentlich hergekommen, um Ihnen das Geld zurückzubringen.«
»Was für Geld?«
Mitsu kam ihm heute noch erwachsener vor als sonst, und ihre Anwesenheit stimmte ihn melancholisch, denn in seinem Zustand körperlichen und seelischen Zerfalls empfand er die sich mehr und mehr entfaltende Lebenskraft Mitsus geradezu als bedrückend.
»Das ich mir hier geborgt habe...«
Suguro erinnerte sich an das Gespräch mit seiner Frau.
»Ach so, das Geld meinst du.« Er unterdrückte die vom Fieber herrührenden Kopfschmerzen und zog die Bettdecke hoch. »Du hast es für deine Freundin gebraucht...«
»Ja – aber das war trotzdem dumm von mir.«
»Schon gut.«
»Kann ich was für Sie tun?«
»Ja, hol mir mal bitte ein feuchtes Handtuch, damit ich mir den Kopf kühlen kann.«
»Ich sag am besten Ihrer Frau Bescheid.«
»Laß nur! An solch kalten Tagen hat sie mächtige Schmerzen in den Gelenken. Ich möchte nicht, daß sie sich Sorgen macht.«
Nachdem Mitsu ihm das kalte Handtuch auf die Stirn gelegt hatte, bat er sie zu gehen, denn zu essen wollte er nichts. Sie sah bekümmert auf ihn herab und sagte, sie würde dann später noch mal vorbeikommen.

Er schlief eine Weile, wachte wieder auf, lag eine Zeitlang mit offenen Augen da, bis er erneut einschlief. Es fröstelte ihn weiter am ganzen Körper. Die Kopfschmerzen hielten an, und als er das Fieber maß, hatte er neununddreißig.

Gegen Abend, er war noch uneins mit sich, ob er seine Frau anrufen sollte oder nicht, klingelte das Telefon.

»Kommst du heute nach Hause?«

»Nein, daraus wird nichts. Ich hab noch eine Menge zu tun.«

»Und was ist mit dem Essen?«

»Da ist noch eine Gesprächsrunde, an der ich teilnehmen soll. Die findet in einem Restaurant statt.«

»Na, dann ist ja gut. Ich habe heute ziemliche Schmerzen und fühle mich gar nicht wohl.«

»Das kommt von dieser scheußlichen Kälte. Paß auf dich auf, damit es nicht noch schlimmer wird.«

Suguro hatte seine Frau wieder einmal belogen.

Seine Träume hatte er ihr verheimlicht, und nun verheimlichte er ihr auch seine Krankheit, genauso wie er ihr seine Gespräche mit Frau Naruse verschwieg. Indem er ihr alles vorenthielt, war es ihm gelungen, über lange Jahre hinweg den häuslichen Frieden zu bewahren, aber jetzt, da er darüber nachdachte, mußte er einsehen, daß sein ganzes bisheriges Leben nichts als Lüge gewesen war.

Er schlief wieder ein. Nach einer Weile nahm er in seinem umnebelten Bewußtsein undeutlich wahr, daß sich die Schlafzimmertür öffnete. Gleich darauf spiegelte sich verschwommen in seinen Augen Mitsus Gesicht wie eine sich gerade entfaltende Birnenblüte.

»Entschuldigen Sie, daß ich Sie aufgeweckt habe.«

»Du bist es?«

»Geht's Ihnen noch immer nicht besser?«

Aus ihrer Stimme klang ehrliche Besorgnis. Das gehörte zu Mitsus Wesen. Ein anderer brauchte nur ein bißchen zu leiden, und schon war sie von tiefer Sorge

erfüllt. In ihre Gutmütigkeit mischte sich ein wenig Einfalt. Aber genau so waren die Menschen, die Suguro stets angezogen hatten. Und so standen denn in manchen seiner Romane auch gerade solche Charaktere im Mittelpunkt.
»Doch, ein bißchen besser schon.«
»Und Ihre Frau soll nichts davon wissen?«
»Nein. Sie hat vorhin angerufen. Von der Kälte heute tun ihr die Gelenke weh.«
Mitsu trat neben sein Bett und legte ihm die Hand auf die Stirn.
»Sie haben immer noch Fieber.«
Die von einem billigen Sweatshirt bedeckten Rundungen ihrer Brust berührten seinen Kopf. Mitsu roch nach Staub. Aber diesmal nahm ihm ihr von jugendlicher Glut erfüllter Körper nicht gleich den Atem wie vorhin.
»Ihre Stirn fühlt sich mächtig heiß an.«
»Aber nach dem Schlaf geht's mir wirklich schon wieder ein bißchen besser.«
»Ich mach Ihnen noch mal einen feuchten Umschlag.«
Sie nahm das unordentlich am Kopfende herumliegende Handtuch und ging ins Badezimmer. Als Mitsus kalte Finger ihn berührten, hatte er das als angenehm empfunden. Er hatte keine Tochter, aber hätte er eine, ob sie ihn dann wohl genauso pflegen würde? Anders als bei seiner Frau war zwar alles, was Mitsu tat, ein wenig kindlich ungeschickt, aber dafür von geradezu rührendem Eifer. Nachdem sie ihm das Bett gerichtet hatte, hantierte sie eine Weile geräuschvoll in der Küche und kam schließlich mit einem Tablett herein, auf dem ein Aluminiumtopf mit Reisbrei, ein Becher mit Tee und ein Schälchen mit gesalzenen Aprikosenpflaumen standen.
»Essen Sie das?«
»Hast du das gekocht?«
»Ja, ich hab's in dem Krankenhaus gelernt, in dem der Vater von meiner Freundin liegt.«
»Und wer hat es dir dort beigebracht?«

»Eine ältere Frau, die da jemanden kennt. Aber eine gute Köchin bin ich trotzdem nicht geworden.«
Er hatte zwar den ganzen Tag über nichts gegessen, verspürte aber dennoch keinen Appetit. Doch um Mitsu nicht zu verletzten, setzte er sich im Bett auf. Nur schmeckte ihm weder der Tee, von dem er einen Schluck nahm, noch der Reisbrei, obwohl sich das Mädchen bestimmt alle Mühe gegeben hatte.
»Danke! Das war lieb von dir. Ich bin ganz happy, heißt das ja wohl bei euch«, sagte er absichtlich in der Sprache der Mittelschüler, wie Mitsu sie ihm beigebracht hatte. Den Tee und den Reisbrei aber hatte er sich hinuntergequält.
»Wirklich?«
Mitsu nahm sein Lob für bare Münze und griente.
»Du hast dir im Krankenhaus bestimmt manches angenommen. Bist du oft dort?«
»Hin und wieder, aber immer nur mit meiner Freundin.«
»In dem Krankenhaus muß eine freiwillige Sozialhelferin arbeiten. Naruse heißt sie. Kennst du sie?«
»Nein, die kenn ich nicht.« Mitsu schüttelte den Kopf. »Freiwillige Sozialhelferin, was ist denn das?«
»Jemand, der von sich aus den Kranken hilft. Meine Frau will es auch werden. Das sind aber keine richtigen Krankenschwestern.«
»Also, die Frau, die hilft dort?«
»Ja, das tut die Frau Naruse. Sie arbeitet dort im Krankenhaus als Sozialhelferin und kümmert sich um kranke Kinder.«
»Wenn Sie die meinen, die hab ich schon mal gesehen. Eine hübsche Tante.«
»Ja, sie ist sehr hübsch.«
Seine Kopfschmerzen kehrten wieder, und er schloß die Augen. Mitsu nahm das Tablett und verschwnad damit in der Küche. Eine lange Nacht brach an. Er schwitzte und wachte schließlich von einem seiner

Schweißausbrüche auf. Es war Mitternacht, als er aufstand, um seinen Schlafanzug zu wechseln. Ihm zitterten zwar noch die Knie, aber er hatte das Gefühl, daß das Fieber ein wenig nachgelassen hatte. Er rieb sich mit einem Badetuch ab, schlüpfte in einen frischen Pyjama und schaltete so ganz nebenher das Licht im Gästezimmer an. Da erblickte er Mitsu, die sitzend auf dem Sofa schlief.

»Was ist denn mit dir los? Warum bist du nicht nach Hause gegangen?«

Sie blickte zu ihm auf und lächelte ihn in der ihr eigenen Art an, bei der sich mädchenhafte Schmeichelei mit fraulicher Koketterie mischte. Er verspürte eine leichte Furcht, und diese Furcht war es, die ihn seine Selbstbeherrschung wiederfinden ließ.

»Da drüben im Schrank liegt eine Decke, und daß du dort auch ein Kopfkissen findest, weißt du ja.«

Sie antwortete nicht. So ließ er sie allein und legte sich wieder ins Bett. Wie eine Fliege rieb er seine kalten Beine aneinander, bis ihn erneut der Schlaf übermannte. Im Traum schmiegte er seine eigenen häßlichen Wangen an die Mitsus, von der Hoffnung erfaßt, sein nur noch kurze Zeit währendes Leben würde sich dadurch wenigstens um ein oder zwei Jahre verlängern.

Er kam zu sich, als Mitsu wieder einmal die Kompresse auf seiner Stirn erneuerte.

»Hast du denn nicht geschlafen?« fragte er erstaunt.

»Wie sollte ich ... Die Umschläge tun Ihnen doch bestimmt gut.«

»Wie lange machst du das schon?«

»Ist ja gut. Sie brauchen sich deshalb nicht gleich Gedanken zu machen.«

Während Mitsu bis zum Morgengrauen immer wieder nach ihm sah und ihn pflegte, sagte eine Stimme in seinem Herzen, daß dieses Mädchen so wie auch jener betagte Priester bestimmt in das Reich Gottes eingehen werde – in das Reich Gottes, das für ihn selber jetzt in weite Ferne gerückt schien.

»Ein Glück, daß Sie kommen...«
»Wieso?«
In einem der kleinen Lokale, die sich in der Goldenen Gasse wie Streichholzschachteln aneinanderreihten, richtete Professor Tono seine Augen auf den Gast, auf den ihn die Wirtin mit einem vielsagenden Blick aufmerksam gemacht hatte. Der Mann lehnte an der Wand, an der längliche Zettel mit Aufschriften wie ›Gekochter Bohnenquark‹ und ›Gebratener Fisch‹ klebten, und schlief vor sich hin.
»Seit er da ist, fragt er immer wieder mit einer Zudringlichkeit sondersgleichen, ob Sie kommen. Ich weiß es nicht, hab ich ihm gesagt, worauf er meinte, dann werde er eben weiter warten.«
»Den kenn ich nicht.« Tono neigte den Kopf skeptisch zur Seite.
»Und was der für ein merkwürdiges Zeug zusammengeredet hat! Da hat er doch gefragt, ob es ein und dieselbe Person zweimal geben kann..«
Kobari, von den Worten der beiden geweckt, öffnete leicht die Augen und schimpfte, während er sich weiter an die Wand lehnte. »Was heißt hier merkwürdiges Zeug! Ich hab ihn doch gesehn, den zweiten Suguro!«
»Sie werden sich erkälten!« sagte Tono mit seiner schrillen Stimme, woraufhin Kobari entgegnete: »Keine Angst – ich bin nicht so ein Schwächling.«
Er kämpfte noch mit dem Schlaf und gähnte herzhaft.
»Sie sind doch bestimmt Professor Tono.«
»Ja, und...«
»Vorn im Restaurant ›Zum Schwan‹ hat man mir gesagt, daß Sie oft hierherkommen, und da hab ich mir gedacht, ich wart' hier auf Sie.«
»Und weshalb?«

Tono nahm die Schälchen und Stäbchen, die ihm die Wirtin reichte.
»Bringen Sie mir Wasser«, bat Kobari. »Ich muß wieder nüchtern werden. Das hier ist Professor Tono, ein berühmter Psychologe.«
»Das weiß ich doch. Schließlich ist der Professor schon lange Stammkunde bei uns.«
Kobari leerte das Glas in einem Zug und schüttelte ein paarmal den Kopf, als müsse er sich erst aus dem Schlamm des Rausches herauswinden.
»Ich hab kein merkwürdiges Zeug zusammengeredet, Herr Professor.«
»Ich verstehe.«
»Was verstehen Sie, wenn Sie schon von Verstehen reden? Verantwortung scheinen Sie nicht zu kennen. Ebensowenig wie Suguro.«
»Suguro?«
»Haben Sie mal was von ihm gelesen?«
»Ach so! Sie meinen den Schriftsteller Suguro? Ich bin neulich zusammen mit ihm in einer Vortragsreihe aufgetreten.«
»Was halten Sie von ihm? Führt der nicht ein Doppelleben?«
»Ein Doppelleben?« Tono lächelte gequält. »Das ist nicht gerade sehr taktvoll, was Sie da sagen. Wie kommen Sie darauf?«
»Ich frag mich ja nur, ob ein und derselbe Mensch zwei ganz verschiedene Persönlichkeiten haben kann.«
»Aber selbstverständlich! Jeder hat außer seinem für die Öffentlichkeit bestimmten Gesicht noch ein privates. Sie übrigens auch.«
»Kommen Sie mir bloß nicht mit solchen Phrasen. Wenn jemand zwei extrem auseinanderklaffende Persönlichkeiten hat, dann sprechen Sie doch von einer Doppelexistenz, nicht wahr? Bei Suguro ist es nun so, daß er mit dem unschuldigsten Gesicht der Welt seine Bücher schreibt, während er es insgeheim auf gemein-

ste Weise mit den Frauen treibt«, sagte Kobari, hielt der Wirtin schweigend sein Glas hin und verlangte noch einmal Wasser. »Ich hab sorgfältig recherchiert, und eines Tages werd ich ihm die Maske herunterreißen... Aber ich hätt' natürlich gern gewußt, was der Fachmann meint.«

»Was der Fachmann meint? Wozu?« Etwas ungehalten fügte Tono hinzu: »Wenn Sie erklären, Sie wollen ihm die Maske herunterreißen, dann gehn Sie aber ganz schön ran.«

»Immerhin betrügt er seine Leser. Als Schriftsteller aber hat man doch wohl eine gesellschaftliche Verantwortung. Und wir leben schließlich in einer Zeit, da man selbst einen Ministerpräsidenten aus dem Amt jagt, wenn er seiner Verantwortung nicht gerecht wird. Wie sehen Sie das Doppelleben Suguros?«

»Von einem Doppelleben Suguros weiß ich nichts. Und ich habe auch gar keinen Grund, so etwas anzunehmen.«

»Na gut, aber was bedeutet denn Doppelleben ganz allgemein?«

»Ganz allgemein? Das ist schwer zu sagen, aber der Mensch ist nun mal nicht so primitiv, wie wir gemeinhin annehmen. In jedem einzelnen stecken eigentlich viele Menschen. Wenn man so einen Beruf wie den meinen ausübt, wird einem das nach und nach klar. Da stößt man mitunter auch auf mysteriöse Fälle, die Leuten wie Ihnen schier unglaublich erscheinen würden.«

»Mysteriöse Fälle, sagen Sie?«

»Es liegt schon viele Jahre zurück. Ich war noch jung, und als sich einer meiner Patienten dann im Zustand der Hypnose befand, da begann er plötzlich chinesisch zu reden und behauptete, im vorangegangenen Leben ein chinesischer Kaufmann in Shanghai gewesen zu sein.«

»Das ist doch nicht möglich!«

»Doch, doch. Es war so. Allerdings weiß ich nicht, ob

er wirklich die chinesische Sprache beherrschte, aber es hörte sich jedenfalls so an. Und dann redete er ausführlich und in aller Ernsthaftigkeit über sein früheres Leben.«

»Waren das nicht bloß wilde Phantastereien?«

»Das würde ich nicht sagen. Auch in anderen Ländern gibt es viele ähnliche Beispiele. Man ist ihnen nachgegangen, und es stellte sich heraus, daß die Behauptungen der Wahrheit entsprachen.«

Die Wirtin legte das Küchenmesser beiseite und lauschte genauso gespannt wie Kobari dem Professor.

»Eine Hausfrau in Rom sprach von Katakomben in den Überresten einer mittelalterlichen Anlage, wo heute die Marienkirche steht, und beschrieb unter Hypnose diese Katakomben in allen Einzelheiten. Viele Jahre danach, ich betone, viele Jahre danach, wurden dann an dem Ort, den die Frau genannt hatte, die von ihr beschriebenen Katakomben entdeckt.«

»Das glaube ich nicht«, entgegnete Kobari, während er sich aufrichtete. »Um den Arzt zu täuschen, hat man ihm nur was vorgespielt.«

»Nein, da hat keiner Theater gespielt, und ein Trick war es auch nicht.« Tono lächelte breit, während er einen Schluck nahm. »An dem ärztlichen Bericht gibt es nichts zu rütteln.«

»Ist denn das zu fassen?« seufzte die Wirtin. »Da wird einem ja ganz unheimlich zumute.«

»Sagen Sie, Herr Professor, ist es möglich, daß ein und dieselbe Person zur gleichen Zeit an verschiedenen Orten auftauchen kann?«

Diese seltsame Frage, mit der Kobari unvermittelt herausplatzte, schien Tono zu verwirren.

»Wenn Sie einem so mit der Tür ins Haus fallen – worauf wollen Sie eigentlich hinaus?«

»Ich möchte nur wissen, ob ein und dieselbe Person zum gleichen Zeitpunkt an verschiedenen Orten sein kann.«

»Was hat das mit Suguro zu tun?«
»Nein – ich möchte wissen – ist so was möglich?«
»Gänzlich ausschließen kann man das nicht. Es ist äußerst selten, aber es kommt vor. Erst vor kurzem habe ich mich mit jemandem darüber unterhalten. Man spricht in diesen Fällen von einem Doppelgänger. Etwa zu Beginn der zwanziger Jahre haben Schülerinnen einer Grundschule in der Präfektur Iwate ihre Lehrerin tatsächlich zweifach gesehen. Es fing damit an, daß dreizehn Schülerinnen plötzlich neben ihrer Lehrerin, die etwas an die Tafel schrieb, eine zweite Person erblickten, die genauso aussah und sich genauso bewegte wie ihre Lehrerin. Ein andermal stand sie im Blumenbeet vor dem Fenster, während die Lehrerin zur selben Zeit drinnen im Handarbeitsraum unterrichtete ... Das haben die Schülerinnen mit eigenen Augen gesehen.«
»Nun hören Sie aber endlich auf mit solchen unheimlichen Geschichten.« Die Wirtin schüttelte sich. »Da traut man sich nachts ja nicht mal mehr auf die Toilette.«
»Unheimlich ist es, aber es entspricht der Wahrheit.« Offenbar amüsiert über den Schock, den seine Worte ausgelöst hatten, nahm Tono erneut einen Schluck, wobei er die erschrockenen Gesichter der beiden betrachtete.
»Wie kommt das?«
»Schwer zu sagen. Nicht die Psychologie, aber der Spiritismus spricht von einer astralen Projektion. Die einzige Erklärung, die wir haben, ist, daß die Mädchen unter einer Gruppenhypnose standen. So sehr viel ist damit allerdings auch nicht gewonnen.«
»Das widerspricht doch dem gesunden Menschenverstand ...«
»Ja, das stimmt. Aber wissen Sie, ich bin im Verlaufe meiner Tätigkeit zu der Überzeugung gelangt, daß der Mensch tatsächlich ein seltsames, mysteriöses Wesen ist, das sich beim besten Willen nicht nur vom Verstand

her erklären läßt. Der Mensch ist voller Widersprüche und er hat unergründlich tiefe Schichten. Da kann man graben und graben... Was ich Ihnen gerade erzählt habe, ist die reinste Wahrheit, auch wenn es Ihnen noch so phantastisch vorkommt. Beim Menschen ist alles möglich. Das müssen selbst wir als Wissenschaftler einsehen.«

Kobari hatte eine schlechte Nacht, aber am Morgen, als er die Augen aufschlug, sah der Himmel wieder freundlicher für ihn aus, und er hatte das Gefühl, daß die Sache am Abend zuvor eine reine Betrügerei gewesen war. Und er sagte sich, daß auch die reichlich mysteriösen Geschichten, die Tono wohl deshalb zum besten gegeben hatte, um ihn und die Wirtin zu foppen, auf einem Trick beruhten, auf den Ärzte und Augenzeugen hereingefallen waren.

Nachdem er den ganzen Tag über gearbeitet hatte, machte er sich auf zur Klinik in Harajuku. Denn er erinnerte sich an die Szene, wie die Frau, von der Motoko Itoi als Madame N. gesprochen hatte, in jenes sechsstöckige Krankenhaus gegangen war und sich mit einer offenbar höhergestellten Krankenschwester sehr freundschaftlich unterhalten hatte, und deshalb glaubte er, dort vielleicht ein paar Anhaltspunkte zu finden. Im Krankenhaus herrschte jetzt am Nachmittag gähnende Leere.

»Entschuldigen Sie«, sagte Kobari an der Besucheranmeldung. »Ich habe ihren Namen vergessen, aber ich suche hier eine schon etwas ältere Krankenschwester, so um die Fünfzig.«

Die drei Mädchen in der Anmeldung unterbrachen ihre Unterhaltung und musterten ihn argwöhnisch.

»Sie hat vorstehende Zähne. So etwa...«

Mit todernster Miene öffnete er die Lippen, um zu zeigen, was er meinte, woraufhin die Mädchen in Lachen ausbrachen.

»Das kann nur die Oberschwester von der Kinderabteilung sein«, erklärten sie ihm und sagten, er solle mit dem Fahrstuhl zur Kinderabteilung in die vierte Etage fahren und dort im Schwesternzimmer nachfragen.
Die Luft im Krankenhaus war von den verschiedensten Gerüchen erfüllt. Vom Geruch nach Kresol, von abgestandenem Essengeruch, vom Körpergeruch der Patienten. Aber all diese Gerüche des Leidens ließen ihn unberührt.
Im Schwesternzimmer saß ein Arzt und schrieb; eine junge Krankenschwester hielt einen Telefonhörer am Ohr. In dem Moment sah Kobari eine Frau in Schürze mit einer Ente in den Fäkalienraum gehen. Nein, es gab keinen Zweifel – das war die Frau! In dem Glas schwappte traurig die bräunliche Flüssigkeit.
Bald darauf kam die Frau zurück und verschwand in einem Krankenzimmer ganz am Ende des Ganges. Kobari ging ihr nach.
Die Zimmertür war offen. Das Licht des Nachmittags flutete auf den Korridor. Kobari konnte die Frau hören, aber nicht sehen. Auf dem Schild an der Tür stand der Name Shigeru Uchiyama.
»Das bronzene Standbild des Prinzen bat die Schwalbe um einen Gefallen«, hörte er durch den Vorhang hindurch die Frau erzählen. »›Hier in der Stadt gibt es eine arme Mutter‹, sagte das Standbild. ›Sie lebt von Näharbeiten. Ihr Sohn hat Fieber und möchte Apfelsinen, aber die Mutter kann sie ihm nicht kaufen, weil sie kein Geld hat. Würdest du deshalb bitte den Rubin aus meinem Schwertknauf lösen und ihr den bringen?‹ Die Schwalbe wollte sich gerade aufmachen, um zusammen mit ihren Gefährten in das ferne warme Land zurückzukehren. Doch da sie dem Prinzen die Bitte nicht abschlagen mochte, nahm sie, wie ihr geheißen, den Rubin in den Schnabel und brachte ihn der Mutter. Mit dem Geld, das sie durch den Verkauf des Rubins bekam, pflegte sie ihren Jungen gesund.«

»Und dann?« ertönte eine bettelnde Jungenstimme.
»Als sich am Tag darauf die Schwalbe verabschieden wollte, bat der Prinz sie, wenigstens noch einen Abend zu bleiben. ›In der Stadt lebt ein junger Mann in tiefstem Elend. Der möchte gern ein Theaterstück schreiben, aber er kann sich kein Brennholz kaufen, um sich die kältestarren Finger zu wärmen. Bringe diesem unglücklichen jungen Mann eines meiner Augen. Denn sie sind aus kostbarem Edelstein.‹ ›Nein‹, antwortete da die Schwalbe, ›zu so einer Grausamkeit bin ich nicht fähig.‹ ›Schwalbe, liebe Schwalbe‹, sagte der Prinz, ›ich bitte dich inständig darum.‹ So pickte denn die Schwalbe dem Prinzen ein Auge aus und trug es zu dem jungen Mann. Der ahnungslose junge Mann konnte sich nun Feuerholz kaufen und sein Theaterstück schreiben.«
Während die Frau ihr Märchen erzählte, waren immer mal wieder kindlich einschmeichelnde, bald fragende, bald anspornende Worte zu hören. Kobari überkam bei dem, was er da hörte, ein Gefühl der Enttäuschung.
»Am nächsten Tag bat der Prinz die Schwalbe wieder, noch einen Abend zu bleiben. ›In der Stadt lebt eine kleine, bemitleidenswerte Zündholzverkäuferin. Bringe diesem Mädchen bitte mein anderes Auge‹, sagte der Prinz. Die Schwalbe weigerte sich und sprach: ›Mein Prinz, dann kannst du doch gar nicht mehr sehen!‹ ›Schwalbe, liebe Schwalbe‹, sagte da der Prinz, ›ich bitte dich herzlich darum!‹ So brachte denn die Schwalbe der kleinen Zündholzverkäuferin das andere Auge. Und das Mädchen brauchte nun nicht länger an kalten Straßenecken zu stehen.«
»Ja, und wie ist es der Schwalbe weiter ergangen?«
»Ihre Gefährten zogen alle in das warme Land, nur sie blieb. Denn sie brachte es nicht über sich, den Prinzen allein zu lassen. Eines Nachts fiel dichter Schnee. Die Schwalbe schlug mit den Flügeln und kämpfte gegen die Kälte an. Mit mir ist es jetzt bestimmt vorbei, dach-

te sie schließlich und flog mit letzter Kraft dem Prinzen auf die Schultern. ›Sayonara, gehab dich wohl, mein Prinz‹, sagte sie. ›Gehab' dich wohl, mein Prinz. Sayonara.‹ ...«

Für eine kleine Weile verstummte die Stimme. Dann sprach die Frau dem Jungen ein Gebet vor.

»Wiederhole, was die Tante dir jetzt sagt: ›Lieber Gott, mach, daß ich ein braver Junge werde!‹«

»Lieber Gott, mach, daß ich ein braver Junge werde!«

»Lieber Gott, sei lieb zu Kindern wie mir. Auch ich will lieb zu allen sein.«

»Lieber Gott, sei lieb zu Kindern wie mir. Auch ich will lieb zu allen sein.«

»Lieber Gott, schenke mir auch heute nacht einen ruhigen Schlaf!«

7

Seine Frau übte eine Ballade und begleitete sich dabei auf der Shamisen.* Sie war darin so vertieft, daß sie nicht aufmerkte, als ihr Mann das Zimmer betrat. Endlich hat auch in unserem Familienleben eine bescheidene Gelassenheit Einzug gehalten, so daß sie einer Liebhaberei nachgehen kann, dachte Suguro bei sich.
»Wie heißt denn das Lied?«
»›Die Querflöte‹«, antwortete seine Frau kurzangebunden wie selten und fing noch einmal von vorn an.
»Blütenduft vom Pflaumenport
heraufgetragen durch den Frühlingswind,
hat durchtränkt der Dörfler Kleid ...«
Was blieb ihm weiter, als in den Garten zu blicken und die Bäume zu betrachten, die noch immer nicht grünten, obwohl es schon März war.
»Kommt mir mächtig lang vor, dieser Winter«, murmelte er mit einem tiefen Seufzer vor sich hin. Diese Worte waren eigentlich gar nicht für seine Frau bestimmt. Sie schien sie aber trotzdem gehört zu haben, weil sie genau in dem Moment zu spielen aufgehört hatte, um die Saiten zu stimmen.
»Das liegt am Alter. Von jetzt an wird uns mit jedem Jahr der Winter länger werden«, entgegnete sie.

* Shamisen, Samisen: dreisaitiges japanisches Zupfinstrument

»Das glaub ich auch. Gehst du heute gar nicht aus dem Haus?«

»Nein. Ich war ja schon gestern beim Kursus für Sozialhelfer. Übrigens, ich habe da zum erstenmal mit Frau Naruse gesprochen.«

Scharf ertönten die Saiten der Shamisen.

Erschrocken fragte Suguro: »Und worüber?«

Daß er Madame Naruse im Café getroffen hatte und ein andermal mit ihr essen war, hatte er seiner Frau bis heute verschwiegen.

»Über die Arbeit als Sozialhelfer. Sie hat mir verschiedene Hinweise gegeben.«

Er nickte erleichtert, und seine Frau fuhr fort: »Und außerdem hat sie mir erzählt, daß ein Junge von der Kinderabteilung, der ihr sehr ans Herz gewachsen ist, seine Operation gut überstanden hat. Sie ist sehr glücklich darüber. Wie's scheint, sieht sie jeden Tag nach dem Jungen.«

Madame Naruse wüßte bestimmt von Motokos Tod. Wie wird sie damit wohl fertig geworden sein? Wenn sie sich seit dem Anruf völlig in Schweigen hüllte, so lag das sicherlich daran, daß der Junge ihre ganze Aufmerksamkeit in Anspruch nahm. Trotzdem, das Schweigen währte schon zu lange. – Mit einigem Erschrecken registrierte er, daß er auf einmal den Wunsch verspürte, sie wiederzusehen.

Verstohlen betrachtete er seine Frau, die wieder die Shamisen zu spielen begonnen hatte, und suchte in der für einen Schriftsteller typischen Weise nach einer raschen Antwort auf die Frage, wieso er diesen Wunsch verspürte. Der Grund war klar: Solch eine Frau war ihm bisher noch nie begegnet und war auch nicht unter den Figuren, die er in seinen Werken gestaltet hatte: Ein weibliches Wesen, das voller Widersprüche steckt. Eine Frau, grausam und im nächsten Augenblick so gutherzig, als sei sie plötzlich eine andere. Solch eine Frau hatte er bisher noch nicht erlebt. Und im Ver-

gleich mit ihr … Er wurde sich bewußt, daß er mit diesem Gedanken seiner Frau unrecht tat und beeilte sich, jenen Wunsch weit von sich zu weisen, und trotzdem bedrückte ihn, wenn auch nur für einen Moment, seine grundanständige Ehefrau.
»Ich wollte mit dir noch einmal über Mitsu reden«, sagte er zu ihr und sah über ihre Schultern hinweg, damit sie ihm ja nichts von seinen Gefühlen anmerkte. Aber sie war so versunken in ihr Spiel, daß sie nichts zu hören schien. Jedenfalls ließ sie das Plektrum auch nicht für einen Augenblick ruhen.
Ich werde Madame Naruse nicht mehr wiedersehen – ich sollte sie nicht mehr wiedersehen, sagte sich Suguro, die Ellbogen auf seinen Schreibtisch gestützt. Aber noch während er sich das sagte, wurde ihm bewußt, daß es nur leere Worte waren und er insgeheim auf ein Zeichen von ihr wartete.

Die Post brachte ein Päckchen. Es war sorgfältig in braunes Papier gehüllt, trug aber keinen Absender. Als er es öffnete, kam ein Buch zum Vorschein. In dem Moment wußte er, daß es nur von Frau Naruse sein konnte. Er schlug das Buch auf und fand darin einen Brief.
»Entschuldigen Sie, daß ich mir erlaube, Ihnen eines meiner Lieblingsbücher zu senden. Man bekommt dieses Buch heutzutage nicht mehr zu kaufen, sehen Sie es mir deshalb bitte nach, wenn ich Ihnen mein gelesenes Exemplar schicke. Und dann möchte ich Sie fragen, ob Sie am nächsten Donnerstag um sechs Uhr in das Restaurant Shigeyoshi an der Vorderen Haupthalle kommen können. Ich würde mich gern ein klein wenig revanchieren für neulich. Falls es Ihnen nicht passen sollte, bitte ich um Bescheid an nebenstehende Adresse. Wenn Sie sich nicht melden, verstehe ich es dahingehend, daß Sie meiner Einladung folgen. Das Restaurant hat eine recht gute Küche. Bitte, kommen Sie!«

Suguro las die Mitteilung wieder und wieder wie ein Schüler den ersten Brief seines Mädchens. In all den Tagen zuvor hatten in seiner Brust die Einsicht, daß es besser sei, ihr aus dem Weg zu gehen, und die Neugier gegenüber einem ihm bisher völlig fremden Frauentyp gekämpft. Aber in dem Augenblick, da er diesen Brief öffnete, hatte ihn die Neugier überwältigt.

Bei dem Buch handelte es sich um eine Biographie des mittelalterlichen Ritters Gilles de Rais, der eine traurige Berühmtheit als Kindesmörder erlangt hatte. Während Suguro die Seiten durchblätterte, fiel sein Blick immer wieder auf rot angestrichene Stellen. Ihm war dann, als sähe er das Profil der über diesen Sätzen brütenden Frau vor sich, ja, als höre er sogar ihre Stimme. Und er fragte sich, ob sie ihm dieses Buch mit den roten Markierungen nicht geschickt habe aus Ungeduld darüber, daß sie mit eigenen Worten nicht das ausdrücken konnte, was sie ihm sagen wollte. Neben einem Kringel stand in derselben schönen Schrift, in der auch der Brief zu Papier gebracht war, eine flüchtige Bemerkung. Kaum hatte Suguro sie gelesen, glaubte er den kühnen Blick aus weit geöffneten Augen flehentlich auf sich gerichtet...

»Wie kommt es zu diesem Ausbruch der Leidenschaften?... Beim Lesen wurde mir bewußt, daß sich dahinter eine unbändige Kraft verbirgt, die sich nicht erklären läßt und auch mit dem Verweis auf die Moral nicht zu unterdrücken ist...«

In zwei Tagen hatte Suguro die Biographie gelesen. Gilles de Rais war ein Kampfgefährte der heiligen Jeanne d'Arc, und das Buch erklärte, wie Gilles de Rais in grausamen Taten denselben Rausch zu entdecken suchte wie Jeanne d'Arc in der religiösen Ekstase. Um den Gipfel der Verzückung zu erreichen, gab es nur eines, nämlich ein Heiliger oder ein Verbrecher zu werden. Zu dieser Erkenntnis war Gilles de Rais angesichts des Lebenswegs der Jeanne d'Arc gelangt.

»Was Poe den Ausbruch der Leidenschaften, was er die Rage nannte, ist dasselbe, was Dostojewski darunter verstand. Rage ist ein Drang, der selbst Kinder überfällt. Da gibt es doch in der Geschichte ›Das gejagte Tier‹ von Powys eine Szene, wo Kinder sich daran ergötzen, einem gefangenen Kaninchen die Augen auszudrücken. Zufällig kommt der sanftmütige, jedem Streit abholde Pastor Gidden hinzu. Von wildem Zorn und von Verzweiflung über das Tun der Kinder erfüllt, rennt er hinter ihnen her. Er stürzt sich auf das Mädchen, das nicht schnell genug weglaufen konnte, und zerreißt ihr das Kleid. Er schlägt das Mädchen, zwingt sie in seiner überschäumenden Wut zu Boden und würgt sie... Während des Handgemenges packt ihn die schlimmste Gier, die einen Mann packen kann, und er war drauf und dran, dem Mädchen Gewalt anzutun.«

»Auch Poe hat in der Erzählung ›Die schwarze Katze‹ in Umrissen die Rage dargestellt. Er nennt es zwar nicht Rage, sondern spricht von der Gier nach Sittenlosigkeit und von Perversität. Und Perversität ist für ihn einer der Urtriebe in der Seele eines jeden Menschen. Der Held der Geschichte sagt etwa: So sicher, wie ich mir bin, daß ich lebe, so sicher bin ich mir auch, daß Perversität ein unentbehrliches Gefühl ist, um dem Charakter des Menschen eine Richtung zu geben. Ein jeder hat an sich selber erfahren, daß er nur deshalb etwas Bestimmtes tat, weil er wußte, daß er es nicht tun sollte. Ist nicht ein jeder geradezu begierig darauf, selbst wenn er noch so viel Urteilsvermögen besitzt, das Gesetz allein aus dem Grund zu brechen, weil es befolgt werden muß? Diesem Geist der Perversität habe ich mich am Ende unterworfen. Was mich trieb, war das Verlangen, einen Fehler zu begehen nur um des Fehlers willen.«

Die Uhr auf dem Tisch tickte regelmäßig, und das weiche Licht der Lampe fiel auf den gekrümmt dasitzenden Suguro und das Buch. Und auf die vielen kleinen gerahmten Bilder und Inschriften, darunter auch die Worte, die Mutter Theresa bei ihrem kürzlichen Besuch in Japan eigens für den japanischen Schriftsteller Suguro niedergeschrieben hatte: Der Herr segne dich durch deine Werke.

Während Suguro ehrfürchtig wie ein Schulmädchen die zierliche Handschrift betrachtete, war ihm, als verdiene er diesen Segen schon lange nicht mehr. Ich bin ein Schriftsteller, sagte er sich. Ein Schriftsteller, der es sich zur Pflicht gemacht hat, bis in die tiefsten Tiefen der menschlichen Seele vorzudringen. Ein Schriftsteller, der bis dorthin vordringen muß, auch wenn sich in diesen tiefsten Tiefen Dinge finden, die der Herr nicht segnet. – Vor seinen Augen lag ein Buch, das die Geschichte eines einzelnen Menschen erzählte. Eines Menschen namens Gilles de Rais ...

Auf der einen Seite errichtete er Kirchen zum Ruhme Gottes und zollte den Patres seinen Respekt, während er zugleich zahlreiche Kinder in sein Schloß lockte und eins nach dem anderen umbrachte. Sein erstes Opfer war ein Junge aus dem Chor seiner Schloßkirche. Er hatte den Jungen umarmt, ihn gestreichelt und ihm seine Gunst erwiesen, bis seine Liebkosungen plötzlich in einen blutrünstigen Taumel umschlugen.

»Da war ein kleiner Betteljunge, der sich den anderen vor dem Tor des Schlosses von Gilles de Rais zugesellt hatte. Er ging leer aus, denn als die Reihe an ihn kam, waren die Almosen schon verteilt. Er tat dem Ritter deshalb leid und wurde freundlich in das Schloß gebeten. Danach wurde er nie mehr gesehen. Dann war da auch ein dreizehnjähriger Junge, der ins Schloß geholt wurde, damit er dort als Page diene. Eines Tages kam er nach Hause, um seiner Mutter eine wunderbare Nachricht zu überbringen. Ihm sei, so sagte er, aufgetragen worden, das Zimmer des Ritters zu reinigen, und zum Dank habe er eines der Brote, die eigens für

den Schloßherrn gebacken würden, geschenkt bekommen. Dieses Brot wollte er nun – lieb, wie er war – der Mutter geben. Der Junge kehrte auf das Schloß zurück, und zwar auf Nimmerwiedersehen.«
Wenn Suguro diese Sätze, die er früher nur widerwillig gelesen hätte, jetzt mit großer Aufmerksamkeit aufnahm, dann deshalb, weil er zwischen den Zeilen auch das Klagen der Frau Naruse heraushörte.
»Wie kommt es zu diesem Ausbruch der Leidenschaften? Warum bringt dieser Ausbruch ein derartiges Entzücken? Beim Lesen wurde mir bewußt, daß sich dahinter eine unbändige Kraft verbirgt, die sich nicht erklären läßt und auch mit dem Verweis auf die Moral nicht zu unterdrücken ist...«

Am Mittwochabend zur angegebenen Zeit öffnete Suguro die Glastür zum Restaurant Shigeyoshi. Vielleicht war es noch zu früh fürs Geschäft, denn es saßen nur zwei Herren, die offensichtlich irgendwelche höheren Posten bekleideten, an der Theke und tranken gemächlich ihren Schnaps. Der Wirt, der hinter dem Tresen mit dem Messer hantiert hatte, sagte zu Suguro, er wisse Bescheid, und führte ihn an einen Tisch ganz hinten im Raum.
Etwa fünf Minuten nach der verabredeten Zeit erschien Frau Naruse. Sie trug einen beigefarbenen Mantel und ein Tuch um den Hals, das italienischer Herkunft zu sein schien. Sie setzten sich einander gegenüber, tranken von dem Tee, den die Kellnerin gebracht hatte, und tauschten Belanglosigkeiten aus, während sie sich die Speisenkarte anschauten. Mit keinem Wort erwähnten sie das Buch oder Motokos Tod. Inzwischen kamen einige Gäste ins Lokal, offenbar Stammkunden. Sie nickten Frau Naruse zu, die sie vielleicht vom Sehen her kannten, und der eine oder andere blickte auch etwas verdutzt drein, als er Suguro sah.
Nachdem sie bestellt hatten, sagte Suguro: »Also, dann...«

»Also, dann...«, entgegnete Frau Naruse mit dem bekannten Lächeln. Bei beiden klang das wie ein Signal, nun auf das zu kommen, von dem sie wußten, daß es besprochen werden mußte.

»Buch und Brief habe ich erhalten«, sagte Suguro, während er ihr einschenkte.

»Hm.« Sie kniff die Augen zusammen wie ein Patient, der eine Spritze bekommt.

»Sie wußten von Motokos Tod?«

»Ja.«

»War die Polizei bei Ihnen?«

»Nein! Wieso?«

»Ich dachte nur, sie hätte bei Ihnen nachgefragt.«

»Es war Selbstmord. Und sie hat einen Abschiedsbrief hinterlassen.«

»Ja, so hieß es in den Fernsehnachrichten.«

Der Wirt und seine vier, fünf Gäste am Tresen brachen in ein fröhliches Gelächter aus, und die Kellnerin rief zur Küche hinüber: »Drei Flaschen!« Niemand von ihnen scherte sich um Suguro und Frau Naruse.

»Trinken Sie einen Schluck mit?«

»Nein, danke. Der Arzt hat es mir streng verboten. Aber lassen Sie sich nicht abhalten. Mir macht es nichts.«

Die Kellnerin brachte auf einem marineblauen Teller feingeschnittenen getrockneten Fischrogen.

»Diesen Rogen bereiten sie hier selber zu«, erklärte ihm Frau Naruse. »Mein Mann aß ihn gern.«

»Ihr Mann kam auch hierher?«

»Er kannte den Wirt schon lange, bevor der das Lokal hier aufmachte.«

»Sie wußten«, sagte Suguro, als wollte er seiner Gesprächpartnerin eine Falle stellen, »daß Motoko Selbstmord begehen wollte?«

»Ja, das wußte ich.«

Mit geschmeidiger Bewegung streckte sie die Stäbchen aus, nahm sich von dem marineblauen Teller ein Stückchen Rogen und führte es zum Mund.

»Und Sie haben sie nicht davon abgehalten?«

»Nein, das habe ich nicht.«

»Und warum nicht?«

Wieder ertönte ein Lachen. Niemand in diesem Lokal dürfte auch nur geahnt haben, was hinten in der Ecke zwischen Suguro und Frau Naruse gesprochen wurde. Aus dem Gespräch der anderen Gäste hörte man immer wieder solche Wörter wie »Handicap« und »Wettkampf« heraus.

»War es die Macht der Leidenschaften?« fragte Suguro in einem Ton, als spräche auch er über das Golfspiel. »Waren es die Puppen, die nachts zu tanzen anfangen, wie Sie mir einmal erzählten?«

»Ja.«

»Könnten Sie mir nicht ein bißchen mehr darüber sagen?«

Sie griff erneut zu. Die Bewegung, mit der sie die Stäbchen zum Mund führte, die Lippen, die genießerisch in aller Ruhe den Geschmack auskosteten – Suguro wurde schwindlig, als er das beobachtete.

Dann begann sie zu erzählen: »Motoko hat immer gesagt, daß sie auf diese Weise sterben möchte. Nicht nur zu mir, auch zu ihren anderen Freundinnen. Zuerst hielt ich das für bloßes Gerede. Weil viele Leute auf dem Höhepunkt des Spiels Ähnliches von sich zu geben scheinen. Aber in letzter Zeit hat sie es mir oft angekündigt. ›Nächstes Jahr mach ich bestimmt Schluß‹, hat sie gesagt. Ich hab ihr geantwortet: ›Bitte, dann tu's doch!‹ Silvester verbrachten wir zusammen in einem Hotel, und da hab ich sie gefragt: ›Wirst du dich in diesem Jahr wirklich umbringen?‹«

Frau Naruse sagte das so ungerührt, als ginge es nur um Belangloses über eine gemeinsame Bekannte. Suguro mußte an ihr verstörtes Gesicht denken, als er sie neulich im Krankenhaus gesehen hatte.

»Soll ich Ihnen mehr von dem Tag erzählen? Also, wir haben den Jahreswechsel gemeinsam in einem Hotel in Yoyogi verbracht. Nachdem der Liederwettstreit im Fernsehen beendet war, wurde das Programm so blöd, daß wir auf einen anderen Kanal umschalteten. Und während es aus dem Lautsprecher tönte, schrie Motoko immer wieder: ›Bring mich um!‹ Und als ich dann sagte: ›Sieh zu, daß du in diesem Winter Schluß machst‹, da versprach sie, das zu tun.«

»Meinten Sie das ernst?«

»Ja! Naja, ganz so ernst vielleicht nicht... Aber ich wollte doch wissen, was sich da tun würde. Ich habe Ihnen darüber in dem Brief geschrieben, den ich in das Buch gelegt hatte. Es gibt Mächte in uns, denen mit Vernunft nicht beizukommen ist. Sie versetzen uns in einen Taumel und verwandeln sich in Sittenlosigkeit. Mit Moral oder dergleichen ist gegen diese wilde Kraft nichts auszurichten, so daß sie uns in die tiefsten Abgründe zerrt. Warum nicht auch in den Tod? Wenn jemand in dieser Kraft ertrinkt, ob er dann nicht auch im Sterben ein Glücksgefühl findet? fragte ich mich. Wie das bei Motoko ist, das wollte ich wissen.«

»Deshalb haben Sie sie nicht davon abgehalten.«

»Ja.«

Als die Kellnerin neue Näpfe und Schälchen brachte, verstummten beide, bis das Mädchen wieder ging. Frau Naruse führte ein Stückchen von dem feingeschnittenen Kugelfisch an den Mund, und die dünne Scheibe verschwand wie ein von einer fleischfressenden Pflanze aufgesogenes Insekt zwischen ihren nur ganz leicht geöffneten Lippen. Von dem Genuß, mit dem sie kaute und sich den Geschmack auf der Zunge zergehen ließ, teilte sich Suguro einiges mit.

»Es macht keinen Spaß, allein zu trinken«, sagte sie, als sie ihr Schälchen geleert hatte. »Sie wollen wirklich nichts trinken? Das ist genauso feige wie alles, was Sie schreiben.« Sie hatte ihren sonst immer so höflichen

Ton abgelegt und hörte sich sehr aggressiv an. Aber vielleicht war sie schon betrunken.
»Sie wissen doch, der Arzt.«
»Kommen Sie mir bloß nicht damit! Was ist denn schon dabei.«
Es half nichts, er mußte sich von ihr einschenken lassen.
»Gut, ich trinke einen Schluck, und Sie beantworten mir weiter meine Fragen. Sagen Sie, bevor sie das tat, hat sie sich da mit Ihnen nicht mehr in Verbindung gesetzt?«
»Doch, das hat sie.« Frau Naruse lächelte, als hätte sie diese Frage erwartet. »Erinnern Sie sich an meinen Anruf? Drei Tage davor hatte ich abends lange mit ihr telefoniert. Und sie fragte mich, ob wir beide uns in der anderen Welt wohl wiedersehen würden, falls es für sie nach dem Tode eine Wiedergeburt gebe. Bis tief in die Nacht hinein sprachen wir über Seelenwanderung und Reinkarnation. Ich habe ihr von der Operation des kleinen Jungen erzählt und sie gebeten, wenn sie schon sterben wolle, ihr Leben dem Jungen einzuhauchen. Kurz bevor ich den Hörer auflegte, hat sie mir dann gesagt, daß sie am nächsten Abend in den Tod gehen werde.«
»Dann wußten Sie also auch, wann sie stirbt ...«
»Ja.«
»Trotzdem haben Sie sie nicht daran gehindert?« fragte Suguro wie vorhin schon einmal. »Sie haben sie sich selbst überlassen.«
»Wieso? Sie war doch voller Glückseligkeit. Weder das langweilige Einerlei des Tages noch das Warten auf Kunden als Straßenmalerin – lebenswert waren ihr nur die Momente, in denen sie ganz in ihren Gefühlen aufging. Warum sollte ich sie daran hindern, wenn es ihr ein und alles war, in dem Strudel zu versinken und zu sterben? Übrigens bin ich dann an dem Abend ganz in die Nähe ihrer Wohnung gegangen.«

»Ganz in die Nähe ihrer Wohnung? Warum das?«
»Weil ich der Versuchung nicht widerstehen konnte. Zu wissen, daß sie gleich sterben würde, das allein wollte ich ganz in ihrer Nähe auskosten. Wohl an die zwei Stunden saß ich nicht weit entfernt von ihrer Wohnung vor einer Tasse Tee in einem winzigen Café, wo sich drei junge Leute, wohl Arbeiter, mit irgendwelchen Spielen die Zeit vertrieben. Ein Gemüsehändler kam mit einem kleinen Lastwagen und verhökerte auf der Straße vor dem Café sein Grünzeug an die Hausfrauen aus der Nachbarschaft. Der winterliche Himmel schaute zwischen den Gebäuden hervor. Sie sehen, wie gut ich mich erinnere. Ich habe immer wieder auf meine Armbanduhr geblickt. Es wurde vier, es wurde halb fünf, es wurde fünf – und ich sagte mir, jetzt wird sie es tun, jetzt. Da sah ich nach langer Zeit zum erstenmal wieder vor meinem inneren Auge in Flammen gehüllte Hütten. Ich hörte die Schreie von Frauen und Kindern. Ganz deutlich stieg mir Brandgeruch in die Nase. Als ich wieder zu mir kam, hatte sich die Nacht herabgesenkt – ich stand auf und verließ das Café. In dem Augenblick überkam mich die Gewißheit, daß Motoko, wie angekündigt, in heller Verzückung gestorben war.«
Hier brach sie ab und versank in Schweigen. Suguro legte die Eßstäbchen beiseite und schwieg ebenfalls. Kein Wort, so dachte er, kann jetzt die Psyche dieser Frau, nein, nicht die Psyche, sondern das Unheimliche, das noch viel tiefer in ihr verborgen liegt, erklären. Das Unheimliche, das im Herzen eines jeden steckt. Selbst dem Schriftsteller in ihm blieb nichts anderes als Schweigen, weil er einfach nicht wußte, wie er das deuten und einordnen sollte. Er konnte nur soviel sagen, daß alles, was ihm soeben zu Ohren gekommen war, etwas Böses war – nicht etwas Sündhaftes, über das er schon viel geschrieben hatte, nein, etwas Böses.
»Als nächsten Gang bringe ich Ihnen Heringsrogen«, verkündete ihnen die Kellnerin.

»Möchten Sie Rogen?«
»Nein...« Suguro schüttelte nachdrücklich den Kopf. Er war wirklich am Ende seiner Kräfte. »Nein, danke! Nicht mehr.«
Er wollte zu seiner Frau. Nach Hause, auch wenn ihn dieses Zuhause bisweilen sehr bedrückte.
»O ja, jetzt fällt's mir ein! Das Porträt von Ihnen, das hat sie mir geschenkt. Zum Andenken.«
»Sie wissen doch, das ist nicht mein Porträt.«
»Ja, richtig. Das Porträt desjenigen, der sich für Sie ausgibt.« Die Dame nickte lächelnd und bestellte bei der Kellnerin ein Dessert. »Hätten Sie eigentlich Lust, den Mann mal zu treffen?«
»Wie bitte?« fragte er vor Überrachung unwillkürlich laut. »Wie kommen Sie darauf?«
»Ich dachte nur, weil Motoko mich mit ihm bekannt gemacht hat. Entschuldigen Sie, wenn ich Ihnen das erst jetzt sage.«
»Und was treibt dieser Kerl?«
»Am besten, Sie fragen ihn das selbst. Es ist immer wieder dasselbe mit Ihnen: Sie lassen sich nur erzählen und unternehmen selber gar nichts. Sie trinken nicht. Als Schriftsteller gehen Sie nicht bis zum Letzten. Sie tun niemandem weh... Sie laufen einfach davon.«
Die Dame lachte zwar, aber Suguro spürte sehr wohl, wie sie ihn – ganz anders als sonst – mit kühnen Blikken herausforderte.
»Würden Sie mich mit ihm zusammenbringen?« fragte Suguro heiser.
»Ja, gern. Wie wär's am Freitag nächster Woche?«
»Der Freitag nächster Woche – ist das nicht ein Dreizehnter?«
»Ja, richtig... Das ist für Sie kein guter Tag. Der Jesus der Christen soll ja wohl an diesem Tag gestorben sein.«
»So heißt es jedenfalls.«
»Können Sie an dem Tag zu dieser Adresse kommen?

Vielleicht werden Sie ihn dann treffen«, sagte sie, nachdem sie ihre Handtasche geöffnet, einen silbernen Kugelschreiber hervorgeholt und eine Skizze auf das Papierdeckchen gemalt hatte. »Ich erwarte Sie dort.«

8

Kano hatte ihn gebeten, nach der Vorstandssitzung des PEN-Clubs oben im zweiten Stock des Vereinshauses T., in dem das Treffen stattfand, auf ihn zu warten. Dort gab es einen Klubraum, in dem Kaffee und Tee serviert wurden. Durch das Fenster blickte man auf den Graben um den kaiserlichen Palast. Es regnete. Während Suguro auf den regenverhangenen Palastgraben starrte, mußte er an jenen Tag zu Beginn des Winters denken, an dem ihm der Preis verliehen worden war. Damals glänzte die steinerne Mauer dahinter genauso feucht wie heute. An dem Tag war ihm auch der Mann erschienen und nun – ja, und nun rückte die Stunde heran, da er diesem Mann endlich gegenübertreten würde

Kano, der noch irgendeine Beratung gehabt hatte, kam mit müde verquollenem Gesicht an Suguros Tisch. »Es ist bitter, aber gegen die Jahre kommt man nicht an«, sagte er wie im Selbstgespräch, wobei er sich mit der rechten Hand die Schulter hielt. »Ich wollte mit dir bereden, ob nicht auch der PEN-Club irgendwas zu Yamagishis Beisetzung tun müßte.«

Sie klärten die Modalitäten der Totenfeier für den Nestor der Kritiker, der vor zwei Tagen gestorben war. Aber was hieß schon ›Nestor‹? Er war nur fünf Jahre älter als Kano und Suguro.

»Als nächste sind wir dran«, sagte Kano mit finsterer Miene. »Ich weiß noch, daß Hideo Kobayashi mich einmal fragte, ob ich auf den Tod vorbereitet sei... Aber ich muß dir sagen, noch ist das Werk nicht geschrieben, um friedlich sterben zu können.«
»Was willst du – das geht uns doch allen so. Weil wir immer denken: Das nächste, ja, das nächste, das wird mein Meisterwerk.«
»Aber hast du dir nicht – im Unterschied zu mir – eine eigene, festumrissene Welt geschaffen? Jemand aus dem Verlag sagte, daß jedes Buch von dir ganz sicher seine zehntausend Leser findet.«
»Sind's wirklich so viel?«
»Ja, es wird schon stimmen... Und ich rate dir sehr, achte auf deinen Ruf bei den Lesern! Setze deine Welt nicht durch Unbedachtheiten aufs Spiel...«, sagte Kano wohlmeinend und richtete dann seinen Blick plötzlich auf das Fenster. »Ich hoffe nur, du verkehrst wirklich nicht in zweifelhaften Lokalen.«
Aha, dachte Suguro, deshalb also wollte er mit mir reden. »Wieder die alte Leier? Ich verkehre nicht in solchen Lokalen.«
»Wirklich nicht?«
»Nein, wirklich nicht!«
»Ich glaub's dir ja. Wahr aber ist auch, daß man sich erzählt, du seist mitten in der Nacht mit einer Frau aus einem Hotel in Akasaka gekommen. Wenn eine Zeitschrift wie ›Focus‹ Fotos davon bringt...«
»Ich bin nie dort gewesen. Aber...« Suguro schluckte die Worte, die ihm schon auf der Zunge lagen, herunter.
»Aber – was?«
»Gar nichts!«
»Nimm dich vor diesem Reporter in acht, der mich mal aufgesucht hat. Der ist nämlich hartnäckig.«
Kano starrte eine Weile schweigend in die Tasse Tee vor sich. Als er die Hand nach der Rechnung ausstrek-

ken wollte, hinderte ihn Suguro daran; so nickte er nur, stand auf und ging. Von hinten wirkte er müde wie noch nie.

Da es ein ungewöhnlich warmer Tag war, ging Suguro mit seiner Frau, die sein Atelier saubergemacht hatte, nach langer Zeit wieder einmal spazieren. Nach langer Zeit deshalb, weil seiner Frau bei der Kälte der letzten Wochen die Gelenke wie immer bei solchem Wetter sehr geschmerzt hatten. Aus Sorge um sie ging er sehr langsam.

»Das Laufen fehlte mir, deshalb bin ich jetzt richtig außer Puste«, sagte seine Frau und ließ sich schweratmend auf einer Bank nieder.

»Das ist eine Frage der Gewohnheit. An Arthirtis stirbt keiner. Laß es nur wärmer werden, dann wird es dir wieder bessergehen.«

Suguro war sich sicher, wer von ihnen beiden zuerst sterben würde. Er war es, der es schon seit Ewigkeiten mit der Leber hatte. Er war es, der nur noch einen Lungenflügel besaß. Jeden Monat bei der Blutabnahme warnte ihn sein Doktor: Übernehmen Sie sich nicht!

»Unsere Reise war schön«, sagte seine Frau, nachdem sie eine Weile versonnen den hohen Himmel betrachtet hatte. »Wie mag es dem Pfarrer wohl gehen?« fragte sie, als hätte sie sich plötzlich seiner erinnert.

Suguro wußte, daß seine Frau die Reise nach Nagasaki in Gedanken immer wieder nachvollzog. Für ein bejahrtes Ehepaar waren das eben glückliche Stunden, auf die man sich gern besann.

»Vor dem Einschlafen muß ich oft an ihn denken. Ich glaube, er lebt uns vor, was es heißt, selig sind die Armen im Geiste.«

»In gewissem Sinne trifft das doch auch auf dich zu.«

»Soll das ein Scherz sein?«

»Nein, keineswegs. Im Unterschied zu dir...« Er hielt inne und schluckte genau wie gestern, als er mit Kano sprach, die Worte hinunter, die ihm auf der Zunge lagen: Im Unterschied zu dir ist es mir nicht vergönnt, arm im Geiste zu sein. Ich bin nicht der, für den du mich hältst. Ich habe Geheimnisse vor dir. Du weißt nicht, daß es einen Mann gibt, der mir wie aus dem Gesicht geschnitten ist, und du weißt auch nicht, daß ich mich in Kürze mit diesem Mann treffen werde. Dieser Mann ist widerwärtig, er ist abscheulich...

»Sag mal könnte es sein, daß du mir irgend etwas gestehen möchtest?«

Sie wandte ihm plötzlich das Gesicht zu und sah ihn besorgt an.

»Wieso? Was sollte das sein?«

Während er die faltigen Augenlider seiner Frau betrachtete, sagte er sich: Nein, du darfst diese Augen nicht zum Weinen bringen. Wo uns beiden doch sowieso nicht mehr viel Zeit bleibt...

»Mach dir keine Sorgen!« Seine Stimme klang wie die eines Pfarrers bei der Beichte. Dann wechselte er abrupt das Thema. »Weißt du, es geht um Mitsu... Ob wir's noch mal mit ihr versuchen, mit dem Saubermachen bei mir im Atelier, nachdem sie nun das Geld zurückgegeben hat?«

»Ich war auch schon auf den Gedanken gekommen und habe sie deshalb angerufen. Aber inzwischen hat sie eine andere Arbeit.«

»Was Ordentliches?«

»Ich denke, ja. Frau Naruse – sie scheint sie irgendwann im Krankenhaus kennengelernt zu haben – hat sie gebeten, zweimal in der Woche zu ihr zu kommen, sagt sie. Ich könnte mir vorstellen, daß das sehr gut für sie sein wird. Frau Naruse kann ihr bestimmt manches beibringen...«

»Und Mitsu hat schon zugesagt?« fragte er nachdrücklicher als beabsichtigt.

»Offenbar ja. Warum? Hast du was dagegen?«

»Nein, das nicht... Ich find's nur schade. Denn irgendwie mag ich das Mädchen.«

Er hatte ihren Anblick, als sie ihm das Handtuch auf die heiße Stirn legte, und den muffigen Geruch ihres Pullovers nicht vergessen. Auch nicht ihr eigentümliches Lächeln voller Gutherzigkeit...

Er bemühte sich, Gleichmut zu bewahren, aber die Verabredung mit Madame Naruse prickelte ihm unangenehm in der Seele, wie Kohlensäure in der Nase nach einem Schluck Sodawasser. In drei Tagen würde er sein ›Ebenbild‹ treffen.

Der Gedanke, diesem Mann gegenübertreten zu müssen, erfüllte ihn von Tag zu Tag mit mehr Widerwillen, so daß er ihn am liebsten gar nicht sehen würde. Denn in dem Moment, da er ihn zur Rede stellte, würde der andere sein höhnisches Lächeln aufsetzen und sich sowieso nur in Entschuldigungen und Ausflüchten ergehen. Aber er mußte ihn wenigstens dazu bringen, sich nicht mehr als Suguro auszugeben. Ein Recht, ihm sein Tun zu verbieten, hatte er allerdings nicht. Nur wie wollte er dann beweisen, daß nicht er, sondern der andere sich an anrüchigen Orten herumtrieb?

Und wie kam es, daß dieser andere urplötzlich in diesem Winter aufgetaucht war? Wo hatte er sich so lange verborgen gehalten? Seit er sich zeigte, hatte die Säule, die Suguros literarisches Schaffen trug, Risse bekommen. Nein, Risse zogen sich nicht nur durch sein literarisches Schaffen, sondern auch durch sein persönliches Leben. Ihm fiel der alte Mann aus Thomas Manns »Tod in Venedig« ein, dessen ganzes Sein nach der Begegnung mit einem schönen Jüngling seinen Sinn verloren hatte. Wie alt war der Mann eigentlich? Doch wohl über die Fünfundsechzig?

Seit vielen Jahren ahnte Suguro zwar, daß Gott ihn heimsuchen werde, aber daß Gott ihm in diesem Alter, wo er sich endlich seine eigene Welt errichtet hatte, einen derartigen Schlag versetzen würde, das hatte er nicht gedacht.

Es begann zu dunkeln.
Mit gekrümmtem Rücken saß er in seinem Arbeitszimmer reglos auf dem Stuhl. Da schrillte nebenan im Gästezimmer das Telefon, und zwar so durchdringend, als wollte es von vorneherein seine Absicht, es zu überhören, vereiteln.
Das Klingeln brach ab. Erleichtert atmete er auf. Doch schon läutete es wieder. Trotzdem erhob er sich nicht. Er setzte seine Arbeit fort, aber da klingelte das Telefon erneut. Er hielt es nicht mehr aus und nahm den Hörer ab.
»Hallo! Hallo!« tönte ihm wie aus weiter Ferne die leise Stimme Kurimotos entgegen. »Ich dachte schon, Sie sind nicht zu Hause. Weil ich es schon ein paarmal vergeblich versucht habe... Ich wollte Ihnen mitteilen, daß Herr Kano einen Herzanfall hatte. Man hat ihn zwar noch ins Krankenhaus geschafft...«
Kurimoto verstummte.
Das erste, was Suguro fühlte, war Wut. Wut darüber, daß man sich derart infame Scherze mit ihm erlaubte. Aber dann sagte er sich, Kurimoto ist nicht der Mann für derlei Scherze.
»Es kam alles so plötzlich, daß in seiner Todesstunde nur N. bei ihm war.«
Seit dem Tode von Kanos Frau vor fünf Jahren war es Frau N., die sich um ihn gekümmert hatte. Sie besaß ein kleines Lokal, und weil Kano schon immer ihr Lieblingsschriftsteller gewesen war, hatte es sich irgendwann so zwischen ihnen beiden ergeben. Aber selbst gegenüber Suguro hatte Kano, obwohl sie seit Ewigkeiten befreundet waren, nur ungern über sie gesprochen.
»Etwa eine halbe Stunde lang hat er über Schmerzen in der Brust geklagt... Er ist den Ärzten unter den Händen gestorben.«
»Ich komme sofort. Welches Krankenhaus ist es?«
»Das Omori-Krankenhaus bei Ihnen in der Nähe.

Aber wir bringen den Toten jetzt sofort zu sich nach Hause. Am besten, Sie kommen dorthin.«
Suguro zog sich eilig an, rief ein Funktaxi und nannte dem Fahrer Kanos Adresse.
Er sah den Freund wieder vor sich, wie er ihm fünf Tage zuvor nach der Vorstandssitzung des PEN-Clubs im Klubzimmer des Vereinshauses T. müde gegenübergesessen hatte. Er, der sonst immer so fröhlich war, hatte mißmutig und finster dreingeschaut. Waren das schon Vorzeichen des Todes? Was mochte ihn so müde gemacht haben? Suguro dachte daran, wie umgänglich Kano als Schriftstellerkollege immer gewesen war. Niemals hatte er eine Vorstandssitzung versäumt, und alle hatten ihn für einen unbekümmerten Schriftsteller gehalten, der gern bis spät mit jungen Leuten aus den Verlagen trank. Aber im Grunde seines Herzens war er sehr verletzlich und menschenscheu, was man auch aus seinen Werken herauslesen konnte. Doch Genaues wußten wahrscheinlich nur seine alten Freunde.
Durch die Scheiben des Taxis fällt sein Blick auf die abendlichen Straßen. Nichts hat sich verändert an diesem Anblick. An den Kreuzungen die Autos – sie halten, fahren an, fahren an und halten. Der junge Verkäufer vor einem Elektrowarengeschäft schleppt Pappkartons. In einem Obstladen leuchten Mandarinen. Obwohl Kano gestorben ist, hat sich an der Wirklichkeit nichts, aber auch gar nichts geändert. Suguro verspürt den gleichen Ärger wie vorhin, und er kann sich noch nicht damit abfinden, daß Kanos Tod eine Realität sein soll.
Als er sich Kanos Haus näherte, sah er, daß schwarzgekleidete Verlagsmitarbeiter am Ende der schmalen Gasse einen Empfangstisch aufgebaut hatten, vor dem sie sich mit Segi und den anderen, die herbeigeeilt waren, unterhielten. Suguro begrüßte diejenigen, die er kannte, und wurde dann von Kurimoto in das Gäste-

zimmer geführt. Das elektrische Licht blendete auf eigenartige Weise, was vielleicht daran lag, daß es von dem weißen Holz des Sarges und den leuchtenden Chrysanthemen, die den ganzen Hintergrund ausfüllten, reflektiert wurde. Frau N. hob ihre rotgeweinten Augen und wisperte Suguro zu, er möge doch einen Blick auf das Gesicht des Toten werfen. Das Gesicht, das aus dem Sarg schaute, war bleich, als wäre es aus Wachs geformt, und zwischen den Brauen zeichneten sich noch schwach die Schatten des Leidens ab. Um es sich fest einzuprägen, starrte Suguro auf das Antlitz das langjährigen Freundes, dessen Leben sich vollendet hatte.

»Im Jenseits – werden wir uns wiedersehn«, flüsterte er still vor sich hin. »Mag gewesen sein, was will, du und ich, wir haben in dieser Welt gelebt und geschrieben.«

Erst in diesem Moment wurde ihm so richtig bewußt, daß Kano tot war, und ihm kamen die Tränen.

Mehr und mehr Trauergäste stellten sich ein. Im Nebenzimmer, wo für die lange Nacht der Totenwache einiges an Speisen und Getränken hergerichtet war, traf er auch Shiba, einen gemeinsamen Freund aus alten Tagen. Shiba hatte schon vor Zeiten seine Hoffnungen auf eine Karriere als Kritiker aufgegeben und war Lehrer an einem Mädchencollege geworden. Er machte jetzt einen völlig biederen Eindruck. Von seiner einstigen Lebhaftigkeit war nichts geblieben.

Während er sich ein Glas Bier einschenkte, sagte er traurig: »Weißt du, ich dachte immer, wir haben ja noch so viel Zeit vor uns, aber jetzt, wo Kano dahingegangen ist, da ist mir plötzlich, als sitze auch uns schon der Tod im Nacken ...«

Suguro nickte. »Du hast recht. Auch von uns tritt einer nach dem anderen ab.«

Daraufhin flüsterte Segi, der vor ihnen saß, mit einem bitteren Lächeln: »Der nächste bin ich.«

Es war Mitternacht, als Suguro sich verabschiedete, nachdem er ein paar Worte des Trostes an Frau N. gerichtet und noch einmal einen Blick auf das Gesicht des Toten geworfen hatte. Das Taxi kam und kam nicht. Der Himmel war pechschwarz. Suguro hatte nicht geglaubt, daß ihm Kanos Tod so nahegehen würde.

Das Quietschen des Stuhls, als sich der Doktor, nachdem er sich die Untersuchungsergebnisse angesehen hatte, ihm zuwandte, ging Suguro diesmal mehr als sonst auf die Nerven.

»GPT zweihundertfünf und GOT hundertachtundachtzig. Ich würde Ihnen raten, sich ins Krankenhaus zu begeben ... Wenn bei diesen Werten nichts getan wird, ist eine plötzliche Verschlechterung nicht auszuschließen.«

Suguro blickte auf den langen, schmalen Papierstreifen, den der Arzt vor sich auf dem Tisch liegen hatte. Seltsamerweise beunruhigten ihn die Worte überhaupt nicht. Das einzige, was ihn bewegte, war der Gedanke, daß auch er sich Schritt für Schritt der Welt näherte, in die Kano entschwunden war. Das brachte das Alter so mit sich.

»Mit dem Krankenhaus – das ist im Augenblick schwierig.«

»Aber ...«

»Ich werde mich schonen, so gut es geht. Und ob ich mich ins Krankenhaus begebe oder nicht, das möchte ich nach der nächsten Untersuchung entscheiden.«

»Sobald Schmerzen und Schwellungen einsetzen, ist nichts mehr zu machen. Bei den ersten Anzeichen von Bauchwassersucht haben Sie schon eine Leberzirrhose. Da muß man vorher was unternehmen.«

»Ich verstehe.« Er nickte, wollte aber vom Krankenhaus nichts wissen.

Auf der Heimfahrt mit der U-Bahn saß er, die gefalteten Hände im Schoß, in einer Ecke und ließ gedankenverloren seine Blicke über die Werbung im Wagen schweifen. Zwischen der Reklame, die Hochzeitsausstatter und Wochenmagazine machten, hing ein Plakat, auf dem altersgerechte Eigentumswohnungen angepriesen wurden. Eine Schauspielerin und ein Schauspieler, die Suguro schon seit seiner Jugendzeit kannte, mimten auf dem Plakat ein altes Ehepaar, und über dem gekünstelten glücklichen Lächeln der beiden prangten in großer Schrift die Worte »Die schönen reifen Jahre«. Suguro wollten diese Worte nicht so recht passen: Die schönen reifen Jahre. Was er seit dem Tag der Preisverleihung vom hohen Alter erlebt hatte, war alles andere als schön. Es war häßlich und roch nach Verwesung. Es war wie ein böser, düsterer Traum. Das Alter hält sich lange bedeckt, bis es einen eines Tages mit dem Hauch des Todes anweht. Suguro schloß die Augen.

Als er in sein Atelier zurückkam, war seine Frau gerade beim Saubermachen.

»Wie steht es?«

»Womit? Mit der Untersuchung? Ganz normale Werte, hat der Arzt gesagt. Kein Grund zur Beunruhigung.«

»Ein Glück!« Seine Frau schien aus tiefstem Herzen erleichtert. »Ich habe mir schon seit dem Morgen große Sorgen gemacht.«

Suguro hielt für einen Moment den Atem an. Er war froh, daß es ihm gelungen war, die Sorgen seiner Frau zu zerstreuen.

Die Totenfeier für Kano fand im Seigan-Tempel in Shiba statt. Vor dem großen Foto des Verstorbenen auf dem chrysanthemenumkränzten Altar sprach Suguro im Namen aller Freunde die Worte des Gedenkens. Er hatte am Vormittag zwei Stunden an der Rede gearbeitet und in Erinnerung an die freundschaftlichen, klugen

Ausführungen Kanos bei der Preisverleihung zu Beginn des Winters unter anderem geschrieben: »Leben und Werk des Dahingeschiedenen zeugen, um es mit einem Wort zu sagen, von großer Unbeugsamkeit. Ohne sich bei seinen Lesern anzubiedern, ohne sich den Zeitläuften zu unterwerfen, hat er beharrlich das geschrieben, von dem er meinte, er müsse es schreiben, um sich selber treu zu bleiben. Und treu geblieben ist es sich auch in der ganzen Art, wie er gelebt hat.«
Die Totenfeier war vorüber, und er verließ die Tempelhalle. Als er dann auf den Vorhof hinaustrat, über den noch Teilnehmer der Trauerfeier gingen, bemerkte er einen Mann, der an einer Laterne lehnte und ihn schon von weitem anstarrte. Es war Kobari.
Kobari kam auf ihn zu. »Darf ich Sie kurz was fragen?« Suguros Schweigen nahm er als Zustimmung. »Erinnern Sie sich an den Abend im vorigen Monat, als Tokyo in Nebel gehüllt war?«
»In Nebel?«
»Ja. Es war der dichteste Nebel seit dreißig Jahren, schrieben die Zeitungen.«
»Und was habe ich damit zu tun?«
»Wo sind Sie an dem Abend abgeblieben?«
Suguro überhörte die Frage und ging weiter, aber Kobari blieb an seiner Seite. »Sie und ich, wir sind uns auf dem Gehsteig vor einem Hotel in Yoyogi begegnet. Und Sie sind dann ganz schnell in die nächste Seitengasse geflohen.«
Ohne etwas zu erwidern, trat Suguro durch das Haupttor der Tempelanlage. Die Leute aus dem Verlag, die bei der Totenfeier geholfen hatten, winkten für ihn ein Auto heran. Kobari hatte es aufgegeben, ihn weiter zu verfolgen.
Nachdem Suguro ins Auto gestiegen war, dachte er an die Worte von Kobari, zückte eilig seine Brieftasche und entnahm ihr ein kleines Stück Papier. Es war der Fetzen von dem Platzdeckchen, den ihm Madame Na-

ruse neulich beim Essen im Restaurant Shigeyoshi gegeben hatte. Fein säuberlich stand darauf in ihrer schönen Schrift: Yoyogi.
Vor dem Hotel also wollte Kobari ihm an dem Nebeltag begegnet sein. Tatsächlich war er an jenem Abend unterwegs gewesen, allerdings ohne etwas Bestimmtes vorgehabt zu haben. Er hatte in dem Nebel, der so dicht war, daß man Gefahr lief, die Richtung zu verlieren, nur ein wenig durch den Park spazieren wollen. Und beim Spazierengehen war ihm der Gedanke gekommen, daß es nun im Alter in ihm genauso aussehe wie jetzt in dem nebligen Park. Gerade war er fest davon überzeugt, endlich sein Leben klar zu durchschauen, da hatte eine schmutzige Hand alles durcheinandergerührt und seinen Lebensabend in eine von trübem Dunst verhangene Welt verwandelt.
Mir reicht es. Ich kann nicht mehr, sagte er sich und spürte erneut Wut in sich aufsteigen. Dieser Kobari ist von einer furchtbaren Aufdringlichkeit, aber der Mann, der sich für mich ausgibt, auch. Mir reicht es. Ich kann nicht mehr. Es muß endlich Schluß sein damit.
Morgen würde der besagte Freitag sein. Er hatte noch geschwankt, ob er zu der Verabredung gehen sollte oder nicht, aber jetzt war er fest dazu entschlossen. Nein, es gab kein Ausweichen mehr, er mußte dem anderen gegenübertreten.

Freitag, der Dreizehnte.
Am Abend vorher war im Fernsehen angekündigt worden, daß es Schnee geben könnte. An sich war wenig Verlaß auf die Wettervorhersage, aber diesmal hatte es sich tatsächlich sehr abgekühlt, und es war einer der Tage, an denen seine Frau unter Schmerzen in ihren Gelenken zu leiden hatte.
Er hatte in seinem Atelier übernachtet und war früh am Morgen aufgewacht. Er machte die Augen wieder zu

und versuchte, noch einmal einzuschlafen, aber es gelang ihm nicht.
Ärgerlich über sich selber, stand er auf und flüchtete sich ungewaschen in sein Arbeitszimmer. Auf dem Tisch lag noch der Zettel, auf den er gestern gekritzelt hatte: »Es ist nichts verborgen, was nicht offenbar werde, und ist nichts heimlich, was man nicht wissen werde.« – »Wenn dir deine rechte Hand Ärgernis schafft, so haue sie ab und wirf sie von dir.«
Er ging in die Küche, goß heißes Wasser in die Kaffeemaschine und steckte den Stecker ein. Dann wusch er sich, trank eine Tasse heißen Kaffee und rief seine Frau an.
»Du hast hoffentlich keine Schmerzen?«
»Nein, ich habe mir vorsorglich warme Umschläge gemacht. Weil heute Freitag ist, werde ich nachher in die Kirche gehen.«
»Ist gut. Um mich brauchst du dich nicht zu sorgen. Essen werde ich mit jemandem aus einem Zeitschriftenverlag.«
Suguro hoffte, daß sich heute ein Gast nach dem anderen einstellen möge. Das beste wäre, Leute vom Verlag, dann brauchte er nicht über das nachzudenken, was ihm noch bevorstand. Er schaute in seinen Terminkalender und sah, daß sich für den heutigen Vormittag Kurimoto angesagt hatte.
Kurimotos Anliegen war, mit ihm eine feste Absprache über seinen nächsten Roman zu treffen. Suguro bat um ein Jahr Vorbereitungszeit.
»Warum ein ganzes Jahr?« fragte der ernste junge Mann mit einem mißtrauischen Blick.
»Sie wissen, wie alt ich bin. Da möchte ich einfach nicht mehr ständig die gleichen Sachen schreiben wie bisher. Und außerdem – bewegt mich etwas ...«
»Was meinen Sie damit?«
»Mich bewegt, daß die Säule, die alles trägt, was ich bis zum heutigen Tag geschaffen habe, rissig geworden ist,

und ich möchte mir Gewißheit darüber verschaffen, ob sie einstürzt oder nicht.«

Kurimoto neigte den Kopf zur Seite.

»Kano hat mir kurz vor seinem Tod erzählt, daß schon wieder Gerüchte über mich im Umlauf sind.«

»Das kann ich mir gar nicht denken. Und Ihre wirklichen Fans werden schon wissen, daß Sie nicht so einer sind.«

»Meine wirklichen Fans?«

»Ja, zum Beispiel dieser junge Mann von neulich, der in einem Heim für behinderte Kinder arbeitet. Aber was ist, wenn Ihr Versuch danebengeht und Ihre Welt zusammenstürzt?«

Suguro lächelte bitter. Am liebsten hätte er allerdings gesagt: Nichts ist dann, soll sie doch zusammenstürzen! Aber diese Worte blieben ihm in der Kehle stekken.

»Jedenfalls werde ich für das Buch mindestens ein oder zwei Jahre brauchen. Als Titel dachte ich an ›Die Sünde oder Das Gebet eines alten Mannes‹ ... «

Nachdem Kurimoto gegangen war, trat Suguro ans Fenster und blickte hinüber zu den Hochhäusern von Shibuya und Shinjuku. Eine trübe Stille lastete auf der Stadt, und obwohl es schon Mitte März war, hätte es ihn nicht gewundert, wenn es an diesem Nachmittag noch schneien würde.

Um sich abzulenken, schlug er das Buch eines ausländischen Schriftstellers auf. Aber ihn erreichten weder die Worte noch die Bilder. Das lag nicht an dem Werk. Er war sich selber sehr wohl darüber im klaren, daß lediglich seine Augen den Zeilen folgten.

Was soll's! Ich habe eben keinerlei Beziehung mehr zu diesem Buch, sagte er sich und wußte doch nur allzugut, daß dieser Stoßseufzer eine Lüge war und all sein Sinnen sich auf das Hotel konzentrierte, das Madame Naruse ihm genannt hatte.

Er spürte, wie er kalte Füße bekam. Draußen, vor den

verhängten Fenstern, begann es schon dunkel zu werden. Eigentlich wäre es an der Zeit gewesen, nach Hause zu fahren. Aber er hatte seiner Frau gesagt, er würde heute mit jemandem aus einem Zeitschriftenverlag essen gehen.

Als er aus dem Taxi stieg, glitten ihm Schneeflocken übers Gesicht und blieben an den Ärmeln seines Regenmantels haften. In der kurzen Zeit, die er zögernd vor dem Hotel stand, nahm das Schneegestöber an Heftigkeit noch zu.

Vom Tor bis hinauf zur Auffahrt standen zu beiden Seiten, aufgereiht wie Soldaten, dunkel schimmernde Himalayafichten. Das Licht, das aus der Vorhalle sikkerte, tauchte den leicht verschneiten Eingang in einen matten Schein. Das Ganze sah mehr nach einer großen Villa und nicht nach einem Hotel aus. Dahinter aber flackerten in grellen Farben die Neonlichter billiger Absteigen, und das zeigte ihm, welcher Art dieses Viertel hier war.

Seltsamerweise hatte er das Gefühl, dieses Hotel schon einmal gesehen, nein, nicht nur gesehen, sondern sogar betreten zu haben. Es ähnelte dies dem rätselhaften Gefühl, das einen manchmal überkommt, wenn man auf eine völlig fremde Landschaft blickt und plötzlich meint, genau dieselbe Landschaft bereits in ferner Vergangenheit einmal gesehen zu haben. Aber warum er Erinnerungen an dieses Hotel hatte, das wußte er nicht.

Als er durch die Tür trat, schallte ihm lautes Schreibmaschinengeklapper entgegen. Sein Blick fiel auf die schwarze Jacke eines Mannes in den Dreißigern, der ihm den Rücken zukehrte. Suguro wartete, daß dieser Mann auf ihn aufmerksam wurde, und starrte in das immer stärker werdende Schneegestöber. Im Licht des Eingangs tanzten die Flocken.

»Herzlich willkommen«, sagte der Mann, nachdem

er mit dem Tippen aufgehört und Suguro bemerkt hatte.
»Eine Frau Naruse erwartet micht.« Suguro gab sich alle Mühe, unbefangen zu erscheinen.
»Ja, ich weiß Bescheid.« Vielleicht war es ihm so antrainiert, jedenfalls wich sofort jeder Ausdruck aus dem Gesicht des Mannes, und er sagte in einem Tonfall, als leiere er einen auswendig gelernten Text herunter: »Mit dem Fahrstuhl bitte in die dritte Etage. Zimmer dreihundertacht. Ganz am Ende des Korridors.«
Suguro durchquerte den Raum, der das Aussehen eines Salons hatte, und stieg in den Fahrstuhl. Der Mann, der ihm vom Empfang aus nachspähte, verwandelte sich in Suguros Augen plötzlich in den jungen Burschen, der in einem Kinderheim arbeitete und sich als Fan von ihm ausgab.
Der Fahrstuhl passierte die zweite Etage und kam in der dritten langsam zum Stehen. Das erste, was Suguro wahrnahm, war der Geruch von staubigen Teppichen. Er trat hinaus in den Korridor.
Lautlose Stille herrschte.
Er ging den Korridor hinunter. Dreihundertsechs. Dreihundertsieben. Als er die Zahl dreihundertacht entdeckt hatte, klopfte er an die Tür.
»Es ist nicht abgeschlossen.«
Frau Naruse erwartete ihn schon. Sie hatte einen Kaschmirpullover an, lehnte im Sofa und rauchte eine Zigarette. Auf ihrem Pullover glänzte silbern eine Brosche aus Bergkristall. Suguro sah sie zum erstenmal rauchen.
»Ich war mir sicher, daß Sie kommen«, sagte sie, drückte ihre Zigarette aus und erhob sich.
Suguro glaubte, ihr darauf eine Antwort schuldig zu sein. »Ja, um mich mit meinem Ebenbild zu treffen.« Seine Stimme klang heiser.
»Dann werfen Sie am besten einen Blick in das Zimmer

nebenan«, erklärte sie ihm, um sofort seinem Wunsch zu entsprechen. »Dies hier ist eine Suite.«
Sie wies mit dem Finger auf die Tür des Nachbarzimmers. An den Raum dreihundertacht schloß sich ein Schlafzimmer an.
Als er in das Zimmer sah, fiel sein Blick auf ein großes Bett. Darauf lag ein Mädchen wie eine mit Sweater und Jeans bekleidete Puppe. Strähniges Haar fiel in das unschuldige Mittelschülerinnengesicht. Es war Mitsu Morita, in tiefen Schlaf versunken.
»Was soll das? Warum ist das Mädchen hier?« fragte Suguro erschrocken. Er fühlte sich von der Frau hereingelegt. »Sie haben mir versprochen, mich mit jenem Mann zusammenzubringen...«
»Ja, und er müßte auch gleich kommen.«
»Aber vorher geht Mitsu! Schicken Sie sie bitte weg!«
Die Frau lächelte ihn an, aber ihr Lächeln hatte etwas Mitleidiges und zugleich Schelmisches, als wollte sie einem kleinen Kind bedeuten, doch keinen Unsinn zu reden.
»Das Mädchen hat etwas getrunken, und zwar nicht wenig. Deshalb ist sie jetzt gar nicht in der Lage, nach Hause zu gehen.«
»Was haben Sie beide angestellt?«
»Na, was schon! Während wir auf Sie warteten, haben wir Fernsehen geguckt, haben zusammen gesungen – und ich habe ihr von meiner Kindheit erzählt.«
»Warum haben Sie Mitsu mitgebracht?« fragte er vorwurfsvoll. Seine Stimme klang heiser vor Empörung. »Äußerlich wirkt sie zwar sehr erwachsen, aber sie ist noch ein Kind und hat keine Ahnung, wie es im Leben zugeht. Sie ist von Natur aus gutherzig, und wenn jemand in Schwierigkeiten gerät, dann hilft sie ihm, selbst wenn sie selber dabei draufzahlt... So ist sie nun mal, und deshalb hegte sie Ihnen gegenüber auch keinerlei Mißtrauen.«
»Ich weiß«, nickte Frau Naruse, immer noch lächelnd.

»Im Krankenhaus habe ich gesehen, mit welcher Hingabe sie sich um einen älteren Patienten kümmerte.«
»Auch mich hat sie eine ganze Nacht lang gepflegt, als ich Fieber hatte.«
Er sah sie wieder vor sich, wie sie ihn an dem Abend, als sie ihm die Hand auf die Stirn legte, angelächelt hatte.
»Aber, was meinen Sie«, fragte Frau Naruse, diesmal mit ernstem Gesicht, »ist es wirklich nur Liebe, womit wir solchen gutherzigen Wesen begegnen? Schwingen da außer der Sympathie für jemanden, der die Unschuld selber ist, nicht auch noch andere Gefühle mit? Sie als Schriftsteller werden verstehen, was ich meine.«
Plötzlich überzog ein Ausdruck unendlicher Trauer ihr Gesicht. »Ich glaube, das Herz ist so einfältig nicht... Was Sie für Mitsu empfunden haben, war das immer nur Sympathie und Mitleid?«
Suguro fühlte sich in die Enge getrieben und fragte deshalb leicht verwirrt zurück: »Haben Sie mich hierhergebeten, damit ich Ihnen das beweise?«
»Es gibt eine Menge Frauen, die sich von ihren Männern getrennt haben, weil die Männer die Güte selber sind. Wenn jemand in aller Unschuld zu gut ist, gerade dann möchte der andere ihm weh tun. Das geht doch wohl jedem so«, sagte sie herausfordernd. »Darf ich Sie was fragen?«
»Ich weiß schon, was Sie wollen... Sie brauchen gar nicht erst zu fragen«, versuchte Suguro auszuweichen, aber sie fuhr ungerührt fort: »Ob dieser Jesus, an den Sie glauben, nicht deshalb getötet wurde weil er – zu rein und zu anständig war?«
»Worauf wollen Sie hinaus?«
»Als Jesus, blutüberströmt, mit dem Kreuz auf den Schultern, zum Richtplatz ging, schmähte ihn doch die Menge und bewarf ihn mit Steinen. Glauben Sie nicht, daß dies dem Lustgefühl zuzuschreiben ist, von dem ich immer spreche? Ein reiner und anständiger Mensch

leidet vor ihren Augen. Ist es da nicht denkbar, daß in dem Moment die ganze Menge von der Lust beherrscht wurde, ihn immer noch mehr zu quälen? Weil Jesus zu anständig, zu rein war – deshalb wollte man ihn vernichten ... Diese Mentalität steckt in jedem von uns. In den tiefsten Tiefen ... Aber niemand will ihr ins Gesicht schauen. So war es doch lange Zeit auch mit Ihnen. Selbst in Ihren Werken – haben Sie nur Männer beschrieben, die Jesus verrieten und dann Tränen der Reue vergossen, nachdem der Hahn dreimal gekräht hatte, aber der Menge, die die Steine warf und trunken vor Lust war, sind Sie immer ausgewichen ...«

»Es gibt für jeden Schriftsteller nun einmal Dinge, über die er nicht schreiben möchte.«

»Jetzt versuchen Sie, sich herauszureden.« Sie öffnete ihre kühnen Augen noch weiter als sonst und sagte etwas höhnisch: »Zufälligerweise haben wir Freitag, den Dreizehnten. Der Tag, an dem Jesus hingerichtet wurde. Der Tag, an dem die Menge ihn steinigte. Aus diesem Grunde habe ich Sie heute hier in dieses Hotel gebeten ...« Sie lachte ein wenig. »Entschuldigen Sie, aber es ist mir ernst.«

»Das heißt, Sie haben mich belogen, als Sie sagten, daß Sie mich heute mit jenem Mann zusammenbringen wollen.«

»Nein, Sie werden ihn gleich sehen«, sagte sie leichthin.

»Wo?«

»Im Zimmer nebenan.«

Als er in das Nebenzimmer gehen wollte, hielt sie ihn zurück.

»Lassen Sie das! Er hat es nicht gern, wenn man unangemeldet eintritt.«

Sie hob die Hand und zeigte auf eine Tür gegenüber dem Badezimmer: »Das dort ist ein Kleiderschrank. Darin befindet sich ein Guckloch, durch das man ins Schlafzimmer blicken kann.«

»Ein Guckloch?«
»Ja. In den etwas zweifelhaften Häusern in Shinjuku ist das jetzt große Mode. Und unter den Stammgästen dieses Hotels hier haben auch einige ihren Spaß daran... Durch das Loch können Sie ihn sehen.«
»Und was macht er mit Mitsu?«
»Ich denke«, antwortete die Frau ganz ruhig, »er wird genau das machen, was Sie für das Mädchen empfinden.«
»Das geht zu weit! Ich empfinde nichts Besonderes für sie.«
»Nach außenhin, vielleicht nicht. Aber in Ihrem Unterbewußtsein.«
»Ich habe kein unanständiges Verlangen...«
»Wissen Sie, Verlangen, das beschränkt sich nicht nur auf das Sexuelle. Das kann Verschiedenes sein.«
»Und was, bitte?«
»Am besten, Sie gucken da mal hindurch«, sagte sie, als wollte sie seine Neugier anstacheln. »Dann wissen Sie, was ich meine.«
Die Verwirrung seiner Gefühle machte ihn ratlos. Einerseits war er sich sicher, daß er Mitsu hier wegbringen wollte. Andererseits aber lockte es ihn sehr, herauszufinden, was er nach Meinung von Frau Naruse in seinem Unterbewußtsein für dieses Mädchen empfinden sollte.
»Sie brauchen was zu trinken«, sagte Frau Naruse plötzlich im Flüsterton. Sie erhob sich und öffnete hinten im Zimmer ein Schränkchen. Zum Vorschein kam ein kleiner Kühlschrank. In dem Regal darüber stand eine Batterie von Flaschen mit den verschiedensten Getränken.
»Ich mixe Ihnen einen Cocktail.«
»Nein, danke, ich trinke nicht«, lehnte er entschieden ab. Er dachte gar nicht daran, auf ihr Angebot einzugehen.
»Nun haben Sie sich doch nicht so!«

Sie goß eine bernsteinfarbene Flüssigkeit in ein Glas, das sie zusammen mit dem Shaker in dem Eisschrank gekühlt hatte, und stellte es vor ihm hin.
»Keine Angst, das ist kein Gift. Betrachten Sie es als eine Medizin, die Sie in andere Gefilde hinübergeleitet.«
Suguro starrte in die Flüssigkeit. Frau Naruse verließ das Zimmer, vielleicht um etwas zu holen. Als er aufblickte, sah er, wie draußen vor dem Fenster leise der Schnee rieselte. Suguro streckte die Hand aus und führte das Glas zum Mund. Ein scharfer Geruch stieg ihm beißend in die Nase. An starke Getränke war er schon seit Ewigkeiten nicht mehr gewöhnt, deshalb mußte er nun husten. Plötzlich aber überkam ihn das Verlangen, sich selber ins Chaos zu stürzen. Der quietschende Stuhl des Arztes. Die Stimme, die die GOT- und GPT-Werte verkündete. In einem Anflug von Wut leerte Suguro das Glas in einem Zug.
Hitze durchströmte seine Kehle und breitete sich in seiner Brust aus. Es wurde ihm dabei, als wehte ihn da irgend etwas aus einer Welt von gänzlich anderen Dimensionen an. Er spürte, wie das Gefühl, Mitsu von hier wegbringen zu müssen, langsam erlosch.
Bring sie weg! redete er sich zu. Bring sie weg! Er gab sich einen Ruck, erhob sich aus dem Sofa und ging auf das Nachbarzimmer zu. Seine Knie zitterten. Doch statt auf die Tür zuzutreten, lenkte etwas, das stärker war als sein eigener Wille, seine Schritte zu dem Kleiderschrank, auf den ihn Frau Naruse verwiesen hatte.
»Nur einen kurzen Blick«, murmelte er vor sich hin. »Mehr nicht. Dann hat sich die Sache. Ich gehe und nehme Mitsu mit.«

In der Rückwand des Schrankes, in dem eine Menge Kleiderbügel hingen, befand sich ein kleines, rundes Loch, das man glatt übersah, wenn man nicht aufmerksam hinschaute. Suguro schob die Bügel beiseite und preßte ein Auge auf das Guckloch. Obwohl er der Autor von ›Das Leben Christi‹ und ›Der Emissär‹ war, begab er sich nun in die gleiche schamlose Rolle wie irgend jemand in einer Peep-Show in dem billigen Vergnügungsviertel am Bahnhof Shinjuku.

In dem Loch steckte eine Speziallinse. Wenn man an dem schwarzen Ring um das Loch drehte, war das ganze Schlafzimmer zu sehen. Man konnte aber auch das Bett und das Drumherum vergrößert dem Auge nahe bringen. Außerdem gab es sogar einen Kopfhörer, um über ein verborgenes Abhörgerät in das Zimmer hineinzulauschen. Weil die Brennweite nicht stimmte, sah Suguro anfangs nur etwas Weißes auf dem Bett liegen, sobald er aber die Linse justiert hatte, entpuppte sich dieses weiße Etwas als Mitsus Körper. Das Mädchen schlief noch, doch trug es weder sein schmutziges Sweatshirt noch seine verwaschenen Jeans und seine Unterwäsche. Hatte es sich selber irgendwann entkleidet? Oder hatte Frau Naruse es getan?

Der fahle Schein einer Stehlampe fiel auf Mitsus kindliches Gesicht. Der Anblick gab ihm einen Stich ins Herz. Ihre Figur war nicht so hübsch, wie er sie im Traum gesehen hatte. Sie hatte zwar kräftige Oberschenkel wie alle Mädchen heute, aber ihre Beine waren kurz und häßlich. Das Licht der Stehlampe ließ deutlich ihre noch nicht voll entwickelten Rundungen und die sich spitz darauf erhebenden kastanienbraunen Brustwarzen hervortreten. Es waren mädchenhafte, irgendwie noch unreife, im Kern feste Brüste. Auch ihr Bauch war noch flach und straff, der Nabel darauf zeichnete sich als ein schwacher länglicher Schatten wie eine leichte Vertiefung auf einer Wanderdüne ab. Als Suguro unverwandt auf die kastanienbraunen Brustwarzen und die festen Brüste starrte, glaubte er das Grün und den Geruch eines Waldes am Frühlingsanfang wahrzunehmen. Den Geruch von Büschen, die gerade zu knospen beginnen. Den Geruch des Lebens.

Weder ›die Frau‹ noch das Geschlechtliche allgemein sprachen ihn aus dem nackten Körper an. Dennoch, ein nur mädchenhafter Körper war es auch nicht mehr. In einem halben Jahr vielleicht würde er ganz und gar zur ›Frau‹ gereift sein. Doch noch trug das ahnungslose Gesicht der friedlich Schlafenden, der das strähnige Haar in die Stirn fiel, alle Zeichen kindlicher Unschuld.

Er spähte lange durch das Guckloch. Madame Naruse blieb verschwunden, und ›der andere‹ zeigte sich natürlich auch nicht. Vielleicht lag es in ihrer Absicht, daß er mit den Augen den Mädchenkörper bis zum Überdruß auskosten sollte.

Während sein Blick den nackten Körper umfing, mußte er an all das denken, was ihm das Alter beschert hatte: verbrauchte innere Organe, eine Leber, die sich nach Aussagen des Arztes verhärtete, ein von den Jahren zernagtes Gesicht. So weit weg war der Zeitpunkt nicht mehr, da er diese Welt ebenso wie Kano verlassen würde. Aber diesem unschuldigen Gesicht und den noch wenig frauenhaften Rundungen gehörte die Zukunft. Könnte er seine Wangen an diese festen Brüste schmiegen, würde ihm, dessen war er sich sicher, ein Duft von Äpfeln entgegenströmen. Übermächtig wurde in ihm das Verlangen, den Geruch zu atmen, einen Geruch, der reifen und damit auch vom Schatten des Verfalls gezeichneten Frauenbrüsten niemals anhaftet. Ein Atemzug von diesem Geruch, sagte er sich, und Körper und Seele würde wieder Kraft zuströmen.

Von irgendwoher ertönte Musik. Ja! Das war ein Klavierkonzert von Mozart. Würde mir das Leben ein zweites Mal geschenkt, möchte ich solche Musik noch einmal in vollen Zügen genießen. Immer war es nur der Geruch des Todes, der meine Seele durchzog, und nie heitere Gelassenheit, dachte er bei sich. In diesem Moment sah er vor sich plötzlich im Wintersonnenschein die Bucht und die sanften Hügel der Halbinsel Shimabara, wohin er vor einiger Zeit mit seiner Frau gereist war, sowie das lächelnde Gesicht des alten Predigers mit den sanften Augen. Er, der Prediger, würde beim Anblick des nackten Mädchenkörpers bestimmt keine Eifersucht empfinden. Denn er dürfte fest davon überzeugt sein, Eingang in ein viel größeres Leben zu finden.

Madame Naruse trat aus dem Bad in das Nebenzimmer. Ob sie sich sicher war, daß er sie durch das Guckloch beobachtete, darüber war Suguro sich nicht im klaren. Jedenfalls hockte sie sich völlig unbekümmert zu Mitsu aufs Bett und begann ihr zärtlich über das Haar zu streichen. Ihre Finger bewegten sich mit einer Sorgfalt, als kämmte eine Mutter ihre Tochter ... Mitsu erwachte langsam. Verschlafen sah sie Madame Naruse an und lachte, als sie sie erkannte. Es war das Mitsu eigene gutmütige und dabei ein wenig dümmliche Lachen. Madame Naruse sagte etwas, was Suguro allerdings nicht verstehen konnte. Eilig griff er nach dem Kopfhörer und regulierte an dem Apparat an der Wand die Lautstärke.
»Du warst betrunken und hast lange geschlafen«, sagte Madame Naruse und blickte Mitsu mit demselben liebevollen Lächeln an, mit dem sie auch die Kinder im Krankenhaus bedachte. »Wenn du noch müde bist, kannst du weiterschlafen, solange du willst.«
Als Mitsu merkte, daß sie nackt war, und die Beine anzog, beruhigte Madame Naruse sie.
»Ich hab dich ausgezogen. Weil man sich dann besser fühlt, wenn man betrunken ist. Nein, nein, du brauchst dich nicht zu sorgen. Laß mich nur machen ... Am besten, du hältst mich für deine Mutter.«
Dabei streichelte sie ihr weiter mit gleichbleibender Bedächtigkeit das Haar. Mitsu schloß die Augen, als die geschmeidigen Finger ihren Kopf leicht massierten.
»Das ist gut! Mach die Augen zu ... Bleib ruhig, ganz ruhig. Dann wird dir, als ob du eine lange, lange

Rutschbahn hinabgleitest. Merkst du, wie schön das ist? Merkst du, wie du hinabgleitest...«
Suguro hielt den Atem an. In der Art, wie Madame Naruse immer wieder die gleichen Worte im gleichen Tonfall wiederholte, lag etwas Hypnotisierendes. Und tatsächlich bewegte Mitsu auch nicht länger ihren kleinen Kopf. Reglos lag sie da, wie ein Insekt, das, gefangen im Netz einer Spinne, all seine Kräfte aufgebraucht hat.
Wie um ihm zu bedeuten, daß die Vorbereitungen abgeschlossen seien, sah Madame Naruse flüchtig zu ihm hinüber. Sie schien ihm sagen zu wollen: Genauso hat es auch immer mit Motoko angefangen!
Suguro war wie benommen, sowohl von dem immer noch wirkenden Alkohol als auch von dem ungewöhnlichen Anblick, der sich ihm durch das Guckloch bot. Wieder verschlug es ihm den Atem. Während er sich noch fragte, ob er träume oder nun ganz und gar den Verstand verloren habe, war Madame Naruse auf einmal verschwunden. Ein anderer Rücken beugte sich über Mitsu. Der Rücken eines Mannes. Unterhalb des linken Schulterblattes zeichnete sich als dunkle Linie eine halbmondförmige große Narbe ab. Das war sein eigener Rücken! Der Rücken Suguros, der vor Jahren an der Lunge operiert worden war.
Das war er! Wie Madame Naruse vorausgesagt hatte, befand er sich in dem Schlafzimmer und betrachtete Mitsus Körper.
»Herr Suguro!« sagte Mitsu mit schläfriger Stimme, nachdem sie die Augen leicht geöffnet hatte. »Herr Suguro, was ist?«
Sie war aus der Hypnose noch nicht völlig erwacht und konnte sich offenbar keinen Reim darauf machen, warum da ein Mann war, der sie mit seinen Blicken verschlang.
Der Mann streichelte wieder und wieder ihre kugligen Rundungen. Deutlich war zu sehen, wie er mit seiner

Hand die Weichheit und Elastizität der mädchenhaften Brüste auskostete. Von den Rundungen glitt die Hand hinab zu dem feinen grauen Schatten zwischen ihren Schenkeln. Schließlich preßte er voller Verlangen sein Gesicht auf den schmalen Spalt ihres Bauchnabels.

»Aah!« stöhnte Suguro unwillkürlich.

Die Lust, die der Mann in diesem Augenblick empfand, teilte sich Suguro aufs lebhafteste mit. Ein Gesicht, von dem seinem in nichts zu unterscheiden, schmiegte sich an den Mädchenleib. Es war, als sei es in einem Bett vergraben, das bis eben noch zum Auslüften in der Sonne gehangen hatte. Ein Geruch von Sand und das Gefühl von Weichheit... Er schloß die Augen und lauschte auf die Töne tief in ihrem Leib. Waren es die Töne des pulsierenden Blutes? Waren es die Töne des schlagenden Herzens? Ganz früher hatte er derartiges schon einmal gehört, in einem Dorf zu Frühlingsbeginn. Das waren keine wirklichen Töne, sondern solche, die alle Bäume des Waldes hervorbringen, wenn sie den Atem des Universums einsaugen, wenn ihre rötlichen Knopsen schwellen und aufbrechen. Wenn das Leben an sich Töne hervorbringen kann, dann erklangen sie jetzt in dem jugendfrischen Körper des Mädchens.

Als er genauer hinhörte, nahm er auch Melodien wahr, zu denen sich die einzelnen Töne fügten. Diese Melodien riefen in ihm Erinnerungen, Vorstellungen und Bilder wach: das Gefühl der Geborgenheit, das er hatte, wenn er in der Kindheit mit seiner Mutter auf schmalen Pfaden unter blühenden Spiräen wie durch einen Tunnel gegangen war. Das Gesicht, mit dem das Mädchen, das dann seine Frau wurde, ihn ansah, als es mit »Ja« auf seine Frage antwortete: »Wollen wir heiraten?« Die Gestalt des alten Pfarrers, da er das Bibelwort predigte: »Selig sind die Sanftmütigen.« Und dann die Stimme Mitsus, als sie ihm in jener Nacht ins Ohr geflüstert hatte: »Keine Sorge! Ich kümmere mich

um Sie!« Das alles waren Melodien des Guten und des Schönen, das er in dieser Welt gefunden hatte.
Suguro verlangte es danach, diese Töne des Lebens in sich aufzunehmen. Er wollte dieses Leben aufsaugen. Nachdem er unversehens eins mit dem Mann geworden war, dessen Existenz als sein Gegenbild er geleugnet hatte, preßte er seinen Mund auf Mitsus Bauch und küßte ihn, ließ seinen Mund weitergleiten und küßte ihre Brüste und ihren Hals. Genauso wie Madame Naruse bemühte er sich, Mitsus Leben in seinen eigenen Körper zu verpflanzen. In den faltigen, mit Flecken übersäten greisenhaften Körper. In den Körper, der seine Frische verloren hatte und schmutzig war wie von Würmern zerfressenes altes Laub. Um sich zu retten, saugte er wie eine Spinne, die einen Schmetterling in ihrem Netz gefangen hatte, die Lebenskraft aus Mitsus Körper. Auf ihrem Bauch und ihren Brüsten glänzte der Speichel des alten Mannes wie die Spur einer Nachtschnecke. Am liebsten würde er diesen Leib noch mehr beschmutzen. Der Neid eines Menschen, dessen Tod kurz bevorsteht, auf den, der voller Leben steckt – dieser Neid mischte sich mit Wollust und brannte lichterloh, während sein Mund über den Körper glitt, und unwillkürlich legten sich seine Hände um den Hals des Mädchens. In dem Moment hörte er in sich selber einen ganz anderen Ton.

Es läutete. Es war das Läuten eines Telefons, das ihn aus weiter Ferne rief. Hartnäckig verfolgte ihn der schrille Ton und sagte wieder und wieder: Du zweites Du! Du zweites Du! Du zweites Du! Das Du, das Hütten in Brand steckte, in die Frauen und Kinder gesperrt waren. Das Du, das den blutüberströmten, abgemagerten Mann, dem das Kreuz auf den Rücken gebunden war, mit Steinen bewarf. Das Du, das die Worte schrieb: Manchmal bin ich mir selber unheimlich.
»Sie tun mir weh.« Mitsu wand sich und öffnete dabei leicht die Augen. »Hören Sie auf ...«

Es war dies dieselbe Stimme, die geflüstert hatte: »Keine Sorge! Ich kümmere mich um Sie.«
Wie aus einer tiefen Ohnmacht erwacht, kam er wieder zu sich. Schweiß stand ihm auf der Stirn und rann ihm über Gesicht und Hals. Und dieser Schweiß verriet ihm sehr genau, was er soeben zu tun im Begriff gewesen war. Mit beiden Händen hatte er dem Mädchen die Kehle zudrücken wollen! Es war in einen Strudel von Trieben, weitaus chaotischer als nur die Eifersucht auf diesen Mädchenleib, geraten. Die Kraft dieses Strudels war so unbändig, so lustvoll, so übermächtig, daß er sich ihrer kaum erwehren konnte. Was aber hatte ihn dann doch noch davor gerettet?
Der Mann stand auf und sah sich um. Er verzog sein Gesicht zu einem verächtlichen Grinsen. Aus seinen Mundwinkeln troff Speichel. Sein von grauen Strähnen durchzogenes schütteres Haar war zerzaust und verschwitzt. Genauso sah das Porträt von Suguro aus, das Motoko gemalt hatte. Die Gestalt glitt gleichsam aus dem Schlafzimmer.

Erschöpft lehnte Suguro seinen Kopf gegen die Wand. Als er aus der dämmrigen Umgebung heraustreten wollte, taumelte er und stieß gegen die Kleiderbügel. Zwei, drei von ihnen fielen zu Boden. Mit schleppenden Schritten ging er hinüber ins Schlafzimmer.
Wie tot lag Mitsu auf dem Bett. Suguro wandte den Blick ab, griff nach einer Decke, um sie wie ein Verbrecher, der seine Untat zu verbergen sucht, über das nackte Mädchen zu breiten. Mitsus Sweatshirt und ihre verwaschenen Jeans lagen fein säuberlich zusammengefaltet auf einem Stuhl. Dieser Ordnungssinn ließ ihn an Madame Naruse denken, und er fragte sich, wo sie wohl hingegangen sein mochte, denn zu sehen war sie nirgends.
Er trat an das verhangene Fenster und stand dort völlig ratlos. Er fürchtete sich davor, Mitsu anzusprechen.

Und weil er nicht wußte, wie sie nach dem, was er ihr angetan hatte, reagieren würde, wartete er mit einem Gefühl von Angst darauf, daß sie sich bewegte.
Endlich öffnete sie ihre Augen ein wenig. Gedankenverloren starrte sie auf einen Punkt im Raum, begriff aber offenbar überhaupt nichts. Erst als sie Suguro erblickte und ihn erkannt zu haben schien, begann sie zu lächeln. »Was ist denn mit mir passiert?«
Suguro zögerte einen Moment mit der Antwort, weil er sich nicht sicher war, ob das Mädchen ihm nicht eine Falle stellen wollte. Aber dazu hatte sie ein zu gutherziges Gesicht.
»Das weißt du nicht? Du hast zuviel getrunken.«
»Mir tut der Kopf weh. Wo ist die Tante ...?«
»Keine Ahnung. Vielleicht ist sie schon gegangen. Deshalb bin ich gekommen, um dich abzuholen.«
»Da bin ich aber froh.«
»Du meinst wohl: Du bist happy.«
Mitsu lächelte. Aber dieses Lächeln bedrückte ihn eher.
»Sag mal – erinnerst du dich an nichts?«
»Nein.«
»Hast du was geträumt?«
»Ja, vielleicht. Aber ich weiß nicht mehr, was.«
Suguro fiel auf, daß er weder auf ihren Wangen noch auf ihrem Hals Speichel sah. Und dabei hätte er schwören können, daß vorhin, als er durch das Vergrößerungsglas des Gucklochs spähte, Speichel wie die Spur einer Nachtschnecke darauf geglänzt hatte.
Sollte er sich das nur eingebildet haben? Nein, das konnte nicht sein. Er erinnerte sich an alles doch noch ganz lebhaft. Als reine Einbildung wie bei der Preisverleihung und dem Vortrag ließ sich das nicht mehr abtun.
»Ich fühl mich so schlapp ...«
»Ja, dann schlaf noch ein bißchen.«
Das Mädchen schlief sofort wieder ein und begann

ganz ruhig zu atmen. Das waren Atemzüge eines gesunden Schlafes. Atemzüge des Schlafes eines jungen Menschen, der nicht wie er in den Nächten von düsteren Träumen heimgesucht wurde. Werden und Vergehen. Noch nie war ihm dieser Kontrast so deutlich geworden wie jetzt, da er dem Atem des Mädchens lauschte.

Er ging zum Fenster hinüber und öffnete den Vorhang. Auf dem Fenstersims lag Schnee. In dem Licht, das durch die Scheiben fiel, glitzerten die Flocken, denn es schneite noch immer.

Etwa eine halbe Stunde später rüttelte er Mitsu wach und befahl ihr, sich anzukleiden. Er kehrte ihr den Rücken zu, während sie in die Jeans schlüpfte und das abgetragene Sweatshirt überstreifte.

Sie gingen hinaus auf den leeren Korridor, und als sie den quietschenden Fahrstuhl betraten, sagte Mitsu plötzlich wie zu sich selber: »Ich hab doch wohl geträumt.«

Als Suguro nicht darauf einging, murmelte sie vor sich hin: »Wieso, weiß ich auch nicht, aber ich glaub, ich hab Ihr Gesicht ein paarmal im Traum gesehn.«

Unten an der Rezeption klapperte nach wie vor eine Schreibmaschine. Der Mann im schwarzen Anzug ließ sich nichts anmerken und starrte mit unbewegter Miene vor sich hin, als Suguro, den Arm um das Mädchen gelegt, dem Ausgang zustrebte. Suguro hatte ihn bitten wollen, ein Taxi zu rufen, aber schon als er den Rücken dieses Mannes, der offenbar über alles Bescheid wußte, sah, war ihm der Mut dazu vergangen.

»Bis zur Hauptstraße ist es nicht weit. Dort nehmen wir uns ein Taxi.«

Suguro wollte ihr seinen Schal geben.

»Nein«, sagte sie und schüttelte den Kopf. »Ich bin noch jung. Aber Sie wissen doch von neulich, wie es ist, wenn sich einer in Ihrem Alter erkältet.«

Von den Himalayafichten rieselte Schnee herab. Um in

den Autospuren nicht auszurutschen, gingen sie vorsichtig die Auffahrt hinunter. In dem Augenblick, als sie aus dem Tor traten, wurden sie von einem Licht geblendet. Es waren aber nicht die Scheinwerfer eines Autos.

»Hallo! Herr Suguro«, rief Kobari, der dort mit gezückter Kamera stand. »Was haben Sie hier in diesem Hotel gemacht?«

Suguro schwieg.

»Sie sind also doch so einer... Genau wie ich's mir gedacht hab. Wenn das Foto was geworden ist, pack ich aus. Und dann sollen Sie mal sehn!«

Entgeistert starrte Suguro den Mann an, fing sich aber sofort wieder und ging mit dem Mädchen im Arm davon.

»So treiben Sie's also insgeheim? Und dabei sind Sie doch ein christlicher Schriftsteller!«

Die schneidende Stimme Kobaris traf ihn wie ein Schlag auf den Hinterkopf. Aber er dachte gar nicht daran, sich umzuwenden, sich zu erklären und zu rechtfertigen.

»Wo haben Sie die Kleine eigentlich her? Die ist doch bestimmt noch minderjährig?«

Damit Mitsu Kobaris Schmähungen nicht länger mit anhören mußte, winkte Suguro rasch ein vorbeifahrendes Taxi heran, schob sie hinein, sobald sich die Tür geöffnet hatte, entnahm seiner Brieftasche zwei, drei Scheine und legte sie ihr auf die Knie.

»Fahr allein nach Hause! Ich habe mit dem da noch ein bißchen zu reden.«

Nachdem das Auto davongefahren war, ging Suguro weiter in Richtung Harajuku.

»Ich werd darüber schreiben. Über den Skandal... Sie verstehn?«

Seltsamerweise lösten diese Worte keinerlei Betroffenheit oder Ängste bei Suguro aus. Wenn der andere das für einen Skandal hielt, dann sollte er doch. Was er,

Suguro, durch das Guckloch beobachtet hatte, war weder ein Trugbild noch ein Alptraum gewesen. Ein Mann, mir wie aus dem Gesicht geschnitten, hat Mitsu mit Spucke besabbert. Das war kein anderer. Das war kein Doppelgänger. Das war ich. Das war mein anderes Ich. Das läßt sich nicht länger verheimlichen und leugnen.

»Schämen Sie sich nicht...?« rief Kobari durch den Schnee, aber seine Stimme hörte sich jetzt wie eine Dampfpfeife an, die ganz kraftlos aus nebliger Ferne herüberklingt.

Die Flocken tanzten hernieder. Sie glitten über sein schütteres Haar und sein faltiges Gesicht und verschwanden, sie berührten ihn und schmolzen dahin, während er völlig in sich versunken Sendagaya zustrebte. Autos tauchten ihn in das Licht ihrer Scheinwerfer, Schmutz und Schnee spritzte unter ihren Rädern auf, wenn sie an ihm vorüberfuhren. Wie sollte er mit all dem, was er gesehen hatte, ins reine kommen? Wie sollte er mit den Gefühlen, die auf ihn eingestürmt waren, fertig werden? Ihn schwindelte noch immer.

»Widerlich...«, sagte er laut. »Ja, widerlich.«

Das schmutzige, niederträchtige Grinsen des Mannes und die tierhafte Art, mit der er auf Mitsu gelegen hatte, ja, das war widerlich. Wenn jener Mann... Doch was heißt jener Mann? Das war doch niemand anders als Suguro selber... Wenn jener Mann widerlich war, dann steckte diese Widerlichkeit wie ein Geschwür in ihm, Suguro. Während der langen Jahre, seit er schrieb, war er zu der Auffassung gelangt, daß selbst in der schlimmsten menschlichen Gemeinheit noch ein Zeichen von Erlösung zu finden sei. Und er hatte geglaubt, selbst in der Sünde pulsiere heimlich die Energie der Wiedergeburt. Deswegen hatte er sich überhaupt für einen Christen halten können, trotz aller Vorbehalte. Aber ab heute kam er nicht mehr umhin, das Widerliche als einen Teil seiner selbst anzuerken-

nen. Und es blieb ihm nichts anderes übrig, als auch darin nach Zeichen der Erlösung zu suchen.
Er wußte allerdings nicht, wie. Er wußte nicht, auf welche Weise er mit diesem Chaos in ihm fertig werden sollte. Daß etwas Dunkles, über das er bisher in keinem seiner Romane zu schreiben gewagt hatte, in seiner Seele verborgen lag, war sicher. Für gewöhnlich schlief dieses Dunkle, unter gewissen Umständen aber erwachte es völlig überraschend und begann sich zu rühren.
Als ihm das bewußt wurde, schrie er laut auf, wie ein Wahnsinniger. Von hinten näherte sich ein Taxi, es erfaßte ihn mit den Scheinwerfern und verringerte die Geschwindigkeit, fuhr dann aber weiter, weil Suguro nicht einmal den Kopf wendete.
Die Schneeflocken, die wie tanzende Zwerge umherwirbelten, glitzerten im Licht der Straßenlaternen. Plötzlich bemerkte Suguro, daß etwa fünfzig Meter vor ihm jemand ging. Irgendwie kam ihm der Rücken bekannt wor. Er verharrte für einen Moment, und es verschlug ihm den Atem. Denn das da vorn, das war doch sein eigener Rücken! Das war ein Mann!
Ohne sich umzuschauen, eilt der Mann in sich gekehrt die Hauptstraße entlang in Richtung Sendagaya. Ihn umwirbeln im Schein der Straßenlaternen unzählige weiße Flocken. Und es ist, als entströme auch den feinen Schneekristallen ein helles Licht. Dieses Licht, erfüllt von Liebe und Barmherzigkeit, umfängt den Mann mit der Zärtlichkeit einer Mutter und saugt ihn auf. Die Silhouette des Mannes versinkt.
Suguro schwindelte es. Er starrt in die flockensprühende Leere vor sich, in den der Mann entschwand. Das Licht leuchtet immer stärker und beginnt auch Suguro einzuhüllen. Silbern glänzende Schneeflocken berühren sein Gesicht, streicheln seine Wangen und zerschmelzen auf seinen Schultern.
«O Herr, erbarme dich«, kam es ihm über die Lippen. »Erbarme dich unser, die im Geiste verworren sind!«

Hieß es so oder ähnlich nicht in einem Gedicht von Baudelaire? Vielleicht irrte er sich, aber was machte das schon! Nichts vermochte das, was er in diesem Augenblick empfand, besser zum Ausdruck zu bringen als dieses Gedicht. ›Du, der du weißt, warum wir leben, warum wir erschaffen, sind wir in deinen Augen… Ungeheuer?‹

9

Bis vor zwei Tagen hatte das trübe Wetter angehalten, und der liegengebliebene, schmutzige Schnee war erst durch den Sonnenschein gestern und heute restlos weggetaut. Suguro sah im Gästezimmer die Post durch, während seine Frau mit dem Staubsauger hantierte.

»Wie wetterfühlig ich doch geworden bin! An kalten Tagen werd ich richtig trübsinnig und frag mich, wie lange die Kälte wohl dauern mag, aber kaum ist es so warm wie jetzt, sind meine Sorgen mit den Knien wie weggeblasen.«

»Anders als bei mir sind deine inneren Organe alle in Ordnung, deshalb wirst du bestimmt sehr alt.«

»Arbeitest du heute den ganzen Tag über hier?«

»Nachmittags ist eine Vorstandssitzung im PEN-Club.«

»Wenn ich PEN-Club höre, muß ich gleich an Kano denken.«

Die Miene seiner Frau verdüsterte sich.

»Ich versteh schon. Es war ja nach einer Vorstandssitzung, daß ich ihn zum letztenmal gesehen habe...«

Er sprach mit seiner Frau in der gewohnten Weise. Es war die gleiche Zwiesprache wie immer. Wie lange aber wird sich dieses Theaterspiel noch fortsetzen lassen, fragte sich Suguro. Was sage ich ihr, wenn Kobari das Foto an irgendeine Zeitschrift verkauft und die ganze Geschichte an die Öffentlichkeit dringt?

Natürlich rechnete er damit. Aber irgendwie glaubte er auch, daß seine Frau ihm am Ende verzeihen werde. Nur, bevor es dazu kam, mußte er das Erschrecken, die tiefe Verwundung und die Qualen seiner Frau mit ansehen. Das würde sehr bitter für ihn sein. Er wird dann mit ihr reden müssen. Bloß wie?

»Ich hab neulich beim Treffen der Sozialhelfer eine seltsame Geschichte gehört. Sie hat was mit Patienten zu tun, die schon ins Sterbezimmer gebracht worden waren.«

Suguro tat zwar so, als sehe er weiter die Post durch, wäre aber vor Schreck fast erstarrt, weil er fürchtete, seine Frau könnte Madame Naruse begegnet sein.

»Die Oberin war extra gekommen, und sie hat erzählt, daß sie aus dem Krankenhaus Fälle kennt, wo jemand, der eigentlich schon gestorben war, wieder lebendig geworden ist.«

»Ja, ja, aber weißt du ...«

»Diese Leute sollen alle sehr ähnliche Erfahrungen gemacht haben. Sie sagen, sie hätten unmittelbar vor dem Sterben heftige Schmerzen gehabt und dann auf einmal deutlich gespürt, daß sie sich von ihrem eigenen Körper loslösten. Sie behaupten auch, gesehen zu haben, wie der Arzt das Herz abgehorcht hat und wie die Familienangehörigen weinend um sie herumgestanden haben.«

»Ja, ja, aber weißt du ...«

Suguro lächelte, als fühlte er sich ein bißchen zum Narren gehalten. Derlei Geschichten hatte er schon öfter zu hören bekommen. Wahrscheinlich nahmen die Betreffenden irgend etwas, was sie sich nach dem Wiedererwachen in ihrer Phantasie ausgemalt hatten, für tatsächlich Erlebtes.

»Sie sprachen davon, daß sie in ein ganz eigenartiges orangefarbenes Licht gehüllt waren. Und sie wollen es auch selber gespürt haben. Das Licht soll ganz weich gewesen sein.«

Suguro schwieg. Er mußte an das Licht denken, das er im Schnee gesehen hatte. Orangefarbenes Licht. Als es ihn umhüllt hatte, überkam auch ihn eine unbeschreibliche Ruhe. Aber das konnte er seiner Frau ja wohl nicht erzählen.

»Eine zu neuem Leben erwachte Patientin hat behauptet, daß sie, als sie in dieses Licht getaucht war, viel Liebe empfangen hat.«

»Von wem?«

»Von Gott, der in der letzten Tiefe dieses Lichts steht.«

»Hast du Frau Naruse getroffen?«

»Nein. Sie war schon eine ganze Weile nicht mehr im Krankenhaus.«

Er nahm sich das, was er brauchte, aus der Post, ging in sein Arbeitszimmer und setzte sich an den Tisch, auf dem eine kleine Uhr leise tickte und in einem Gefäß Bleistifte und Kugelschreiber geduldig seiner harrten. Dies war der einzige Ort, wo er das Gesicht aufsetzen konnte, das er noch niemandem gezeigt hatte.

Suguro nahm einen Briefbogen mit seinem Namen und seiner Adresse und begann einen Brief an Frau Naruse:

»Sie sind an dem Abend plötzlich verschwunden, und so hatte ich keine Gelegenheit, Ihnen mitzuteilen, wie mir danach zumute war. Deshalb schreibe ich Ihnen diesen Brief und verbinde damit zugleich die Hoffnung, daß durch das Schreiben wieder Ordnung in mein verwirrtes Seelenleben kommt. Bestimmt wollten Sie ...«

Nachdem er eine Weile den Stift über das Papier hatte gleiten lassen, überlas er noch einmal das Geschriebene und zerriß dann das Blatt. Der Aufruhr in seinem Herzen ließ sich so leicht nicht besänftigen. Er nahm einen neuen Briefbogen und versank wiederum in Nachdenken. Irgendwie mußte er seine Seele erleichtern.

»Lieber Kano ...«

Statt des Namen der Frau setzte er den seines verstorbenen Freundes an den Anfang.

»Wo Du Dich jetzt befindest, weiß ich nicht, und trotzdem werde ich Dir ganz bestimmt dorthin folgen. Deshalb schreibe ich Dir auch diesen auf ewig unzustellbaren Brief.
Ich ahnte nicht, was Altern wirklich bedeutet. Ob in unserer Jugend, als wir in der kleinen Bar in Meguro miteinander stritten, oder in den reiferen Jahren, stets war ich Optimist und hatte mir in meinem Optimismus vorgestellt, daß ich dereinst von dem im Alter erklommenen Hügel in aller Beschaulichkeit auf die in das weiche Licht der nachmittäglichen Sonne getauchte Ebene herabblicken werde. Zumindest hatte ich mir so etwas wie Selbstvertrauen, gewonnen durch das Leben und das Schaffen, erhofft.
Doch seit dem letzten Winter höre ich die Schritte des Todes und weiß nun genau, was das heißt: Altern. Das Alter bringt nicht Weisheit, Reinheit und Reife; mir jedenfalls hat es sich als etwas Bedrückendes, als etwas wie ein Alptraum gezeigt. Angesichts des Todes verbietet sich jedes Täuschungsmanöver, denn es gibt kein Entrinnen.
Jetzt im Alter enthüllt sich mir nach und nach ein Ich, das mir bisher unbekannt war. Dieses mir unbekannte Ich erschien mir in Träumen und Visionen und wurde schließlich zu dem Doppelgänger, dessentwegen Du Dich so gesorgt hast... Das heißt, mein zweites Ich begann ein eigenes Leben zu führen, und zwar gleichsam als lebender Geist von solch einer Widerlichkeit, daß ich nicht einmal mit meiner Frau darüber reden konnte. Das schöne Bild von mir, das Du damals bei der Preisverleihung mit Worten gezeichnet hast, stimmte nicht.
Vor langer Zeit habe ich irgendwo einmal gelesen, in der Jugend bestimme der Körper das Leben des Menschen, in den reiferen Jahren der Geist und im Alter die Seele, der es beschieden ist, in die andere Welt einzugehen. Je älter man wird, desto empfänglicher wird die

Seele für die Schatten der anderen Welt, sagt man, aber ist dann nicht auch die widerliche Welt, die sich jetzt vor mir ausbreitet, eine Durchgangsstation und eine Vorbereitung auf dem Weg in die andere? Nur, was will mich diese widerliche Welt lehren? Ich weiß es nicht. Ein bißchen habe ich allerdings noch die Hoffnung, daß auch sie von dem Licht eingehüllt werde. Kurz vor Deinem Tod hast Du schrecklich müde ausgesehen. Du hast mir zwar nie etwas davon verraten, aber solltest Du etwa in der gleichen Verwirrung gewesen und in die gleiche qualvolle Unruhe gestürzt worden sein? Als ich von Dir Abschied nahm, lagen Schatten des Leidens zwischen Deinen Brauen – warum eigentlich?«

Am Nachmittag machte er sich auf, um an der Vorstandssitzung des PEN-Clubs im Vereinshaus teilzunehmen. Anders als Kano hatte er sich nicht so sehr oft auf diesen Sitzungen sehen lassen, aber nun, da der Freund tot war, glaubte er, auch um des Verblichenen willen, nicht fehlen zu dürfen. Die Sitzung hatte schon begonnen. Ein ausländischer Kollege berichtete über den Kongreß in Santiago, von dem er gerade kam. Suguro konnte es noch nicht so recht fassen, daß Kano nicht mehr unter den Vorstandsmitgliedern saß, die sich diesen Bericht anhörten.
»In meiner Arbeitsgruppe ging es auch um die Ermordung von Schwarzen in Johannesburg. Tatsache ist, daß Schwarze verhaftet wurden.«
Während Suguro sich die Ausführungen des ausländischen Schriftstellers anhörte, mußte er plötzlich an Kobari denken, und er fragte sich, ob Kobari das Foto wohl schon einem Verlag angeboten hatte.
»Christlicher Schriftsteller mit einer Mittelschülerin in einem Stundenhotel« – diese Überschrift sah er förmlich vor sich. Wenn sie vielleicht schon in der nächsten Woche auf irgendeiner Zeitschrift prangte, was werden

diese Vorstandsmitglieder hier dann für Gesichter machen? Werden sie die ganze Sache ignorieren oder mir nahelegen, aus dem PEN-Club auszutreten?
»Es wurde der Entwurf einer Protestresolution gegen Folter und Mord verabschiedet. Auch Japan sollte ihm zustimmen...«
Suguro mußte an das Geschlechtsleben von Frau Naruse und ihrem Mann denken: Worin besteht eigentlich der Unterschied zwischen mir und denen, die mordeten? In mir selber steckt doch das gleiche übermächtige Verlangen. Und wer kann denn schon guten Gewissens von sich behaupten, zu so etwas wirklich nicht fähig zu sein? Sogar in den Herzen unschuldiger Kinder wohnt die Lust, Wehrlose zu quälen. Überall in Japan verprügeln Kinder schwächere Kameraden.
»Suguro, sind Sie dagegen?«
Die Frage wurde so plötzlich gestellt, daß er völlig verwirrt stammelte: »Nein! Wieso?«
»Wenn Sie dafür sind, heben Sie bitte die Hand.«
»Ja, natürlich.«
Während er die Hand hob, flüsterte er sich selber zu: »Du, Heuchler, du! Willst du dich und andere weiter betrügen?«
Er stand auf, tat, als müsse er auf die Toilette, und verließ das Zimmer. Als er sich wusch, schaute ihn aus dem Spiegel ein sehr gealtertes, müdes Gesicht an.

»In letzter Zeit kommen gar keine Anrufe mehr«, sagte seine Frau, während sie die Hand ausstreckte und das Licht löschte.
»Anrufe?«
»Ja, die mitten in der Nacht.«
Suguro schloß die Augen. »Wer weiß. Vielleicht klingelt es doch bald mal wieder.«
Seine Frau erwiderte nichts. Keine fünf Minuten später schlief sie schon ganz ruhig. Für ihn hörte sich ihr Atem wie der Rhythmus jener Welt an, zu der er kei-

nen Zugang hatte. Und in der Stunde ihres Todes wird diese Frau ihr Leben aushauchen wie ihren Atem im Schlaf.

Suguro hatte wie immer seine Schwierigkeiten mit dem Einschlafen. Hinter seinen geschlossenen Lidern flimmerte ein weißer Punkt auf. Als ob er zerlief, breitete er sich immer weiter aus und begann hell zu leuchten. Woher kam dieses orangefarbene Leuchten, das ihn im Schnee eingehüllt hatte? War das eine Sinnestäuschung, hervorgerufen durch den Schimmer unzähliger Schneeflocken? – Aber da war er auch schon in den Schlaf gesunken.

Im Traum sitz er mit gebeugtem Rücken an seinem Tisch in seinem düsteren Arbeitszimmer. Die Uhr vor ihm tickt gleichmäßig. Dies ist der einzige Ort, wo er seine Ruhe findet.

»Ich weiß«, hört er seine Frau sagen. »Dort bist du lieber als bei mir.«

Er steht auf und will die Tür öffnen, um sich bei seiner Frau zu entschuldigen. Sie weiß um sein Geheimnis.

»Red keinen Unsinn!«

Die Tür ist fest verschlossen und gibt auch nicht nach, als er sich mit dem ganzen Körper dagegenstemmt.

»Bleib da. Ich bin dir nicht böse. Nein, wirklich nicht. Denn das ist doch der Leib deiner Mutter. Und nur solange du da drin bist, fühlst du dich geborgen.«

Diese Worte bestätigen ihm, was er schon immer geahnt hat: Sein Arbeitszimmer, das ist der Schoß seiner Mutter. Was er bisher für das Ticken der Uhr auf dem Tisch gehalten hat, ist in Wirklichkeit das Schlagen seines eigenen Herzens. Die Dunkelheit im Zimmer ist die Dunkelheit in der Gebärmutter und die Feuchte ringsum das Fruchtwasser. Das Gefühl, das er einmal als Kind gehabt hat, als er mit einer Schwimmweste um die Brust rücklings auf dem Meer trieb, wird wieder lebendig in ihm, und er erinnert sich auch, im Fruchtwasser geschwommen zu sein und,

eingetaucht in diese weißliche Flüssigkeit, lange, lange geschlafen zu haben. Während er mit dem ganzen Körper das Gefühl wohliger Geborgenheit auskostet, ist ihm, als versinke er erneut in Schlaf.
Nach einer Weile hört er plötzlich seine Frau rufen: »Wach auf! Bitte, wach auf!« Ihre Stimme klingt drängend und scharf wie nie zuvor. »Du wirst jetzt geboren! Du wirst jetzt hinausgestoßen in die Welt.«
Eine unbeschreibliche Mattigkeit steckt ihm in den Gliedern, und er mag sich nicht rühren. Aber in dem Moment spürt er, wie das Fruchtwasser seinen Körper mit aller Macht fortzuspülen beginnt. Der Druck des in Bewegung geratenen Wassers steigt und ihn überfällt eine furchtbare Angst.
«Wach auf! Wende dich dem Ausgang zu!« schreit seine Frau. »Komm heraus! Wenn du länger wartest, wirst du tot geboren.«
Er windet sich vor Entsetzen, gebärdet sich wie wild, läßt alles unter sich und preßt, beschmiert vom eigenen Kot und Urin, seinen Kopf verzweifelt in die Öffnung der Gebärmutter, obwohl er viel lieber wieder in tiefen Schlaf versinken würde. Aber mit aller Macht kämpft er gegen dieses Gefühl an. So wollte ihn irgend etwas, das ihn an den Beinen gepackt hielt, in den Schlaf in der Gebärmutter zurückzerren, während eine andere Kraft ihn hinauszudrängen versuchte.
»Was ist denn?«
Suguro wachte auf.
»Warum schreist du?«
»Ich weiß nicht.« Er spürte den Schweiß in seinem Nacken. »Vielleicht hab ich geträumt.«
»Hab ich einen Schreck bekommen! Soll ich dir Wasser holen?«
»Nein, laß nur!«
Er hatte den Traum weiter ganz lebendig vor Augen. Er vermeinte noch die schreckliche Angst zu spüren,

in der er sich gewunden hatte, und das Licht zu sehen, das durch den Gebärmuttermund einfiel.
Ist dies die Art, wie der Mensch in die Welt tritt, von der Tono gesprochen hat? Packt uns in der Gebärmutter wirklich eine solche Angst? Wären mir Tonos Worte von neulich nicht in der Seele haftengeblieben, hätte ich mich dann wohl artikulieren können?
Der tiefe Schlaf im Fruchtwasser. Ein Schlaf, der begleitet ist von unvergleichlicher Ruhe und Behaglichkeit. Suguro verstand sehr gut das heftige Verlangen nach der Rückkehr dorthin. Und aus diesem Grund fühlte er sich so geborgen, wenn er tagsüber in seinem düsteren kleinen Zimmer beim Ticken der Uhr arbeitete. Ob in den letzten Tiefen seines Herzens ein jeder danach giert, noch einmal in diesem Schlaf- und Wohlgefühl zu versinken?
Wie eine Offenbarung erschien ihm nun der Gesichtsausdruck Motokos. Der halbgeöffnete Mund, die über die Lippen gleitende Zunge, der verzückte Blick – das, ja genau das waren Zeichen ihrer heftigen Sehnsucht nach der Rückkehr in die Gebärmutter und nach dem Eintauchen in das trübe Fruchtwasser. Ob es sie nicht auch deshalb danach verlangt hat, Wachs auf sich tröpfeln zu lassen, weil sie damit die Vorstellung von Fruchtwasser verband? Und ob ich nicht die schrecklichen Ängste in der Gebärmutter noch einmal durchlebt habe, weil ich das Nahen des Todes spüre? Hat sich das Ringen zwischen meinem Ich, das in der Gebärmutter geruhsam weiterschlummern möchte, und meinem Ich, das sich gezwungen sieht, die Gebärmutter zu verlassen, nicht am Ende darin ausgedrückt, daß ich Mitsu erwürgen wollte?
Der Mensch stirbt zweimal: Wenn er aus der Gebärmutter heraustritt und wenn er, gealtert, diese Welt verläßt...
Aber jenes Leuchten, das ihn willkommen zu heißen schien, als er sich anschickte, die Gebärmutter zu ver-

lassen – er versuchte es in Übereinstimmung zu bringen mit jenem Leuchten, das ihn inmitten des Schneegestöbers eingehüllt hatte. War das vielleicht schon ein Glanz aus jener anderen Welt, in die er bald seinen Fuß setzen wird...

Seine Frau blickte von ihrer Handarbeit auf, sah ihn aufmerksam an und sagte: »Darf ich dich etwas fragen?«

»Ja, bitte!«

»Verschweigst du mir wirklich nichts?«

»Ich wüßte nicht, was.«

»Du kannst es mir ruhig sagen. In meinem Alter erschrickt man nicht mehr.«

»Da ist nichts. Du brauchst dir keine Sorgen zu machen.«

Sie sah ihn weiter an, als wollte sie ihm bis auf den Grund seines Herzens schauen – aber dann schien sie sich dreingeschickt zu haben, denn sie lächelte. Mit den Jahren hatte sie sich daran gewöhnt, die Frau eines Schrifstellers zu sein. Sie wußte, wie weit sie gehen konnte und wo die Grenzen lagen, die sie nicht überschreiten durfte. Konkretes war ihr sicherlich nicht bekannt, aber daß ihn schon den ganzen Winter über etwas quälte, hatte sie offenbar längst bemerkt.

Plötzlich wird ihm klar, daß seine Frau unglücklich ist. Sehr unglücklich sogar. Das Geständnis, das ihm unwillkürlich in die Kehle gestiegen ist, schluckt er wie eine Pille wieder hinunter. Ihr alles zu eröffnen würde zu nichts führen. Es ist ein viel zu kompliziertes Problem, als daß sie es begreifen könnte, es ist eine Aufgabe, die ihm aufgebürdet wurde, nicht nur als Schriftsteller, sondern auch als Mensch. Aber da ist das Foto, und daß es in die Öffentlichkeit kommen wird, scheint ihm sicher. Und sie wird davon erfahren. Bei dem Gedanken, wie er ihr dann alles erklären soll, wird ihm wieder schwer ums Herz...

Kurimoto meldete sich am Telefon.
»Hätten Sie heute Zeit?«
»Geht es um das Manuskript?«
»Nein!« Kurimoto schien sehr aufgeregt. »Der Direktor möchte Sie persönlich sprechen ... Wann paßt es Ihnen?«
»Der Direktor?« Suguro ahnte sofort, worum es ging. »Heute ist mir jede Zeit recht ... Ich habe ohnehin in der Nähe zu tun, da komme ich dann gleich vorbei.«
Er sah die mächtige Gestalt und das Gesicht des Direktors in Gedanken vor sich, als er den Hörer auflegte. Dieser Mann war Professor an einer medizinischen Fakultät, bevor er sich nach dem Schlaganfall seines Schwiegervaters, der eine Autoriät in der Verlagswelt war, auf das für ihn fremde Feld begeben hatte. Die jungen Leute im Verlag hatten großen Respekt vor ihm.
Vielleicht lag es daran, daß Suguro schon seit Wochen darauf gefaßt war, wenn er jetzt nach dem Anruf ganz ruhig blieb. Er zog sich um und rief ein Funktaxi.
In der Pförtnerloge des Verlages wußte man offenbar schon Bescheid, denn nicht Kurimoto, sondern eine Mitarbeiterin aus dem Sekretariat des Direktors kam, um ihn abzuholen. Sie verbeugte sich höflich und geleitete ihn zum Fahrstuhl.
Nachdem sie ihn in ein großes Zimmer geführt hatte, verbeugte sie sich erneut und verschwand. Suguro setzte sich in das Sofa und betrachtete das große Bild von Rouault, das an der Wand hing: ein Dorf in biblischer Landschaft oder irgendwo in Frankreich; ein paar Bäuerinnen mit Tüchern um den Kopf stehen auf einer Straße, die auf beiden Seiten gesäumt ist von ärmlichen Häusern, von denen der Putz abbröckelt, am Horizont versinkt die Abendsonne – ein typischer Rouault. Auf den ersten Blick verstand man, daß die Bäuerinnen und die Häuser das Menschenleben ausdrückten und die Abendsonne die sich darüber ergießende Gnade Gottes

symbolisierte. ›Selig sind die Sanftmütigen, denn sie ...‹ Suguro erkannte in dem Bild die Welt des bejahrten Predigers und die seiner Frau, eine Welt, die von jener, in die er durch das Guckloch geblickt hatte, weit, weit entfernt war. Der Glanz der Abendsonne fällt zwar auf die Bäuerinnen, aber auf Madame Naruse und ihn ...

Es klopfte an der Tür. Der Direktor erschien, begleitet von Hoshii, seinem Cheflektor. Er bedeutete Suguro, der sich aus dem Sofa erheben wollte, sitzen zu bleiben, und ließ sich ihm gegenüber nieder. Hoshii nahm in ehrfürchtiger Haltung neben dem Direktor Platz.

»Es tut mir leid, Sie bei der Kälte heute herbemüht zu haben.«

Bis die Sekretärin, die Tee gebracht hatte, das Zimmer wieder verließ, plauderte der Direktor lachend über die Flaute auf dem Buchmarkt, aber sobald sie zu dritt waren, wurde er ernst: »Ich will Ihnen verraten, warum ich Sie um die Unterredung gebeten habe ...«

Suguros Ahnungen erwiesen sich als richtig.

»Dieser Reporter kam mit einem Foto von Ihnen ... und redete davon, einen Artikel schreiben zu wollen. Hoshii hat ihn empfangen, aber als es zur Sache ging, zog er mich zu Rate.«

Er hielt die gefalteten, fleischigen Hände im Schoß und hatte sich abgewandt, als wolle er gar nicht erst sehen, wie bestürzt Suguro war. Aber Suguro nahm die Worte des Direktors mit der gleichen Schicksalsergebenheit auf wie vor Jahren die Ankündigung, daß er sich einer schweren Operation unterziehen müsse.

»Wir durften viele Ihrer Bücher verlegen, aber eine Demontage Ihres Images durch dieses Foto wäre nicht gut, weder für Sie noch für uns. Deshalb habe ich der anderen Seite Foto samt Negativ zu dem Preis, den sie nannte, abgekauft.«

Suguro nickte nur, weil er nicht wußte, wie er sonst reagieren sollte.

»Er mußte uns versprechen, daß er mit der Geschichte

zu keinem anderen Verlag geht. Danach haben Hoshii und ich Foto und Negativ verbrannt.«
Hier verstummte der Direktor. Er rieb seine Hände aneinander und suchte offensichtlich nach Worten.
»Ich denke, damit ist die Sache erledigt.«
»Vielen Dank.«
»Außer Hoshii und mir hat niemand Kenntnis davon, auch Kurimoto nicht.«
»Ich verstehe. Es tut mir leid, daß Sie sich all die Mühe machen mußten«, sagte Suguro und senkte den Kopf ganz tief.
»Sie wissen ja, was für Ärger es macht, wenn ein Gerücht erst mal umgeht.«
Damit zog der Direktor den Schlußstrich, wechselte das Thema, plauderte noch ein paar Minuten und erhob sich dann mit den Worten: »Also, lassen Sie uns die Geschichte vergessen.«
Er hatte sich wirklich allergrößte Mühe gegeben, Suguro Peinlichkeiten zu ersparen.
Hoshii begleitete den Gast zum Fahrstuhl und flüsterte ihm zum Abschied zu: »Seien Sie unbesorgt!«
Draußen war es unangenehm. Obwohl der Frühling schon nahte, war es an diesem trüben, bedrückenden Nachmittag scheußlich kalt. Bei diesem Wetter werden meiner Frau bestimmt wieder die Gelenke weh tun, schoß es Suguro durch den Kopf. Der Stau von qualmenden Autos, die noch immer kahlen Alleebäume, der Ausverkauf von Öl- und Elektroheizern – alles war wieder genauso wie vorher. Daß es so ausgehen würde, damit hatte er wahrhaftig nicht gerechnet, und trotzdem fühlte er sich keineswegs gerettet. Foto und Negativ waren verbrannt. Doch damit war jener Mann noch lange nicht ausgelöscht. Er lebte weiter in Suguro und grinste hämisch.
Zu den ›Sünden‹, die Suguro bis jetzt in seinen Büchern beschrieben hatte, stand dieser Mann in keinerlei Beziehung. Sünden haben ihre Grenzen und bergen die

Möglichkeit der Errettung in sich, aber der Drang zum Bösen, den der Mann – mit ihm, Suguro nunmehr zu einer Einheit verschmolzen – in dem Hotel gezeigt hatte, kannte keine Grenzen. Suguro erinnerte sich ganz genau, daß er in der bis zum Äußersten gesteigerten und kein Zurück mehr zulassenden Leidenschaft Mitsu nicht nur besudelt hatte, sondern am Ende drauf und dran war, sie zu erwürgen.

Als er an einem Blumengeschäft vorbeiging, leuchteten ihm blühende Zweige von Spiräen und Forsythien als Frühlingsboten entgegen, und ein lieblicher Geruch umfing ihn. Durch ein großes Fenster sah er im Café nebenan vier junge Frauen fröhlich an einem Tisch sitzen. Eine von ihnen bemerkte Suguro und machte ihre Freundinnen auf ihn aufmerksam. Daß sich in ihm ein Ungeheuer verbarg, ahnten sie nicht. Suguro erwiderte ihr Lächeln.

Sonntag.

Es war der Sonntag nach Ostern, deshalb war die Kirche besser besucht als sonst. Hinter dem Altar breitete der zu einem Skelett abgemagerte Mann seine Arme aus und ließ den Kopf hängen. Als dieser wehrlose Mann sich blutüberströmt zur Richtstatt schleppte, schmähte ihn die Menge, bewarf ihn mit Steinen und ergötzte sich an seinen Qualen – über diese Menge hatte Suguro bisher zwar noch nicht ein einziges Mal richtig nachgedacht, aber er war sich keineswegs sicher, ob er nicht auch Steine auf den Mann geworfen und sich an seinen Qualen ergötzt hätte, wäre er zu jener Zeit an jenem Ort gewesen.

Am Nachmittag ging er zuerst in sein Atelier. Danach durchstreifte er auf der Suche nach Mitsu den Yoyogi-Park. Es war alles wie immer: Eine Gruppe von Mädchen, die wie Koreanerinnen gekleidet waren, tanzte im Kreis, und junge Burschen, die sich ihr blondiertes Haar zu einem Hahnenkamm frisiert hatten, stolzierten mit einer Sonnenbrille auf der Nase umher. Zuschauer drängten sich auf der Fußgängerbrücke und bestaunten die fremdartigen Tänze. Er ging an der Menschenmenge und den Buden vorbei, fand Mitsu aber nirgends.

Da fiel ihm ein, daß sie ja auch im Krankenhaus sein könnte. Ob es am Alter lag, wußte er nicht – jedenfalls erschien es ihm zu beschwerlich, dorthin zu laufen, deshalb ging er bis zum Bahnhof, nahm sich ein Taxi und ließ sich in die Nähe des Krankenhauses fahren. Heute am Sonntag waren weder vor der Apotheke noch im Wartezimmer Patienten oder Besucher zu sehen. Suguro setzte sich auf einen Stuhl und betrachtete eine Weile gedankenverloren die durch die Fenser hereinfallenden Strahlen der Abendsonne.

Von irgendwoher schallte Babygeschrei herüber. Vielleicht aus der Kinderabteilung, dachte er, aber die befand sich doch gar nicht hier im Erdgeschoß.

Eine bebrillte Krankenschwester in mittleren Jahren betrat die Eingangshalle und verharrte einen Moment. Als sie den Mann verträumt dasitzen sah, fragte sie ihn ein wenig unsicher: »Sind Sie nicht Herr Suguro?« Als er bejahte, fragte sie: »Wollen Sie jemanden besuchen? Ich bin die Oberin. Mein Name ist Fujita.«

»Freut mich«, beeilte er sich zu entgegnen. »Meine Frau gehört zur Gruppe der Helferinnen.«

»Ihre Frau ist sehr eifrig.« Die Oberin lachte. »Kann ich etwas für Sie tun?«

»Ja – sagen Sie bitte, ist Mitsu Morita heute hier?«

»Ach so, Mitsu meinen Sie. Ob sie heute hier ist, kann ich Ihnen nicht genau sagen.« Sie schien recht gut über das Mädchen Bescheid zu wissen. »Sie hat ja wohl mal bei Ihnen gearbeitet. Lassen Sie uns im Schwesternzimmer der Inneren nachfragen.«

»Ich finde dort schon allein hin.«

Die Oberin drückte den Fahrstuhlknopf.

»Entschuldigen Sie, wenn ich Sie frage«, sagte er im Fahrstuhl, um die Steifheit zwischen ihnen zu überspielen. »Meine Frau hat mir kürzlich erzählt, daß Sie von Patienten gesprochen haben, die aus dem Tode erwacht sind. Machen eigentlich diese Menschen, die das Bewußtsein verloren, alle die gleichen Erfahrungen?«

»Na, so was.« Die Oberin lächelte verlegen. »Hat Ihre Frau Ihnen das wirklich erzählt? Ich hatte mit ihr darüber nur beiläufig gesprochen.«

Der Fahrstuhl hielt im zweiten Stock. Das Quietschen erinnerte an den Fahrstuhl in jenem Hotel.

»Stimmen die Geschichten nun, oder nicht?«

»Das wissen Sie wahrscheinlich besser als ich. Aber schließlich behaupten es die Patienten.«

»Und daß sie von einem Licht eingehüllt wurden – ist das wahr?«

»Ja, wenn Sie mich so fragen«, antwortete die Oberin etwas betreten, »dann muß ich zugeben, daß ich nicht weiß, ob es wahr ist oder nicht.«

»Wie geht es eigentlich Frau Naruse?«

»Sie hat sich in letzter Zeit gar nicht mehr sehen lassen.«

Im Schwesternzimmer wandte sich die Oberin an eine junge Kollegin. Mitsu schien tatsächlich nicht da zu sein.

Suguro bedankte sich, fuhr wieder hinunter, setzte sich im Wartezimmer auf einen Stuhl und dachte an die Frau, wie sie hier im vierten Stock voller Hingabe den Kindern bei ihren Turnübungen geholfen und wie sie ihnen Märchen erzählt hatte...

An der Wand hing ein Plakat, das für eine Schwesternausbildung warb. Er fragte sich, ob dies nicht doch etwas für Mitsu sein könnte. Er würde ihr helfen, falls sie sich dazu entschließen sollte.

Am Abend erzählte er seiner Frau davon. »Ich bin sehr dafür«, antwortete sie im Bett neben ihm. »Eine gute

Idee. Das wäre eine Arbeit, die zu ihr paßt. Es fragt sich nur, ob Frau Naruse zustimmt.«

»Ich glaube nicht, daß sie dagegen ist.«

Er machte die Nachttischlampe aus.

Mitten in der Nacht erwachte er von dem fernen Klingeln eines Telefons. Es war ein hartnäckiges Klingeln. Es rief ihn. Mit weit geöffneten Augen lauschte auch seine Frau.